D1180364

Marianne en Theo Hoogstraaten

LOKVROUW

2009 – De Boekerij – Amsterdam

Omslagontwerp: Wil Immink Design
Omslagfoto: Imagestore/Arcangel Images/Mark Owen

Eerste druk februari 2009
Tweede druk maart 2009

ISBN 978-90-225-5088-5

© 2009: Marianne en Theo Hoogstraaten en De Boekerij bv, Amsterdam *voor Diny van de Manakker*

maar toen de luiken gleden voor zijn ogen,
draaide de wereld zich een kwartslag om.

H. MARSMAN
fragment uit 'Gang'

Proloog

Vukovar, Kroatië, 1991

Ze ligt op bed, naakt, kwetsbaar. Zijn ogen dwalen over haar lichaam, van het schaamhaar naar een rood vlekje net onder haar linkerborst. Snel kijkt hij de andere kant op om de beelden die zijn hoofd binnensluipen te verjagen.

'Weet je zeker dat je met ze meegaat? Het wordt er voor ons alleen maar moeilijker door.'

'Begin nou niet weer, niet op dit moment.' Hij grist zijn camouflagehemd van het wankele klapstoeltje en trekt het over zijn hoofd. Niet geïrriteerd raken. Alleen een harmonieuze sfeer kan voorkomen dat een onafwendbaar litteken hardvochtig in zijn ziel wordt gekerfd.

'Je kunt worden meegesleept, iets doen wat je anders nooit zou doen.' Ze creëert de waan van zedigheid door het weggetrapte laken weer over zich heen te trekken tot halverwege haar buik. 'De groepsdwang, bedoel ik.'

'Daar hebben we het toch over gehad.' Hij buigt zich over haar heen om haar mond te kussen. Ze draait haar hoofd opzij, zijn lippen raken slechts haar wang.

'Maar het nooit goed uitgepraat.'

'Daar is het nu te laat voor. Geloof me alsjeblieft. Er komt oorlog. Een man die dan zijn afkomst verloochent, betaalt dat met zijn leven. Ik heb geen andere keuze. Laten we het over iets anders hebben. Ik had een mooi afscheid in gedachten, zonder discussies.'

Ze lijkt te schrikken van de geagiteerde toon en beweegt even onrustig met haar bovenlichaam. 'Zoals zo-even?'

'Zo wil ik me je herinneren, ja.'

'Zoals gisteren en eergisteren, bij de rivier?' Een zwoele glimlach. De schaduw van het naderende afscheid glijdt van haar af. Ze strekt haar armen naar hem uit. 'Kom, nog één keer.'

Subtiel schuiven haar voeten het laken weer een stukje terug. Vochtige lippen, een lome blik, harde tepels, verleidingen tot uitstel waar hij geen verweer tegen heeft. Zijn camouflagehemd belandt op de vloer, onder het raam dat uitzicht biedt op een dakenzee met antennes en schotels als bakens.

Ze trekt hem vast tegen zich aan, begraaft haar nagels in zijn billen. Het zweept hem op. Zijn bewegingen worden zo onstuimig dat het bed krakend protesteert.

Onverwachts liggen haar handen tegen zijn borst en duwt ze zijn bovenlichaam van zich af. 'Niet zo wild. Mijn vader mag ons niet horen.'

Een hand woelt door zijn haar, zachtjes bijt ze in zijn oorlel. 'Je gaat ook veel te snel,' fluistert ze. 'Laat mij maar.'

Haar handen glijden weer naar zijn billen, haar nagels geven het ritme aan.

'Als andere vrouwen met je flirten, zul je hier dan aan denken, Puška?' vraagt ze als hun lichamen tot rust zijn gekomen en ze behaaglijk in zijn armen ligt, met haar wang op zijn borst.

'Ik weet nog wel iets wat ik niet snel zal vergeten.' Hij zegt het plagerig, maar met een serieuze ondertoon.

Ze gaat zitten. De matras zakt ver door.

'O ja? Het is nooit genoeg bij jou, hè?'

'Ga eens staan.'

Behaagziek staat ze naast het bed, hem uitnodigend zijn verlangen kenbaar te maken.

'Doe mijn koppel eens om.'

Opgetrokken wenkbrauwen, dan een ondeugend lachje. 'Wil je soms een sexy foto van me maken met dat ding om?' Voordat ze de koppel omgespt pakt ze een fototoestel van de vensterbank en geeft hem dat. 'Hoe wil je dat ik ga staan?'

Ze keert zich half naar het raam, zodat het licht langs haar lichaam strijkt en haar rondingen accentueert. Haar heupen wiegen verleidelijk.

'Haal die revolver eens uit de holster.'

De onbevangenheid waarmee ze de koppel omdeed lijkt weg te ebben. Ze mag niet achterdochtig worden, moet hem juist nu helpen om over een dood punt heen te komen, anders lukt het hem niet en wordt haar leven alsnog een hel.

'Als een fotograaf van *Playboy* je zo zag staan... Die moet het tegenwoordig met heel wat mindere godinnen doen.'

In haar ogen komt de ondeugende glinstering terug. Ze trekt zijn pistool uit de holster, voorzichtig, angstvallig haar vinger bij de trekker weghoudend.

'Je hoeft niet bang te zijn. Hij is vergrendeld, probeer maar.'

Ze gaat er niet op in, houdt het vuurwapen bij de loop vast. 'Waarom maak je nou geen foto?'

Hij schudt zijn hoofd. 'Je trekt een gezicht alsof dat ding je wil opvreten. Stop het maar terug als je het eng vindt.'

'Je dolk, is dat ook goed?' vraagt ze als het pistool weer op zijn plek zit. Ze heeft hem al in haar hand, laat het glimmende lemmet speels over haar onderbuik gaan. 'Een klein beetje pervers, wil je dat?' Haar tong glijdt langs haar lippen.

Hij schudt geërgerd zijn hoofd. 'Je snapt er ook niets van.' Zijn benen zwaaien over de bedrand en hij gaat zitten. 'Kom eens bij me.' Hij tikt met een hand op zijn bovenbeen.

Ze begrijpt niets meer van hem, maar ze doet gelukkig toch wat hij heeft gevraagd.

'Geef mij dat speeltje maar. Moet je zien wat je ermee hebt aangericht.'

Over haar buik heeft een vliesdun penseeltje een rode streep getrokken, tot aan haar navel. Ze kijkt er verwonderd naar. 'Is dat ding zo scherp? Net een scheermes. Ik heb het niet eens gevoeld. Kun je er een pluisje overheen blazen, zodat het in tweeën wordt gedeeld?'

Haar vraag roept herinneringen op, dierbare herinneringen. Teder trekt hij haar tegen zich aan en drukt een kus op haar wang.

'Je herinnert je toch wel wat ik bedoel?'

Hij hoort teleurstelling. 'Natuurlijk. Het is pas een paar jaar geleden dat die man dat verhaal voorlas. Hoe oud waren we? Vijftien, zestien?'

'Vijftien. Wij waren ook verliefd terwijl het verboden was. Daardoor sprak het ons zo aan.'

'*En toen kriste hij haar.*' Zo goed mogelijk imiteert hij de stem van hun vroegere leraar.

Hoe had die man zo'n verhaal kunnen uitzoeken? Een pasja had zijn zoon betrapt met zijn jongste vrouw, een donkere schoonheid, die hevig verliefd was op de jongen, en hij op haar. Om zijn eer te redden veroordeelde de pasja zijn vrouw ter dood. Als blijk van genade mocht zijn zoon zelf de executie uitvoeren.

Was het een speling van het lot dat ze het nu oprakelde, of had het noodlot bewust de regie over haar gedachten overgenomen?

'Hij had zijn kris vlijmscherp geslepen, zodat ze niet zou hoeven lijden. Toen ze bij hem op schoot kwam zitten, blies hij een pluisje over het lemmet dat in twee deeltjes wegdwarrelde,' zegt ze een beetje dromerig. 'We moesten discussiëren over eer en wraak, maar niemand had daar zin in, na zo'n aangrijpend verhaal. Weet je nog dat we 's avonds naar de rivier zijn gegaan?'

Hij knikt, worstelt met herinneringen en emoties. 'Die vrouw heeft nog gezegd dat ze het hem vergaf.'

Hij hoort dat zijn stem ongewoon klinkt. Ze kijkt hem be-vreemd aan en probeert op te staan als de punt van zijn dolk over haar huid op zoek gaat naar het rode vlekje onder haar borst. Zijn arm omklemt haar stevig, ontsnappen is niet mogelijk.

'Vergeef het mij ook.'

Hij legt al zijn kracht in de stoot. Het is voorbij voordat ze kan schreeuwen. Haar lichaam zakt slap tegen hem aan. Hij tilt haar benen op bed. Voordat hij haar achterover legt maakt hij de kop-pelriem los. Voorzichtig vlijt hij haar hoofd op het kussen.

Haar ogen zijn open. Ze kijkt hem aan, vol liefde, vol begrip. Hij heeft haar een snelle, pijnloze dood bezorgd, haar de schande en de vernederingen die onontkoombaar waren, bespaard. Als hij haar ogen voorzichtig met zijn vingers sluit, beginnen zijn benen te trillen en wordt zijn keel dik.

Abrupt keert hij zich om, bukt zich om zijn hemd van de vloer te pakken en kleedt zich aan. Hij wordt er rustiger van en kan ook weer nuchter denken.

Hij dwingt zichzelf om nog één keer naar haar ontzielde lichaam te kijken. De onderkant van haar borst hangt vreemd vervormd tegen het heft van de dolk. Met een beslist gebaar trekt hij het wapen uit haar lichaam, veegt het bloed af aan zijn hemd en steekt het terug in zijn gordel. Hij vermijdt het om naar haar gezicht te kijken terwijl hij het laken helemaal over haar heen trekt.

Dan haalt hij zijn pistool uit de holster en zet de veiligheidspal op scherp. Vastberaden opent hij de deur van haar kamer en loopt naar de trap. De weg is vrij om aan zijn missie te beginnen.

1

'Houdt u er rekening mee dat uw gezichtsvermogen snel zal teruglopen.'

De oogarts keek me over zijn leesbril met professioneel medeleven aan. De zilveren randen van zijn montuur kabbelden over
zijn gezicht als uitlopende golfjes op het strand.

'U hebt bijzonder veel pech. Het gebeurt niet vaak dat iemand
al op uw leeftijd wordt getroffen door maculadegeneratie. Rookt
u? Drinkt u?'

'Ja.' Ik knikte bevestigend, in het midden latend of ik de eerste
of de tweede vraag beantwoordde. Het bleek niet van invloed te
zijn op zijn standaard aanbevelingen.

'Alcohol en nicotine versnellen het proces omdat ze antioxidanten in uw lichaam afbreken.' Hij tikte met de achterkant van
zijn pen op het bureau en nam een nadenkende pose aan. Blijkbaar werd ik ingedeeld in de categorie patiënten die wel vertrouwd zou zijn met de term antioxidanten, want een toelichting
bleef achterwege.

Hij pakte een blanco recept uit een bakje, schreef er iets op en
schoof het naar me toe. 'Alstublieft, wat voedingssupplementen,
al is het beter om te stoppen met roken en weinig alcohol te gebruiken. Veel fruit en bladgroenten eten, spinazie bijvoorbeeld.'

Ik keek hem verdwaasd aan. Zijn spinazie-menutip associeerde ik met Popeye en niet met exudatieve maculadegeneratie, zoals de oogziekte heette die hij bij mij had vastgesteld. Op dat moment realiseerde ik me nog niet dat zijn diagnose veel weg had van een vonnis: ik veroordeel u tot opsluiting in een wereld die naarmate u ouder wordt steeds kleiner, waziger en donkerder zal worden.

Twee maanden daarvoor was ik door een opticien naar die oogarts verwezen omdat ik steeds meer moeite kreeg met lezen. De letters stonden niet meer op een rechte lijn, strak in het gelid, maar ze kwamen voorbij fladderen, in lange, golvende lijnen, afwisselend scherp en wazig. Een kleinigheid, dacht ik toen nog, een aangepaste leesbril en het probleem is opgelost. Tijdens de wachttijd voor het eerste consult liep mijn gezichtsvermogen echter sneller terug dan ik voor mogelijk had gehouden. Ook verticale lijnen begonnen te golven en het centrum van mijn waarneming werd afgedekt door een almaar groter wordende donkere vlek.

'Er bestaan twee soorten maculadegeneratie,' verklaarde de arts, 'de natte en de droge vorm. U hebt de natte, de exudatieve. Dat is de meest ernstige, waarbij de achteruitgang soms heel snel gaat. Maar helemaal blind wordt u niet, als het meezit.'

Nu, meer dan een jaar na die bemoedigende woorden, vele onderzoeken en een mislukte laseroperatie later, voel ik me als een onschuldige die ten gevolge van een gerechtelijke dwaling tot levenslang is veroordeeld. Regelmatig word ik gekweld door spijt. Spijt omdat ik altijd oppervlakkig en slordig om me heen heb gekeken. Zelden had ik oog voor ogenschijnlijk onbeduidende details. De ragfijne tekening in de fragiele vleugels van een libelle, het tere groen van ontluikende knoppen in het voorjaar, de lijnen in mijn handpalm, ik heb ernaar gekeken zonder er iets van te registreren. Ik weet niet eens hoe mijn eigen hand eruitziet!

Zolang het nog mogelijk is probeer ik mijn database aan te vullen met wat ik nog kan zien maar nooit is doorgedrongen. Helaas liggen zulke dingen vooral in de periferie van mijn gezichtsvermogen. De tijd dringt. Wil ik nog iets van de waarneembare wereld in mij sluiten voordat het licht definitief op grijs gaat, dan heb ik daar al mijn tijd en aandacht voor nodig. Ik mag die niet vermorsen met alledaagse beslommeringen als bezoeken aan een supermarkt, waar ik mistige artikelen in een vreemd gevormde boodschappenkar naar een kassa met een gezichtsloze caissière rijd, of aan het risicovolle bereiden van onduidelijke maaltijden. Daarvoor en voor het schoonhouden van mijn appartement en voor vervoer buitenshuis, heb ik op korte termijn hulp nodig.

Het besef een deel van mijn onafhankelijkheid te moeten inleveren, heeft me minstens zo zwaar getroffen als het vooruitzicht in een vervagende wereld te moeten leven. Tot ver na mijn jeugd heb ik voor die onafhankelijkheid moeten vechten. Daarna heb ik de overwinning zo krampachtig gekoesterd dat de ene na de andere relatie strandde op slecht verwerkte frustraties uit mijn verleden.

Toen ik zes was stierf mijn moeder aan een hersentumor. Hoe jong ik ook was, de spanning die in huis hing toen ze naar het ziekenhuis moest voor de operatie, heb ik net zo intens beleefd als de volwassenen om mij heen. De ontluistering daarna, toen in het ziekenhuisbed iemand met een kaal geschoren hoofd lag die vaag op mijn moeder leek maar heel andere klanken uitstootte dan de vrouw die voor het slapengaan een verhaaltje voorlas, staat me nog scherp voor de geest.

Na haar dood ruilde ik moederliefde in voor de toewijding van een kindermeisje en de genegenheid van een vader die vooral leefde voor zijn zaak, een boekhandel, gespecialiseerd in literair en wetenschappelijk werk. Ik was voorbestemd om die van hem over te nemen. Dat was de voornaamste reden voor mijn soms luidruchtige aanwezigheid in het kille en sombere huis dat net boven Amsterdam lag, in een bocht aan de Zaan.

Vanaf het moment dat ik kon lezen, stortte mijn vader een on-afgebroken stroom boekjes over me uit, waar ik aanvankelijk vol belangstelling in dook.

Naarmate ik ouder werd, werden de boeken dikker. De verhalen maakten steeds vaker plaats voor populairwetenschappelijke publicaties. Een eigen keuze werd me niet gelaten. Hoeveel kinderen hadden het voorrecht dat hun vader een boekhandel bezat en daardoor als geen ander in staat was goede boeken van rommel te onderscheiden? Kiezen kon ik beter aan hem overlaten. Ik liet het me aanleunen, al lukte het me niet om alles wat hij aanvoerde te lezen.

Tot de hormonen begonnen op te spelen en ik veranderde in een puisterige, dwarse puber, in heel andere dingen geïnteresseerd dan in boeken. Mijn vader had er geen begrip voor en probeerde de losbandige cultuurbarbaar die ik in zijn ogen dreigde te worden, in het gareel te houden met een strak regime. Het was een botsing van generaties. Ik liet er geen twijfel over bestaan dat het vooruitzicht van een leven tussen boeken me net zo benauwde als de kleine woonkamer van het Zaanse huis, waar mijn vader de eeuwige strijd tegen het optrekkende vocht in de muren dreigde te verliezen.

Om geen twijfel over mijn intenties te laten bestaan, vulde ik mijn vrije tijd met rondlummelen, stickies roken en scheuren op een brommer, tot afgrijzen van mijn vader, die zowel mijn financiële als mijn fysieke bewegingsruimte inperkte waar en zo lang hij kon. We leefden in oorlog, tot ik, nog net niet verstikt, het ouderlijk huis ontvluchtte om wiskunde te studeren, met de beperkte armslag van een studiebeurs.

Na mijn studie stortte ik me op het ontwikkelen van computergames. In de optiek van mijn vader verspilde ik mijn talenten, speelde ik in op de stompzinnigheid van de massa en baggerde ik mijn vermogen op uit de stinkende poel van brood en spelen.

Toch werd de kloof tussen mij en mijn vader in de jaren die volgden smaller omdat hij zich vulde met de mildheid die ouder worden blijkbaar met zich meebrengt. Op zijn sterfbed, zeven jaar geleden, heb ik me met hem verzoend en hem in een emotionele bui beloofd de zaak voort te zetten. Ik moet hem nageven dat de verkoop van boeken me achteraf meer bevrediging schonk dan het bedenken van de zoveelste *shooting*-variant in een weinig verheffend beeldschermspelletje. Hoewel ik mijn wereld niet, zoals hij, wilde begrenzen door muren van boeken, ben ik wel een veellezer geworden, alsof ik teruggekeerd was naar de jaren van mijn jeugd, voordat Sturm und Drang mijn leven op zijn kop zetten.

Ik heb de boekhandel uitgebreid en uitgebouwd, ook letterlijk, voor een deel met het snelle geld dat ik had verdiend met vluchtige spelletjes. Mede daardoor ben ik nu financieel onafhankelijk. Ook zonder mijn permanente aanwezigheid is het personeel uitstekend in staat de balans jaarlijks zo positief af te sluiten dat ik mij een huishoudster, persoonlijke hulp of hoe je zo iemand noemt, kan permitteren.

Ik heb er lang over nagedacht, gezocht naar andere oplossingen. Uiteindelijk ben ik te rade gegaan bij Elsbeth, mijn steun en toeverlaat in de boekhandel. Zij regelt op dit moment zo'n beetje alles wat ik zelf niet meer kan.

'Het valt te proberen. Een hulp voor dag en nacht, of liever alleen voor overdag?'

'Het laatste. Verder red ik het wel. Of zou het aantrekkelijker zijn om meteen kost en inwoning aan te bieden?'

'Dat denk ik wel. Er is een organisatie die bemiddelt voor au pairs die niet met kinderen, maar met ouden van dagen willen werken.'

Ouden van dagen. Ik zette al mijn stekels op. Op mijn ogen na ben ik gezond en fit, en nog maar net vijftig.

'Dank je. Ik zet wel een advertentie.'

Het opstellen ervan heeft me nog aardig wat hoofdbrekens ge-kost. Voor me ligt de vijfde versie.

Gezocht door man van middelbare leeftijd:
stressbestendige persoonlijkheid met dienstverlenende
instelling, die mij wil begeleiden in een wereld van
toenemende schemer en duisternis (maculadegeneratie).
Gevoel voor humor dringend gewenst. Bereidheid om me
te vergezellen op reizen naar het buitenland zolang ik nog
voldoende kan zien. Rijbewijs is een vereiste.
Salaris, eventueel rekening houdend met kost en inwoning,
wordt na overleg vastgesteld.
Reacties worden met belangstelling tegemoetgezien.
Sturen naar postbusnummer ....

Ik wil de tekst nog een paar dagen laten bezinken, ook om ver-zoend te raken met het idee dat ik hier permanent iemand over de vloer krijg. Dan pas laat ik hem plaatsen.

2

Langzaam loopt ze langs de rekken met kleding. Haar hand voelt aan de stof van een chic ogende, gedecolleteerde jurk. Kritisch bekijkt ze de snit. Naar zoiets is ze op zoek. Ze pakt de jurk uit het rek en loopt naar een paskamer. Bewonderend kijkt ze naar zichzelf in de spiegel. Niet verder zoeken. Deze past als een tweede huid, is sexy en uitdagend, zonder te veel bloot te geven.

Even later wandelt ze met een tevreden gezicht de winkel uit. Nu nog een paar bijpassende schoenen. Aan de overkant van de straat ziet ze een schoenenzaak, net voorbij een zebrapad. Iets te haastig steekt ze over. Banden gieren op het asfalt. Een blauwe bestelauto komt vlak voor haar tot stilstand, raakt haar net niet omdat ze opzij springt. Verstijfd van schrik blijft ze staan.

De bestuurder is uitgestapt en komt op haar af.

'Dat was op het nippertje. Sorry, je stak ook zo onverwachts over. Gaat het wel?'

Ze staart verbijsterd naar zijn pokdalige gezicht. Dezelfde neus, dezelfde blauwe, diepliggende ogen, dezelfde dunne, bleke lippen. Kraterkop! De vulkaantjes zijn alleen gedoofd en hebben plaatsgemaakt voor littekens.

'Ze is zich rot geschrokken, zie je dat niet?'

Een vrouwenstem. Vriendelijke ogen nemen haar op.

'Ik zou haar iets te drinken aanbieden, als ik jou was.'

'Als ze dat wil.'

Hij durft het haar niet eens rechtstreeks te vragen, is nog net zo'n lafaard als vroeger. De schok van herkenning is ze te boven. In haar hoofd gonst het. Ze voelt haar wangen rood worden. Bang om herkend te worden hoeft ze niet te zijn. Ze was destijds veertien en ze is sindsdien heel erg veranderd. *Doe het niet!* Hij heeft er alleen maar om gelachen.

'Mag ik je iets te drinken aanbieden, om het goed te maken?' klinkt het aarzelend.

Ze blijft hem aanstaren. Toen voelde je je een hele kerel, hè, samen met je vrienden. In je eentje stel je niets voor. Ze windt zich nog meer op. Niet aan toegeven. Juist nu moet ze koel en berekenend blijven, en dat kan ze, dat heeft ze eerder bewezen. Een kans als deze krijgt ze niet nog een keer.

'Goed dan.' Het lukt haar om een glimlach op haar gezicht te krijgen.

'Zie je wel, zo los je zulke dingen op,' zegt de vrouw voor ze verder loopt.

Achter zijn auto wordt ongeduldig getoeterd.

'Ga je mee?'

Hij houdt het portier voor haar open en houdt haar tas vast terwijl ze instapt.

'Waar wil je heen?' vraagt hij terwijl hij wegrijdt. 'Jij mag het zeggen.'

Zijn gezicht draait haar kant op, zijn ogen en zijn mond lachen. Om te voorkomen dat ze hem aanvliegt kijkt ze snel de andere kant op. Allerlei wilde plannen schieten door haar hoofd. Dit had ze niet voorzien en dus heeft ze niets uitgedacht of voorbereid. Er is ook niet veel tijd. Morgen is ze hier al weer weg.

'Beloof je me dat je er dan naartoe rijdt?'

Hij kijkt haar nieuwsgierig aan. 'Beloofd! Met jou wil ik overal wel heen.'

'Oké dan. Je rijdt de stad uit, de weg naar Trbinja. Na een paar kilometer zie je een afslag naar een restaurantje. Ken je dat? Het is maar een minuut of tien hiervandaan.'

'Ik wist niet dat het geopend was. Waarom niet iets hier in de buurt?'

Hij heeft er duidelijk niet veel zin in, maar wil blijkbaar ook niet botweg weigeren.

'Een vriendin van mij werkt daar. En het bespaart me een bus-ritje.'

'Als dat het is... Ik wil je graag wegbrengen nadat we hier iets hebben gedronken. Woon je daar soms?'

'Ik niet, mijn tante, in een van de huisjes achter het hotel. Ik lo-geer daar een paar dagen.'

'Je bent dus niet van hier?'

Ze registreert opluchting. Hij concludeert dat zij dus niet kan weten wat zich daar heeft afgespeeld.

'Weet je... mijn vriendin werkt daar. Dan is het gewoon leuk om met een man als jij binnen te komen.'

Hij begint nog net niet te glimmen, is nog dezelfde stompzin-nige hufter die zich als een jochie laat inpakken. Haar woede laait weer op. Het kost haar moeite om rustig te blijven zitten.

'Hoe heet je?' vraagt hij.

'Eva. Jij?'

'Goran.'

Zijn echte naam. Kennelijk denkt hij dat hij niet bang hoeft te zijn voor herkenning.

'Woon je niet in Vukovar, Eva?'

'In Dubrovnic. Mijn ouders zijn daarheen verhuisd, na de oor-log.'

Stilte. Ze kan zijn gedachten bijna raden. Zou ze dan toch van hier zijn? Dan is het wel heel vreemd dat ze naar die plek wil.

'Maar je tante woont nog hier. Kom je hier vaak?'

'Vaak genoeg om afspraakjes te kunnen maken.'

Nonchalant schuift ze haar rok een stukje omhoog en ziet kans om verleidelijk naar hem te lachen. Zijn antenne staat goed afgesteld, zijn blik wordt erheen getrokken.

'Werk je daar ook?'

'Nee. Ik werk op een cruiseschip. Hard werken, maar tussendoor lange vakanties. En je ziet wat van de wereld.'

Ze wordt steeds interessanter: een vrouw van de wereld, die niet mis te verstane signalen afgeeft.

'Is deze auto van jou?'

'Van mijn baas. Ik breng er de bestellingen mee rond. Hier moeten we toch ergens naar links?'

'Nog een klein stukje.'

Haar ogen glijden over het aangetaste landschap, met overal ruïnes van huizen. Er is zwaar gevochten langs deze weg. Slechts een enkeling is na de oorlog teruggekomen om zijn huis weer op te bouwen. Alleen het café-restaurant en een paar huizen eromheen zijn niet platgebombardeerd omdat ze niet in het schootsveld lagen, maar een stukje van de doorgaande route af. Er is wel om gevochten. De muren zitten nog vol kogelgaten. De Chetniks hebben er daarna hun intrek genomen en er hun 'bordeel van gevangen maagden', zoals ze het noemden, in gevestigd. Bij de gedachte eraan trekt het bloed weg uit haar gezicht. Ze wrijft met haar handen in haar ogen om zich niet te laten overweldigen door de beelden die zich opdringen. Woede en wraakzucht wellen onweerstaanbaar op. Ze kan zichzelf elk moment verliezen.

'Hier?' hoort ze Goran vragen.

Ze knikt. Haar stem zou te veel trillen en hem achterdochtig kunnen maken.

De weg is slecht onderhouden. De wagen hobbelt eroverheen. Hier en daar zitten grote gaten in het asfalt. Goran vloekt als hij een diepe kuil maar net kan ontwijken.

'Weet je wel zeker dat de boel daar open is?'

Hij neemt gas terug en brengt de wagen tot stilstand. Hij gluurt naar haar dijen en naar haar borsten, waar zich duidelijk hard geworden tepels aftekenen. Zijn ogen vertellen dat hij die toeschrijft aan een ander soort spanning dan die zij voelt. Een aarzelend kuchje. Dan schuift hij naar haar toe, slaat een arm om haar heen en probeert haar naar zich toe te trekken.

Ze duwt hem van zich af, hapt naar adem. Dan verliest ze de controle. Met een schreeuw zoeken lang opgekropte gevoelens een uitweg. Haar hand klauwt naar zijn gezicht, ze duwt haar vingers met kracht diep in zijn oogkassen, onder zijn oogbal.

Hij begint onbeheerst te krijsen en drukt zijn handen tegen zijn ogen. Het bloed loopt over zijn wangen. Zijn hulpeloze aanblik zweept haar op. Ik bloedde ook, schreeuwde ook van de pijn, en dat kon jou ook niets schelen. Ze springt de auto uit, holt eromheen, opent het portier aan zijn kant en sleurt hem naar buiten. Het laatste restje verweer ramt ze er met een knie in zijn kruis uit. Hij slaat dubbel en blijft voorovergebogen op dezelfde plek staan, schreeuwend om hulp. Ze zit alweer in de auto, achter het stuur. Gelukkig heeft hij de motor laten draaien. De versnellingsbak kraakt als ze hem in zijn één zet. Vol gas, koppeling laten opkomen. De auto schiet naar voren. Hij merkt het te laat, houdt alleen zijn armen beschermend voor zich en klapt dan achterover. Zonder in te houden davert ze over hem heen. Het bezorgt haar een euforisch gevoel. Nog een keer, zoals hij haar zelf heeft voorgedaan.

Een stukje verderop kruist de weg een zandpad. Daar brengt ze de auto tot stilstand. Ze hijgt, haar hart bonkt, haar wangen gloeien. Rustig blijven nu. Hoe krijgt ze dit ding in zijn achteruit? Ze heeft haar rijbewijs nog maar net en ze heeft geen ervaring met andere auto's dan haar leswagen. Gelukkig: op de knop van de pook staat een schakelschema. Pook helemaal naar rechts en naar achteren trekken. Haar handen trillen. Koppeling langzaam laten opkomen. Triomf. De auto rijdt achteruit, het lukt om te keren.

De aanblik van het lichaam voor haar op de weg jaagt de adrenaline weer door haar aderen. Vol gas dendert ze eroverheen, een oneffenheid in de weg die moet worden gladgestreken. Een stukje verder stopt ze. Een vlek in haar achteruitkijkspiegel, meer is er niet van hem over. Gerechtigheid, het vonnis is voltrokken. Ze onderdrukt de neiging om nog een keer over hem heen te razen. Niet doen. Ze moet hier ongemerkt weg zien te komen. Voorovergebogen, met haar hoofd op haar armen, leunt ze op het stuur. Haar ademhaling wordt rustiger. Dan volgt de ontspanning, een lome, zware, gelukzalige ontspanning.

3

Al een paar weken ben ik aan het adverteren. De respons waar ik op wacht, blijft uit. Elsbeth verbaast zich er niet over.

'Jongeren vinden zorgtaken niet aantrekkelijk.'

Het heeft volgens haar te maken met het ik-tijdperk, met karige loontjes en een slecht imago van de zorg.

Er komen wel reacties, maar die zijn meer geschikt voor een hilarische bloemlezing. Zo is er een vrouw die het begin van de tekst interpreteerde op een manier die ik niet had voorzien. Ze was bereid om met me op reis te gaan naar het rijk van Satan, me in te wijden in de rituelen die daarvoor noodzakelijk zijn. Een morbide gevoel voor humor? Of dacht ze dat het woord macula iets met zwarte magie te maken had? Eigenlijk niet eens zo'n vreemde gedachte.

Dan de voorspelbare brieven van een paar vrouwen van middelbare leeftijd, uit de kinderen, die hun verzorgende taken missen. Een ervan was wellicht zelfs tot een huwelijk bereid. Alsof mijn oproep in de rubriek 'contactadvertenties' was terechtgekomen.

Al even voorspelbaar is het proza van studenten. Ze doen hun uiterste best om mij ervan te overtuigen dat mijn welzijn uiteraard voor hun studie gaat. De kamernood is hoog in deze stad.

Tot mijn opluchting is er vandaag een reactie binnengekomen die me aanspreekt.

Ik ben er meteen mee naar Elsbeth gegaan. Zij heeft er haar twijfels over. Gezien haar zakelijke instelling niet zo verwonderlijk.

'De sollicitante lijkt me wat onevenwichtig. Iemand die een sollicitatiebrief begint met de mededeling dat ze uit haar vorige betrekking op staande voet is ontslagen, kun je toch niet serieus nemen?'

'Alleen iemand die heel zelfbewust is durft het aan om een sollicitatiebrief zo te beginnen.'

Elsbeth is niet overtuigd. 'Het stoort me dat ze ongevraagd een cd-rom heeft meegestuurd met een uitvoerige, ingesproken cv erop.'

Gezien uw ziekte lijkt het mij voor u het makkelijkst om mijn sollicitatie te beluisteren. Ik sluit hierbij dus een cd-rom in, stond in het begeleidende briefje.

'Waarom?'

'Aandachttrekkerij! Door de lengte van de informatie komt het ook opdringerig over.'

'Het spijt me, maar ik ben het niet met je eens.'

Ik wil niet toegeven dat ik onmiddellijk in de ban ben geraakt van haar donkere, zwoele stem, waarmee ze goed Nederlands sprak, maar met een nadrukkelijk Slavisch accent.

Hallo. Ik ben Kristina. Mijn Nederlands klinkt misschien wat vreemd, maar u zult straks begrijpen hoe dat komt. Ik hou er niet van om dingen achter te houden of pas als laatste te vermelden. Daarom begin ik met wat een ander misschien had weggemoffeld. Een paar dagen geleden ben ik ontslagen, op staande voet. Ik werkte als serveerster in de restaurants op een cruiseschip, dat Amsterdam alweer heeft verlaten. Waar rook is, is vuur, denkt u misschien en u drukt op de stopknop. Volgende sollicitant. Ik hoop dat u dat niet doet, omdat ik er trots op ben ontslagen te zijn en u graag wil vertellen waarom.

Ik werkte dus als serveerster op een cruiseschip. Dat is niet mijn beroep. Ik studeer nog. Management en techniek aan het Rochester Instituut in Dubrovnic. Het laatste jaar van mijn studie moet ik zelf betalen. Daarom zocht ik werk als bediende op een Amerikaans cruiseschip. Na een screening werd ik aangenomen.

Tien procent van het personeel daar bestaat uit vrouwen, bijna allemaal in de laagste posities. Vanaf het begin werd ik met argwaan bekeken. Een vrouw, met hersens nog wel, die na haar studie al snel ergens een hoge positie zou kunnen krijgen. Voor haantjes met carrièredrang was ik een nachtmerrie. Het leidde tot pesterijen, waarvan ik uiteindelijk het slachtoffer ben geworden.

Alles op het schip draait om de gasten. Dienstbaarheid wordt met een driemaal vergrote hoofdletter geschreven. Naar de passagiers toe mag werkelijk niets misgaan. Tijdens een gala-avond morste ik per ongeluk saus op de smoking van een weinig inschikkelijk mannetje, dat het mij al eens eerder lastig had gemaakt. Strafpunt nummer één. Het personeel wordt door middel van een strafpuntensysteem namelijk gedwongen tot een aan perfectie grenzend dienstbetoon. Bij drie strafpunten volgt ontslag op staande voet! Mijn tweede strafpunt kreeg ik van mijn directe chef, die mij met opzet de rottigste diensten toewees. Toen hij in de werkroosters een paar stomme doublures invoerde, waardoor ik het extra zwaar zou krijgen, was voor mij de maat vol. Ik heb ze ongevraagd veranderd. Het stond voor zijn simpele ego gelijk aan een moordaanslag. Nog één strafpunt, en ik vloog eruit, rekende hij mij met een zelfgenoegzaam lachje voor. Hij kon me die voor het minste of geringste geven. Als ik echter een keertje héél erg lief voor hem wilde zijn, kon hij dat tweede strafpunt nog intrekken. Ik ben ontploft, letterlijk bijna, want ik heb de arrogante smeerlap vol in zijn hitsige kruis getrapt. Een uur later stond ik met mijn bagage op de wal, en daar ben ik trots op. Ik had geruchten gehoord over meisjes die wel bereid waren tot extra dienstverlening om hun werkplek op het schip veilig te stellen of te verbeteren. Dat ik zelf slachtoffer zou kunnen worden van die walgelijke vorm van seksuele intimidatie was niet bij me opgekomen. Naïef, zult u zeggen. Misschien hebt u gelijk, maar misschien zegt het ook iets over mijn kijk op de wereld, over de manier waarop ik met mensen wil omgaan, over de manier waarop ik met u zou willen omgaan, als u mij in dienst zou nemen. Ik hoop dat u mij het zwijgen nog niet hebt opgelegd. Nu volgt de meer zakelijke informatie. Ik ben vijfentwintig jaar, geboren in Kroatië en in 1991 met mijn ouders naar Nederland gevlucht. Vijf jaar geleden haalde ik mijn vwo-diploma. Daarna ben ik met mijn ouders teruggegaan naar Kroatië.

In uw advertentie vermeldt u dat u, zolang u nog wat kunt zien, veel wilt reizen. In uw situatie zou varen met een cruiseschip wel eens de meest ideale manier kunnen zijn. Ik wil dat graag toelichten. Ik zou u bovendien extra goed van dienst kunnen zijn omdat ik de cruisewereld van binnenuit ken. Ik ben onafhankelijk, kan gaan en staan waar ik wil en spreek goed Engels. Het laatste deel van mijn studie voltooi ik door via internet contact te houden met mijn docenten. Een deel van mijn vrije tijd zal ik daarom gebruiken om te studeren, wat u een rustige huisgenoot garandeert.

Heb ik een verzorgende instelling? Ben ik stressbestendig? Tijdens ons verblijf in een asielzoekerscentrum in

Nederland heb ik, omdat mijn vader daartoe niet in staat was, de verzorging op mij genomen van mijn zieke en getraumatiseerde moeder. Toch is het mij gelukt om Nederlands te leren en een vwo-diploma te halen.

Heb ik gevoel voor humor? Door wat ik in mijn leven heb meegemaakt, schort het daar wel wat aan. Misschien kan ik wat dat betreft iets van u leren. Hoe kan iemand die al op uw leeftijd wordt getroffen door maculadegeneratie nog over humor spreken? Ik heb daar respect voor; ik wil mij graag inzetten om voor iemand met zo'n mentale kracht het leven te verlichten, in alle betekenissen die dat woord voor u heeft gekregen.

Tot slot kan ik melden dat ik in het bezit ben van een rijbewijs.

Hebt u na deze gesproken presentatie nog steeds belangstelling voor mij, dan kunt u me bereiken op 06....
Het lijkt me plezierig om kennis met u te maken.

Meerdere keren heb ik haar verhaal beluisterd, om haar beter te leren kennen en omdat ik bang was dat me iets zou ontgaan. Haar stem werd me al snel vertrouwd. Ik probeerde me een beeld van haar te vormen. Het varieerde van een stevig, middelgroot, donkerharig type met trendy bril tot een geblondeerde schoonheid die gedoemd was tot een eeuwige strijd tegen haargroei op armen, benen en bovenlip.

In mijn fantasie neem ik zulke details nog waar. De achteruitgang van mijn voorstellingsvermogen houdt gelukkig geen gelijke tred met de degeneratie van mijn macula. Als het meezit zullen mijn gehoor, mijn reuk en mijn tastzin zich meer dan gemiddeld ontwikkelen. Misschien kunnen die waarnemingen worden omgezet in gedetailleerde visuele beelden, geprojecteerd op het netvlies van mijn verbeelding. Mijn wereld zal dan wel veranderen, maar iets minder klein worden dan de oogarts heeft voorspeld. En Kristina zou, naast haar praktische werkzaamheden, in die wereld mijn gids kunnen zijn.

'Ze heeft je al ingepalmd voordat je haar hebt gezien en gesproken,' zegt Elsbeth. 'Ze komt openhartig over. Misschien heeft ze ook aangevoeld hoe ze jouw tere snaar kan raken. Dat zou weer heel berekenend zijn.'

'Onzin! Dan had ze het ook wel slimmer gespeeld toen haar baantje op dat cruiseschip in gevaar was.'

'Het pleit voor haar dat ze niet heeft toegegeven.'

4

Hoofdschuddend loopt Elsbeth langs speurende en in tijdschriften bladerende klanten naar het magazijn achter in de winkel.

'Hebt u hier nog een onbeschadigd exemplaar van?' De man die de vraag had gesteld staat ongeduldig te wachten, met zijn vingers op de toonbank trommelend.

Wat krasjes op het omslag en een boek heet meteen beschadigd! Waarschijnlijk heeft het boven op de stapel gelegen en is het door vele handen gegaan. Iedereen die het wilde kopen heeft het teruggelegd en vervolgens een exemplaar eronder gepakt. Omdat ze dit soort bestsellers altijd groot inkoopt, met recht van retour uiteraard, voor het geval de titel onverhoopt toch niet wil lopen, heeft ze er nog een aantal van in voorraad.

In tegenstelling tot de winkel biedt het magazijn een weinig geordende aanblik. Bundels tijdschriften en kranten die aan het einde van de week worden opgehaald, een rek met omgevallen boeken en overal dozen, sommige nog dicht.

Gehaast bekijkt ze de inhoud van de openstaande dozen. Al in de vierde doos vindt ze de betreffende titel. Dat valt mee.

'Dat ziet er beter uit,' zegt de klant als ze hem even later een nieuw exemplaar overhandigt. 'Geeft u trouwens korting op een beschadigd boek?'

'Nee, meneer,' antwoordt ze zo vriendelijk mogelijk. 'Beschadigd is er een te groot woord voor.'

De man trekt een verongelijkt gezicht, rekent af en vertrekt.

Nog een uur voordat Daniel haar verwacht, ziet ze op haar horloge. Ze zal zorgen dat ze iets vroeger is, zodat zij de sollicitante kan ontvangen en zich een eerste indruk van haar kan vormen. Hoe ziet ze eruit, hoe stelt ze zich voor, wat voor houding neemt ze aan als ze wordt ontvangen door een vrouw wier positie ze niet kent en niet door haar mogelijke werkgever?

Mogelijke werkgever. Daniel die een jonge, wellicht aantrekkelijke vrouw in huis dreigt te nemen... Als die vrouw ergens op uit is en het goed speelt, zou de verleiding voor hem wel eens groot kunnen worden. Net op het moment dat haar eigen zakelijke relatie met hem wat meer privé, wat intiemer ook, begint te worden. Met dank aan zijn oogziekte misschien, maar toch... Ze wil hem graag vergeven dat hij haar in de bijna twintig jaar dat ze voor hem en zijn vader heeft gewerkt slechts als een gewaardeerde werkneemster heeft beschouwd en haar nooit eerder als vrouw heeft zien staan.

Ze houdt van het boekenvak en deelt die liefde met Daniel. Twee weken geleden zijn ze voor het eerst samen naar een concert geweest. Ze denkt nog bijna dagelijks aan die avond, aan een Daniel die ze nog niet kende, die haar attent en galant zijn arm aanbood, geroerd raakte door een virtuoos gespeelde pianosonate, die haar na afloop toefluisterde een heerlijke avond te hebben gehad; aan de vluchtige kus die ze hebben gewisseld voordat ze uit de taxi stapte. Herinneringen die ze koestert als een mooie droom.

Ze schrikt op uit haar overpeinzingen als een klant haar iets vraagt.

'Het spijt me mevrouw, die titel hebben we niet op voorraad. We kunnen hem voor u bestellen, dan hebben we hem over twee dagen in huis.'

'Succes,' zegt ze als de vrouw wegloopt met de mededeling dat ze het dan ergens anders gaat proberen.

Zonder er met haar gedachten bij te zijn, schuift ze wat met losliggende boeken en stapeltjes op de toonbank.

'Een zinvolle actie, Elsbeth,' zegt Bert, een van de verkopers, met een glimlach. 'Aan het dromen?'

Ze glimlacht terug. 'Ach… laat naar bed gegaan; een beetje afwezig.'

'Nou, dat kan dan leuk worden. Kijk eens wie daar aankomt.'

De vertegenwoordiger van een uitgeverij met overwegend slecht of matig lopende titels. De vasthoudendheid van de man is meestal omgekeerd evenredig met het aantal boeken dat ze van plan is bij hem te bestellen. Snel werpt ze een blik op haar horloge. Hij had op geen slechter moment kunnen opduiken en ze móét hem te woord staan.

5

Ongedurig loop ik heen en weer tussen de huiskamer en de keuken. Nog een kwartier. Ik voel een soort spanning die ik me herinner uit mijn kindertijd, als ik geen rust had tot ik mijn verjaarscadeau mocht uitpakken.

Ruim voor het afgesproken tijdstip klinkt de straatbel. Elsbeth kan het niet zijn. Zij heeft een sleutel van mijn appartement.

'Kristina! Ik ben een beetje vroeg,' klinkt een vertrouwde stem door de intercom. 'Kunt u mij al ontvangen of zal ik hier nog even blijven wachten?'

'Nee, dat hoeft niet. Je moet op de vierde etage zijn. Als je uit de lift komt de eerste deur links.'

Een eerste kennismaking, een eerste indruk, zonder dat ze wordt afgeleid door Elsbeths onderzoekende blik of haar kritische vragen, beter kan ik me niet wensen. Ik heb even overwogen om Elsbeth erbuiten te laten, maar dat leek me bij nader inzien niet verstandig, al was het maar omdat ze zakelijker tegen bepaalde dingen aankijkt dan ik. Ik ben al jaren gewend om op Elsbeths nuchtere doortastendheid te leunen.

Ik moet me inhouden om haar niet in de deuropening op te wachten. Het duurt lang voor ze aanbelt. Er is zeker weer een verhuizing aan de gang zodat de lift voortdurend in gebruik is of op een etage wordt stilgezet om te worden uitgeladen.

Eindelijk klinkt de voordeurbel. Een wolk van frisse buitenlucht komt me tegemoet als ik de deur open.

'Hallo, ik ben Kristina.'

Een koele, kleine hand die de mijne licht drukt.

'Kom binnen. Du Mont. Leuk je te ontmoeten.' Ik ga opzij om haar te laten passeren en sluit de galerijdeur. 'Geef je jas maar.'

'Alstublieft. Du Mont... Dat klinkt Frans.'

'Klopt. Mijn verre voorouders komen uit Frankrijk.'

Ik doe een stap naar achteren en draai mijn hoofd opzij, zodat ik haar enigszins kan zien. Vroeger hield ik iemand zo vanuit mijn ooghoek in de gaten, terwijl ik mijn ogen op iets anders had scherpgesteld. Tegenwoordig is het de enige manier om beelden herkenbaar op mijn netvlies te krijgen.

'Zal ik heen en weer lopen? U kunt stop zeggen op het moment dat u mij het beste ziet.'

Alsof ze iets alledaags voorstelt. Het getuigt wel van meer inzicht in mijn ziektebeeld dan ik heb ontdekt bij vrienden en kennissen, die er al maanden aan hebben kunnen wennen.

'U ziet er veel jonger uit dan ik had verwacht,' flapt ze eruit.

Ik ga haar voor naar de woonkamer, waar ze, nadat ze heeft rondgekeken, voor het raam gaat staan. 'Wat een uitzicht. Woont u hier al lang?'

'Nee, nog maar kort. Ik ben in de stad gaan wonen omdat ik niet meer kan autorijden. Waarom vraag je dat?'

'Omdat... Als u hier langer had gewoond, dan had u geweten wat er allemaal te zien is, waar een kerktoren staat, hoe de gracht loopt, waar een brug is. Dan had u nog steeds een beetje van het uitzicht kunnen genieten.'

'Ik heb een aangepaste bril, waarmee dingen in de verte meer contrast krijgen.'

'Kunt u mij zonder die bril zien? Zegt u het maar als ik me moet omdraaien.'

Ze heeft feilloos door dat ze op die plek voor mij het beste waarneembaar is. Van de voorstellingen die ik me van haar heb gemaakt, komt die van de geblondeerde schoonheid nog het meest in de buurt. Haar haar hangt los over haar schouders. Door de gunstige lichtval en de pose die ze aanneemt komen haar vrouwelijke vormen goed tot hun recht.

'Wilt u een beschrijving van me hebben? Ik heb blond, krullend haar, blauwe ogen en een neus die een klein beetje opwipt. Verder ben ik een meter achtenzeventig lang, niet dik of mager. Vandaag draag ik een zwarte rok en een blauwe blouse. Als ik op straat loop word ik vaak door mannen aangegaapt of nagefloten. Dat kunt u beter maar meteen weten, want u merkt het toch als ik u ergens heen moet brengen.'

'Wat moet ik daar nu op zeggen?'

'Dat u het niet van belang vindt hoe ik eruitzie, maar dat u iemand zoekt die u de hulp kan geven die u nodig hebt,' antwoordt ze prompt. 'En ik kan dat.'

Dat belooft wat! Elsbeth zal van zo'n houding niet gecharmeerd zijn. Ik moet even de eerste indruk verwerken.

'Wil je iets drinken, thee, koffie? Ik heb een senseo-apparaat. Dat is gemakkelijk voor me te bedienen.'

'Koffie dan graag.'

'Een momentje. Doe of je thuis bent.'

Fout, besef ik terwijl ik naar de keuken loop. Zoiets zeg je niet tegen een sollicitante.

De keuken wordt door een hal van de huiskamer gescheiden. Blijft ze staan, gaat ze zitten of gaat ze rondlopen?

Terwijl ik de koffiepads in de houder leg hoor ik de voordeur opengaan. Ik onderdruk de neiging terug te gaan om Elsbeth en Kristina aan elkaar voor te stellen.

'Daniel...' roept Elsbeth.

'Ik kom eraan!'

Ik hoor Elsbeth naar de woonkamer lopen. Daarna gedempte stemmen. Als ik met de koffie op een dienblad terugkom in de kamer, staan ze allebei voor het raam. Het uitzicht over de stad biedt nu eenmaal een scala aan mogelijkheden voor wat inleidend, risicoloos gebabbel.

'Ik zie dat jullie al hebben kennisgemaakt. Wil jij ook koffie, Elsbeth?'

'Nee, dank je. Ik heb net met een vertegenwoordiger koffiegedronken.'

Jammer dat ik de gezichten van de twee vrouwen niet kan zien en niet weet hoe ze op elkaar reageren. Op een moment als dit ben ik me er meer dan pijnlijk van bewust dat mijn visuele beperkingen andere met zich meebrengen. Ik moet een sollicitante beoordelen maar ben niet in staat de informatie die haar mimiek en haar lichaamstaal geven in mijn beslissing te betrekken.

'Zullen we gaan zitten?' stel ik voor. 'Elsbeth is al heel lang mijn bedrijfsleidster. Ze zal bij dit gesprek aanwezig zijn omdat we sollicitatiegesprekken op de zaak ook altijd samen voeren.' Ik glimlach Kristina bemoedigend toe.

'Stel jij de vragen, of doe ik dat?' vraagt Elsbeth zakelijk.

'Begin jij maar. Wij hebben al wat gepraat,' zeg ik. 'Het viel me op dat Kristina gedetailleerd op de hoogte is van de symptomen van mijn oogziekte.'

'Ah, daar heb je je dus al in verdiept. Is er veel informatie over te vinden?'

'Op internet, ja. Als je op Google *macula* intikt krijg je al zo veel hits dat je niet weet waar je moet beginnen.'

'Maar je weet nu wel waar je met meneer Du Mont aan begint?'

'Ik kan me door die informatie inleven in zijn handicap en ik weet ook wat zijn beperkingen zijn.'

'Dat wil echter nog niet zeggen dat je ook in staat bent om een maculapatiënt te verzorgen en te begeleiden.'

Elsbeth stelt de vragen vriendelijk maar zakelijk. Het valt me op dat ze een inleidend gesprekje om de sollicitante op haar gemak te stellen, overslaat. Of zou dat zo-even hebben plaatsgevonden, toen ik nog in de keuken was?

'Ik denk dat ik dat wel kan,' zegt Kristina, op dezelfde toon waarop ze mij dat al heeft gezegd, met een zweem van arrogantie. Van eerdere sollicitatiegesprekken weet ik dat Elsbeth daar niet van gediend is.

'Tijdens mijn middelbare-schooltijd heb ik voor mijn ouders gezorgd,' vervolgt ze voordat Elsbeth kan reageren. 'Ik weet dus hoe ik een huishouden moet runnen. Op het cruiseschip moest ik regelmatig in de keuken helpen. Van een kok, met wie ik het goed kon vinden, heb ik aardig wat kookkunsten afgekeken. Het eten daar is van hoge kwaliteit.'

'Je kunt dus meer dan aardappels koken en eieren bakken. Waarom solliciteer je dan eigenlijk op dit simpele baantje?' vraagt Elsbeth.

'Omdat er meer van te maken is dan een "simpel baantje". Dat is prettig voor mij en dat is prettig voor meneer Du Mont. Het betekent dat hij meer van me kan verwachten dan van iemand die niet de moeite neemt om zich in een ziektebeeld te verdiepen.'

'Dat stel ik op prijs, Kristina,' zeg ik. 'Wat zou ik dan meer van je kunnen verwachten, behalve lekker eten?'

'Dat zal in de praktijk moeten blijken,' antwoordt ze na enig nadenken. 'Het hangt er ook van af hoeveel hulp u werkelijk nodig hebt en wat u zich uit handen wilt laten nemen.'

'Je hebt op een cruiseschip gewerkt en bent daar ontslagen omdat je fysiek geweld hebt gebruikt tegen je chef. Mij lijkt dat niet echt een aanbeveling,' zegt Elsbeth.

'Had u het wel een aanbeveling gevonden als ik die man zijn zin had gegeven?'

'Uiteraard niet. De vraag blijft of dat je een aanbeveling lijkt.'

'Fysiek geweld gebruiken lost meestal niets op en is inderdaad geen aanbeveling,' antwoordt Kristina. 'Er kunnen echter situaties ontstaan waarin je, zeker als vrouw, even geen andere uitweg ziet en impulsief van je afslaat. Ik heb er geen spijt van, maar het overkomt me geen tweede keer.'

'Hoe ben je eigenlijk op dat cruiseschip terechtgekomen, Kristina?' vraag ik. 'Je bent Kroatische, studeert management in Dubrovnic en werkt op een Amerikaans cruiseschip. Helemaal logisch lijkt me dat niet.'

'Omdat u de situatie in Kroatië niet kent. Jonge mensen konden altijd wel werk vinden in de toeristensector langs de kust. Door de oorlog is die ingestort, en de situatie is nog steeds niet terug op het oude niveau. Gelukkig kwamen de cruiseschepen wel snel terug, en die hadden personeel nodig. Wie al ervaring had opgedaan in een hotel of restaurant, of goed was opgeleid, kon daar zo terecht.'

'Heel ongelukkig dus dat je bent ontslagen,' zegt Elsbeth. 'Waar ben je na je ontslag naartoe gegaan? Je werd zomaar gedumpt in een vreemde stad.'

'Ik heb wat spaargeld, genoeg om het in een jeugdhotel een tijdje te kunnen uitzingen. En ik had ook nog wat geld tegoed van de maatschappij, zodat ik een vliegticket naar Dubrovnic kan kopen als ik hier geen werk vind.'

'Heb je daar veel familie?' vraag ik.

Ik hoor een lichte aarzeling. 'Mijn ouders, een zus, en mijn oma leeft nog.'

'Je vertelde dat je onafhankelijk bent, dat je kunt gaan en staan waar je wilt. Je bent jong, je ziet er niet onaantrekkelijk uit. Over belangstelling van mannen zul je niet te klagen hebben, neem ik aan,' merkt Elsbeth op.

Ik kijk verbaasd haar kant op. Wat bezielt Elsbeth om zoiets aan de orde te stellen? Zou ze Kristina als een rivale beschouwen?

Het is nooit bij me opgekomen dat ik voor haar meer zou kunnen zijn dan een goede vriend, die toevallig ook haar baas is. Zou ze er moeite mee hebben dat ze in de toekomst veelvuldig te maken kan krijgen met een vrouw die niet alleen qua uiterlijk haar tegenpool is? Elsbeth is klein, enigszins gezet, heeft kort, donker haar en draagt een vrij grote bril met een zwart montuur.

'Wat heeft uw vraag precies met mijn werk hier te maken?'

Het klinkt terughoudend.

'Dat zal ik je uitleggen. Ik wil me uiteraard niet met je privéleven bemoeien, maar het is wel de bedoeling dat je hier intrekt. Ik kan me voorstellen dat meneer Du Mont 's ochtends aan de ontbijttafel niet geconfronteerd wil worden met bezoekers die een nachtje zijn blijven slapen.'

Nu slaat ze door. Deze vraag is ronduit impertinent. Kristina reageert pas na een lange pauze.

'Ik zal kort zijn.' Er zit een merkwaardige spanning in haar stem. 'Ik ben niet geïnteresseerd in het soort contacten waar u op doelt.'

'Sorry, ik was wel erg direct, hè?'

Ik kan het niet zien, maar waarschijnlijk lacht Elsbeth nu ontwapenend, zoals ik haar vroeger in sollicitatiegesprekken wel heb zien doen nadat ze het een kandidaat moeilijk had gemaakt.

'Wat wil jij nog weten, Daniel?'

'Iets heel praktisch. Wat verdiende je op dat cruiseschip?'

'Niet veel. Je moet het vooral van de fooien hebben. Ik kreeg een basissalaris van vijftig dollar per maand, daarbovenop zevenhonderd tot duizend dollar aan fooien, afhankelijk van het aantal passagiers. Daar hoefde ik geen belasting over te betalen.'

'Er rekening mee houdend dat je hier kost en inwoning krijgt, zou ik je als ik je aanneem dus zevenhonderdvijftig euro per maand netto moeten betalen om je er niet op achteruit te laten gaan.'

'Daar zou het wel op neerkomen, ja. Wat mij betreft is het trouwens niet nodig om precies af te spreken wat mijn werktijden zijn en hoeveel vrije tijd ik krijg. Ik doe wat nodig is en ga ervan uit dat ik daarnaast tijd heb om te kunnen studeren.'

'Die vrijheid zul je op het cruiseschip toch niet gewend zijn geweest. Ik vind het erg vrijblijvend, en ik vraag me af of dat een goede basis is voor een dienstverband, Daniel,' zegt Elsbeth.

'Dat zou in de praktijk moeten blijken. Mocht ik besluiten je aan te nemen, dan is dat voorlopig op proef.'

'Niet meer dan logisch. Als het niet klikt, zou ik er ook direct mee willen stoppen. U zult nogal wat zaken aan mij moeten overlaten. Daarvoor is een vertrouwensrelatie nodig, net als met uw bedrijfsleidster. Als die niet ontstaat ben ik niet de juiste persoon.'

'Het leiden van een bedrijf is toch even iets anders dan het verzorgen van een maculapatiënt en het runnen van diens huishouding,' zegt Elsbeth droog.

'Ik verwacht dat ik me er prettig bij voel om het leven van iemand die door zo'n nare oogziekte wordt getroffen, wat aangenamer te maken.'

'Goed, Kristina. Ik ga er nog eens goed over nadenken en met Elsbeth overleggen. Je hoort voor morgenavond van me.'

Ze staat als eerste op. 'Ik kan meteen beginnen, als u dat wilt.'

'Dat zou prettig zijn.'

'Ik laat je wel even uit,' zegt Elsbeth.

'Tja, wat moeten we hier nu van denken?' zegt Elsbeth als ze terug is. Ze gaat weer tegenover me zitten. 'Een zelfverzekerd type, iets te zelfverzekerd. Ik zie voor me hoe ze haar chef in zijn kruis trapte. Mannen zullen zich wel een paar keer bedenken voordat ze iets met haar beginnen.'

'Is dat een hint?'

'Denk je er dan over om haar in dienst te nemen?'

'Veel keuze heb ik niet op dit moment. Op mij kwam ze niet verkeerd over.'

'Ze is veel te hoog opgeleid voor dit baantje, en ik moet nog zien dat ze werkelijk je huis kan schoonhouden, kan koken en noem maar op.'

'Daarom neem ik haar eerst op proef.'

'Wat ze zelf zei, over die vertrouwensrelatie... Je zult van het begin af aan heel veel aan haar moeten overlaten. Hoe weet je dat het waar is wat ze allemaal vertelt?'

'Hoe weet je of ze te vertrouwen is, bedoel je.'

'Ze gaf alleen iemand van de middelbare school als referentie op. Dat is jaren geleden. Een beetje mager, lijkt me.'

'Ze kon moeilijk het telefoonnummer van haar laatste chef opgeven. Ik heb trouwens naar die school gebeld. Ze is daar vijf jaar geleden met een diploma weggegaan. Een bijzonder aardige en positieve leerling, volgens haar docent. Hij herinnerde zich haar nog heel goed.'

'Het lijkt me, zeker voor mannen, moeilijk om haar meteen uit je hoofd te zetten. Bijzonder aardig en positief, zei hij? Weet je, Daniel, jij kunt haar niet zien. Zoals ze je aankijkt, een beetje uit de hoogte, niet als iemand die zich dienstbaar opstelt, bedoel ik. Ik heb mijn twijfels. Ze voelt zich er prettig bij om iemands leven te veraangenamen. Zegt ze dat niet om je stroop om de mond te smeren?'

'Ik kan dan wel minder goed zien dan jij, maar ik voel mensen heel goed aan. Ik kreeg de indruk dat ze me écht wil helpen. Een intelligente hulp, die aan een half woord genoeg heeft, lijkt mij in mijn situatie een uitkomst.'

'En toch, Daniel. Die vrouw heeft iets wat me niet aanstaat. Ik kan niet uitleggen waarom, noem het maar vrouwelijke intuïtie. Ik zou haar niet zomaar in dienst nemen.'

'Ik ga er nog even diep over nadenken. Morgen neem ik een beslissing.'

6

Met een ruk schakelt Elsbeth haar auto in zijn achteruit. De versnellingsbak protesteert met ijzingwekkend geknars, een laatste waarschuwing; nog één keer en ze heeft hem definitief de vernieling in gedraaid.

Langzaam rijdt ze naar de uitgang van de parkeergarage, steekt een kaart in de gleuf van de automaat, wacht geduldig tot de slagboom omhooggaat en draait de gracht op.

Ze is teleurgesteld, bezorgd, verdrietig, alles tegelijk. Daniel heeft zich laten inpakken. Had hij haar arrogante, veel te knappe gezicht maar kunnen zien. Of moet ze daar juist blij om zijn, omdat hij haar dan misschien extra aantrekkelijk had gevonden?

Ze zucht, probeert zich Kristina weer voor de geest te halen. Het lieve toontje waarop ze vertelde dat ze zich er goed bij zou voelen als ze hem mocht verzorgen, heeft blijkbaar indruk op hem gemaakt. Ze keek daarbij nota bene uit het raam, maar dat kon hij niet zien.

Het verkeer op de gracht loopt weer eens vast. Een stukje verderop staat een kleine vrachtwagen iets uit te laden. Het ding staat zo geparkeerd dat er voor personenauto's net genoeg ruimte is om te passeren. Niet voor een bestelwagen, die zich er toch langs probeert te wringen en met zijn zijspiegel vastloopt op die van de geparkeerde wagen. Geschreeuw, aanwijzingen van een behulpzame passant, die met zijn paraplu aangeeft hoe er volgens hem gestuurd moet worden, ongeduldig getoeter van een auto achter haar.

Elsbeth leunt achterover en zet de motor af. Haar ogen volgen een rondvaartboot die onder de brug door in haar richting komt glijden. Hij is afgeladen met toeristen, ondanks het slechte weer. Hun gids staat voorin, wijzend naar de trapgevels links van hem, pratend in zijn microfoon. Halzen worden gestrekt, tientallen hoofden draaien naar rechts. Automatisch kijkt ze dezelfde kant op, daarna richt ze haar blik weer op de twee wagens voor haar. Die zitten nog steeds klem. De bestuurder van de auto achter haar is uitgestapt en loopt driftig naar de blokkade, ongetwijfeld om ook aanwijzingen te geven. Ze haalt er haar schouders maar over op. Wie hier rijdt moet geen haast hebben en bij het maken van een afspraak altijd extra tijd inbouwen voor opstoppingen en een langdurige zoektocht naar een parkeerplaats.

Gelukkig, dat valt mee. De geparkeerde vrachtwagen komt in beweging, de rij volgt. Als ze over de brug rechts afslaat, vergeet ze over haar schouder te kijken en ziet de bromfiets die rechtdoor wil pas op het laatste moment. Uit alle macht trapt ze op de rem. Met een gierend geluid komt ook de brommer tot stilstand. Hij mist haar auto op een haar na. De berijder begint te schelden en wijst naar zijn voorhoofd. Elsbeth maakt een verontschuldigend gebaar. De bromfietser slaat met zijn hand hard op het dak van haar auto en rijdt dan gelukkig door.

Normaal gesproken is ze heel alert op rechtdoorgaand verkeer als ze rechts afslaat. Haar gedachten dwalen echter telkens af naar Kristina. Ze heeft de indruk dat de vrouw een rol speelde. Toch slaagde ze erin om oprecht over te komen. Daardoor ging je bijna geloven dat Daniel dolblij mocht zijn met iemand zoals zij.

Shit! Alle insteekhaventjes op het parkeerplein achter de boekwinkel zijn bezet. Dat wordt in de straat verderop achteruit tussen twee auto's inparkeren. Niet haar sterkste kant.

Na vijf minuten zoeken vindt ze eindelijk een plekje. Met veel gedraai perst ze haar autootje tussen twee andere. Haar humeur wordt er niet beter op.

In de boekwinkel loopt ze in een keer door naar het kantoortje, Bert en een van de parttime verkoopsters in het voorbijgaan groetend. Hun vragende, nieuwsgierige blik negeert ze. Niet aardig, ze is zich daarvan bewust, maar ze heeft nu even iets anders aan haar hoofd.

Uit de la met personeelsgegevens van Daniels bureau – sinds zijn ziekte feitelijk het hare – haalt ze de map met sollicitatiebrieven. Daniel bewaart die zorgvuldig. Als er iemand afscheid neemt of een jubileum viert, diept hij er soms iets uit op om te gebruiken voor een speech. Kristina's brief met cd heeft hij er ook in gestopt, om háár in de gelegenheid te stellen hem voorafgaand aan het gesprek te lezen en te beluisteren. Ze hoeft er niet naar te zoeken omdat hij eruit springt. Een speciale envelop, met luchtkussentjes, om te voorkomen dat de cd zou beschadigen. Het zakelijke briefje erbij is handgeschreven. Een merkwaardig, onregelmatig handschrift, de ene keer blokletters, dan weer doorlopend schrift.

Het lijkt me voor u het makkelijkst om mijn sollicitatie te beluisteren.

'Maar ik had dan wel een zakelijk verhaal verwacht, met wat meer persoonsgegevens,' mompelt Elsbeth. Hier, de enige referentie. Het telefoonnummer van haar middelbare school en de naam van een docent. *Hij herinnerde zich haar meteen en was vol lof over haar.* Waarom heeft Daniel háár die referentie niet laten natrekken? Hij deed dat nooit en hij had dus niet haar ervaring; zij vroeg door tot ze wist wat ze wilde weten.

Door de openstaande deur kijkt ze naar heen en weer drentelende bezoekers in de winkel, naar een man die een boek van een tafel pakt en met een belangstellend gezicht de achterflap begint te lezen. Ze staat op, doet met een beslist gebaar de deur dicht en pakt de telefoon uit zijn houder.

'Ik wil graag met de heer Terlaat spreken. Het gaat om een referentie van een oud-leerling van uw school,' zegt ze als zich aan de andere kant van de lijn een receptioniste meldt.

'Ik zal even op het rooster kijken. Een moment alstublieft.'

Terwijl ze wacht laait de tweestrijd op. Kan ze dit wel doen?

'Roembeer,' klinkt een zware stem in de telefoon.

'Goedemiddag. U spreekt met Elsbeth ter Horst. Neemt u mij niet kwalijk, maar ik heb naar de heer Terlaat gevraagd.'

'Dat is me verteld, ja. Het gaat om een referentie van een oud-leerling van hem, begreep ik. De heer Terlaat is helaas enige tijd uitgeschakeld. Hij heeft een paar dagen geleden een ongeval gehad. Misschien kan ik u helpen. Ik ben conrector bovenbouw van deze school. Om wie gaat het?'

'Om een leerling die vijf jaar geleden haar vwo-diploma bij u heeft gehaald. Kristina Meštrovic.'

'Kristina Meštrovic…' herhaalt hij langzaam. 'Een onverwacht en nogal verrassend verzoek. Maar voor we verder spreken: wie bent u, waarvoor heeft Kristina een referentie van ons nodig? Het gaat om vertrouwelijke informatie, die kan ik niet zomaar door de telefoon verstrekken.'

'Dat begrijp ik. Ik ben bedrijfsleidster van boekwinkel Montagne in Amsterdam. Kristina heeft bij ons gesolliciteerd naar een functie op de afdeling inkoop,' bedenkt ze snel. 'In haar brief geeft ze de heer R. Terlaat van uw school op als referentie. Zal ik u er een kopie van toesturen, zodat u schriftelijk kunt reageren?'

'Tsja… Dat is wat omslachtig. Uiteindelijk heeft Kristina zelf onze naam opgegeven, begrijp ik, anders had ik u niet aan de telefoon gekregen. Jammer dat u de heer Terlaat niet kunt spreken. Hij was namelijk haar mentor en kan u meer informatie geven dan ik.'

'U herinnert zich Kristina nog wel, na vijf jaar?'

'Dat kunt u wel zeggen, ja. Ze was zo'n leerling die je niet snel vergeet, net als haar vriendin, Ivana heette die, geloof ik. Die twee waren altijd samen, tot een half jaar voor hun examen, toen zich hier een onbeschrijfelijk drama voltrok. Maar daarover belt u me niet. Ik herinner me Kristina als een meisje dat zich, ondanks de tragiek die ze met zich meedroeg, dapper door het leven sloeg.'

'U doelt op haar vlucht uit Kroatië en haar leven in een asielzoekerscentrum?'

'Onder andere. Ze schijnt tijdens de oorlog daar nogal wat te hebben meegemaakt, maar ze was er erg gesloten over. Met mij heeft ze het er in elk geval nooit over gehad. Het enige wat ik u kan vertellen is dat Kristina, ondanks alles wat zich in het examenjaar heeft afgespeeld, zonder problemen haar diploma haalde en daarna is gaan studeren in Amsterdam.'

'In Amsterdam? Vergist u zich niet?'

'Dat lijkt me sterk.' Het klinkt wat bevreemd. 'De registratie van de uitstroomgegevens van eindexamenleerlingen valt onder mijn verantwoordelijkheid. De meeste van onze leerlingen gaan studeren in Groningen, een enkeling in Amsterdam. Als ik het me goed herinner, was Kristina dat jaar zelfs de enige.'

'In haar sollicitatiebrief schrijft ze toch echt dat ze Management en techniek studeert aan een instituut in Dubrovnic.'

'Vreemd. Als ze snel van studie was gewisseld, dan had ik dat beslist doorgekregen via de decaan van onze school. Wij werken namelijk met een leerlingvolgsysteem waarin ook gegevens over de studies die ze volgen na onze school worden opgenomen.' Het klinkt opeens terughoudend. 'Ik denk dat u toch beter contact kunt opnemen met de heer Terlaat. Hij heeft op een andere manier met haar te maken gehad dan ik. Voor informatie over haar werkhouding en instelling zult u echt bij hem moeten zijn. Als u, zoals u zelf voorstelde, uw verzoek om informatie op schrift stelt, dan zal ik er zorg voor dragen dat uw brief bij hem terechtkomt. Stuurt u hem maar te mijner attentie naar de school.'

'Dat zal ik doen. Dank u alvast voor de moeite.'

Ze zet de telefoon terug en opent de deur naar de winkel weer. De man die zo-even de achterflap van een boek bestudeerde, staat er nu in te lezen.

Kristina zou in Amsterdam studeren en niet in Dubrovnic. Waarom zou ze daarover hebben gelogen? Zal ze wat ze weet on-middellijk aan Daniel vertellen? 'Ik heb haar referentie nog eens nagetrokken, Daniel, omdat ik dat beter kan dan jij.' Dat kan ze niet maken. Stel dat die conrector zich vergist of dat Kristina een goede verklaring heeft. Ze besluit het Daniel pas te vertellen als ze absolute zekerheid heeft. Die kan ze krijgen door een brief aan Kristina's mentor te schrijven.

7

Vertederd kijkt Esma naar Milan. Haar zoontje is op een stoel aan de eettafel geklommen. Zijn beentjes bungelen, zijn bruine ogen glimmen van plezier en opwinding.

'Hard blazen, Milan. Allemaal in een keer uit. Denk je dat je dat kunt?'

Milan knikt naar zijn opa, die zijn verjaardagstaart voor hem op tafel zet. Hij haalt diep adem en blaast zijn longen leeg naar de kaarsjes. De vijf vlammetjes buigen van hem weg, flakkeren wat en doven uit, op een na.

Op Milans gezicht tekent zich teleurstelling af, maar ook het begin van boosheid.

'Nog een keer,' moedigt zijn oma aan.

'Geeft niet, joh,' zegt opa. 'Het wordt ieder jaar een kaarsje moeilijker.' Hij aait zijn kleinzoon liefkozend over zijn donkere krullen.

'Als het maar geen ongeluk brengt,' zegt Esma impulsief.

'Zulke dingen mag je nooit hardop zeggen,' reageert haar moeder geschrokken. 'Daarmee daag je het noodlot juist uit.'

Milan zuigt zijn longen vol en blaast het laatste kaarsje met zo veel kracht uit, dat er wat slagroom van de taart vliegt.

'Zo had je het meteen moeten doen,' zegt Esma.

'Onthoud het maar voor volgend jaar. En nu ga ik je cadeautje halen.'

Haar vader loopt de kamer uit en komt terug met een pakketje van knisperend pakpapier, waarop feestelijk krullende linten zijn aangebracht.

'Dank je wel, opa.' Milan bekijkt het nieuwsgierig.

'Eerst raden wat erin zit.'

Een denkrimpel. 'Nog meer nieuwe kleren?'

'Mis.'

Esma's ogen dwalen weg van haar zoontje, naar het doorgezakte bankstel vol kale plekken, naar het versleten vloerkleed. De teleurstelling in Milans stem doet haar pijn. Ze zou hem dolgraag de mooie leren bal hebben gegeven die hij in een winkel heeft aangewezen, of computerspelletjes. Die heeft hij niet nodig, een nieuwe broek en een paar mooie shirts wel. Ze heeft hem uitgelegd dat bijna al het geld dat papa heeft gestuurd, opgaat aan hun vliegtickets. Hij wil toch niet met oude, verstelde kleren rondlopen op het schip van papa?

Milan laat zijn vingers over het pakpapier glijden en drukt er hier en daar op. 'Een beetje zacht. Ik weet niet wat het is, opa.'

'Wat hebben mensen die op reis gaan nodig?' vraagt oma.

'Mooie kleren. Om er niet arm uit te zien.'

Esma zucht, wisselt een blik van verstandhouding met haar moeder. Ze heeft geen werk, net als de meeste vrouwen. Het is er nu eenmaal niet, zelfs niet voor de mannen. Puška is tenminste niet bij de pakken neer gaan zitten, zoals zo veel andere mannen. Hij is weggegaan. Zodra hij werk had gevonden, zou ze hem achterna komen en zouden ze een nieuw leven beginnen. Dat hij uiteindelijk een baan op een cruiseschip zou krijgen, hadden ze geen van tweeën voorzien. Puška zwerft nu over de wereldzeeën, zij leidt het leven van een zeemansvrouw, met een lege plek naast zich in bed en regelmatige bezoekjes aan de bank om het geld dat hij heeft gestort op te nemen. Een of twee keer per jaar een maand verlof, tussen twee contractperiodes in, maanden waarin ze de gemiste tijd proberen in te halen, terwijl het naderende afscheid zijn schaduw al vooruit werpt. Ze heeft zich erbij neergelegd. Van Puška's overschrijvingen kan ze redelijk rondkomen, en dat is meer dan de meeste gezinnen in de buurt kunnen zeggen. Het is domme pech dat ze, net nu Milan jarig is, iedere cent opzij moet leggen om hun vliegtickets te kunnen betalen.

'Ik zei toch al dat het geen nieuwe kleren zijn,' herhaalt opa.

'Nog een keer: wat hebben mensen die op reis gaan beslist nodig?' vraagt oma.

'Een koffer.'

'Heel goed.' Oma lacht lief naar hem. 'Maar een koffer is voor jou een beetje te zwaar. Nou, maak je pakje maar snel open.'

Ongeduldig trekt Milan het pakpapier los. Zijn ogen beginnen te glimmen als hij het groene rugzakje ziet.

'Vind je het mooi?'

Milan knikt enthousiast.

'Kijk, er zitten allemaal vakjes in,' wijst opa. 'Ik zal je even laten zien hoe je het om moet doen.'

Met een trots gezicht loopt Milan door de kamer, met zijn cadeau op zijn rug, een groen vierkant, waar hij bijna helemaal onder schuilgaat.

'Mag ik er mijn kleurpotloden in doen, mama, en mijn tekenblok?'

'Natuurlijk. En nog meer dingen die je graag wilt meenemen, je autootjes bijvoorbeeld.'

Buiten komt een bus rammelend en met piepende remmen tot stilstand bij de bushalte, vlak naast hun hoekflatje. Door het raam volgen haar ogen een vrouw met een boodschappentas die het op een holletje heeft gezet om de bus niet te missen. Ze komt uit het gebouw aan de overkant, een troosteloos blok beton met niet-gedichte kogelgaten, overblijfselen uit een oorlog die al lang voorbij is, maar die voortleeft in verminkingen die nog steeds overal hun stempel op het stadsbeeld drukken.

'Hoe lang duurt het nog voor we op reis gaan, mama?' vraagt Milan.

'Nog zeven weken en drie dagen.'

'Tweeënvijftig dagen,' zegt opa. 'Zullen we samen een lint maken, dat we met streepjes in tweeënvijftig stukjes verdelen? Je mag er dan iedere dag eentje afknippen. Hoe korter het lint wordt, hoe sneller jullie weggaan.'

'Nu meteen, opa?' Milan klinkt enthousiast.

'Ik moet wel iets hebben waar we zo'n lint van kunnen maken. Misschien dat je moeder ons kan helpen.'

'De doos met oude kleren van Puška in de berging. Daar zit vast wel iets tussen.'

Er glijdt een schaduw over het gezicht van haar vader. Niet zo'n goed voorstel. Puška's camouflagepak zit er ook in en een oud uniformjasje. Hij heeft die nooit willen weggooien. Haar vader vermijdt zorgvuldig alles wat hem aan het oorlogsverleden van zijn schoonzoon kan herinneren, en een doos met oude kleren beschouwt hij ongetwijfeld als een risico.

'Ik weet waar die staat, opa.'

Milan heeft opa al een hand gegeven en trekt hem mee naar de deur.

'Het komt goed uit dat jullie deze keer naar Puška toe mogen,' zegt haar moeder als de twee de kamer uit zijn. 'Hij kan zich hier nu beter niet laten zien. Er is net weer een graf geopend. Ze zijn al met de identificatie van de slachtoffers begonnen. Dat gaat weer veel emoties oproepen.'

Esma staart naar het doorleefde gezicht van haar moeder. Ze is zevenenvijftig, maar oogt jaren ouder door de wirwar van rimpels die in haar voorhoofd en wangen zijn gegroefd.

'Wist je al dat ze een tweede massagraf hebben ontdekt, er niet ver vandaan?'

Esma schudt haar hoofd. 'Ik weet het niet, en ik wil het niet weten ook.'

'Misschien heb je daar wel gelijk in, kind. Je was pas zestien. Jou valt niets te verwijten.'

'Puška dan wel?' valt ze iets te fel uit.

'Ach… Hij was jong, net als zo veel soldaten.'

'Ben je er nog steeds niet van overtuigd dat hij heeft geweigerd om op weerloze mensen te schieten?' Ze houdt de ogen van haar moeder vast, probeert er het antwoord in te lezen.

'In een oorlog gebeuren nu eenmaal vreselijke dingen. Puška is een goede vader. Je moet niet alles wat de mensen vertellen geloven.'

Volgens de geruchten had Puška deel uitgemaakt van een eenheid Chetniks, die moordend en verkrachtend door de omgeving was getrokken.

'Dat doe ik ook niet, anders was ik nooit met hem getrouwd,' zegt Esma beslist. 'Laten we het alsjeblieft over iets leukers hebben.'

'Heb je al aan nieuwe kleren gedacht? Het is een chique boel aan boord van zo'n schip,' zegt haar moeder gemaakt luchtig.

'Ik hoop er volgende maand nog wat geld voor over te houden en anders willen jullie me misschien wat lenen.'

Het gezicht van haar moeder lacht alweer. 'Dat hoef je toch niet te vragen. Zo'n kans krijg je maar één keer. Het is trouwens veel goedkoper om je jurken zelf te maken. Ik zal je wel helpen. Vroeger was ik een goede naaister.'

'Je bent een schat.' Esma staat op en drukt vluchtig een kus op haar moeders wang. 'Het worden vast heel mooie en gelukkige dagen.'

8

In de korte tijd dat Kristina nu bij mij in huis woont, heb ik weer wat vertrouwen in de toekomst gekregen, alsof na maanden van achteruitgang eindelijk het herstel heeft ingezet. Een illusie, ik weet het, maar ik wil graag in illusies geloven.

Haar inlevingsvermogen in mijn ziekte blijft me verbazen. Een half woord is meestal voldoende. Ze ziet kans om het leven een stuk makkelijker voor me te maken, zonder dat ik veel hoef te vragen. De rest van de tijd is ze op haar kamer, rustig en onzichtbaar, zoals ze in haar ingesproken sollicitatie had voorspeld. Het wakkert wel mijn nieuwsgierigheid aan. Is dit normaal voor een vrouw van vijfentwintig? Wat voor verleden draagt ze met zich mee? Ze heeft jarenlang met haar ouders in een asielzoekerscentrum gewoond, dat is me bekend. Over de periode daarvoor weet ik niets. Ik wil er ook niet naar vragen, bang om iets op te rakelen wat ze diep heeft weggestopt.

Onze gesprekken gaan daarom vooral over praktische zaken als boodschappen doen of geld pinnen. Ik heb al snel besloten haar mijn vertrouwen te schenken en dus ook mijn bankpas met mijn pincode. Geld opnemen bij een pinautomaat kan ik niet meer omdat ik het scherm niet kan lezen, en bij een bank langsgaan is me te omslachtig.

Elsbeth zou pas tot zoiets overgaan als ze Kristina door en

door kende. De toon waarop ze het zei, met een mengeling van verbazing en iets wat ik niet kon thuisbrengen, was nieuw voor me.

'Juist voor dit soort alledaagse dingen heb ik Kristina toch in dienst genomen?'

'Hoe wil je haar dan controleren?'

Vorige week heb ik een speciale leestafel aangeschaft, met een elektronische loep, die op een scherm alles wat ik eronder leg net zo veel vergroot als ik wil. Het saldo en de afschrijvingen op mijn bankafschriften kan ik dus lezen.

In de hal klinkt gestommel.

'Ik ben terug,' roept Kristina. Ze komt de kamer binnen met twee grote boodschappentassen, zo te zien afgeladen. Met een 'even uitpakken' loopt ze door naar de keuken.

'Loop je je geen ongeluk te sjouwen met die tassen?' vraag ik als ze terugkomt.

'Valt wel mee. De bus stopt vlak bij de supermarkt. Hiervandaan naar de halte is maar een paar minuten lopen.'

Minstens vijf minuten sjouwen met twee loodzware tassen valt waarschijnlijk minder mee dan ze beweert.

'Wat ik me heb afgevraagd: hebt u geen familie die u kan helpen? U praat daar nooit over.'

'Alleen een neef en een nicht, kinderen van een broer van mijn moeder. We zijn elkaar uit het oog verloren en ze hebben natuurlijk hun eigen leven. Ik wil ze liever niet lastigvallen.'

'En uw ouders?'

'Mijn moeder is overleden toen ik zes was, mijn vader is zeven jaar geleden gestorven. Ik was hun enige kind.'

'Dat spijt me voor u. Het lijkt me heel erg om zo jong je moeder te verliezen en alleen met je vader achter te blijven. Is hij nooit hertrouwd en heeft hij u alleen verzorgd en opgevoed? Sorry, ik word te persoonlijk. Als ik nieuwsgierig ben flap ik er van alles uit.'

Ik moet erom glimlachen. 'Geeft niet, Kristina. Het is ook belangstelling, neem ik aan. Je mag dit best weten. Mijn vader heeft een kindermeisje alias hulp in de huishouding in dienst genomen. Toch een vrouw in huis, zodat het een beetje op vroeger leek.'

'Maar u miste uw moeder. Dat zou ieder kind doen.'

Ik knikte. 'Alicia – zo heette ze – deed erg haar best, maar ze miste de warmte die mijn moeder had. Op zondag was ze vrij, dan deelde ik het huis met mijn vader, die het verlies van mijn moeder niet goed kon verwerken en wegkroop in zichzelf en in zijn boeken. Ik heb de boekhandel van hem geërfd. Ik voelde me soms erg eenzaam in mijn vaders gezelschap en ik was blij wanneer Alicia me maandagmiddag weer van school kwam halen omdat mijn vader dan in de winkel werkte.'

'Voelde u zich op school dan ook eenzaam?' vroeg ze verwonderd.

'Ik was het zielige jochie wiens moeder was doodgegaan. Dat vonden andere kinderen nogal eng. Later ging dat wel over, maar het eerste jaar lieten ze me een beetje links liggen.'

'Zo zijn kinderen nu eenmaal. Het is ook heel erg als je je moeder verliest.'

Ze zwijgt; ik hoor haar even zuchten.

'Kan ik nog iets voor u doen? Uw lunch klaarmaken, of doet u dat liever zelf? Ik heb broodjes meegebracht die je in de oven even knapperig moet maken. Lekker met rosbief.'

'Als jij ze in de oven legt en de tijd instelt, doe ik de rest zelf.'

Om niet nog afhankelijker te worden wil ik me dingen die ik nog wel kan niet uit handen laten nemen.

'Heb jij al wat gegeten?'

'Nee, maar ik heb geen trek. Als u mij niet meer nodig hebt, wil ik graag een paar uurtjes vrij.'

'Breng me dan eerst naar de zaak. Je moet leren omgaan met mijn auto, en eens moet de eerste keer zijn.'

'Eh… Ik hoop niet dat u het erg vindt, maar kan dat nog even wachten?'

'Waarom? Jou vrijaf geven en zelf een taxi nemen zeker?'

Ze begint onrustig door de kamer te lopen, een schim die in het licht dat door het raam valt scherpere contouren krijgt. Ze draagt een lange broek en een colbert. Haar lange haar heeft ze in een staart gebonden.

'Ik heb rijlessen afgesproken. Vanmiddag zijn de eerste. Daarvoor wilde ik een paar uur vrij.'

Het overdondert me. 'Wat zeg je nou? Rijlessen? Je had toch een rijbewijs?' val ik uit.

'Natuurlijk! Ik heb alleen nog niet zo veel ervaring. Grote kans dus dat ik een aanrijding krijg als ik hier zomaar ga rijden. Daarom heb ik een paar rijlessen afgesproken, deze en volgende week.'

'Je had me dit eerder moeten vertellen,' zeg ik kortaf. 'Hier word ik niet vrolijk van.'

'Het spijt me. Het kwam er gewoon niet van. Ik heb mijn rijbewijs vorig jaar in Dubrovnic gehaald, maar daarna nauwelijks gereden. Ik wil die mooie wagen van u niet vol deuken rijden. Daar zou u ook niet vrolijk van worden.'

Een uur later word ik door een taxi afgezet bij mijn boekwinkel. De etalage is deze maand opgebouwd rond een deurpaneel, waarop de omslag van een veelgelezen thriller is nageschilderd. Voor een doordeweekse middag zijn er opvallend veel klanten in de winkel. De meeste aandacht gaat uit naar de tijdschriftenwand en de tafels met aanbevolen boeken en bestsellers.

Terwijl ik door de winkel loop, overvalt me een gevoel van somberheid.

'Ha, Daniel, hoe gaat het vandaag?'

Een van mijn medewerkers. Een paar maanden geleden zou hij hebben gevraagd of ik akkoord ging met de plek waar een bepaald boek was uitgestald of om een vrije dag hebben verzocht in verband met familieaangelegenheden. Nu preludeert hij al op het 'Hoe voelen we ons vandaag?'

'Uitstekend, Bert. Heb me in jaren niet zo goed gevoeld.'

'Blij dat te horen.' Een ondertoon van verbazing en argwaan.

Elsbeth staat bij een andere medewerker achter de kassa.

'Dag Daniel. Leuk dat je even langskomt.'

Dat ik langer dan even zou willen blijven, komt niet bij haar op. In mijn eigen zaak kom ik tegenwoordig *langs*. Ze voelt zich zelfs verplicht om me bezig te houden, alsof ik een bezoeker ben.

'Hoe gaat het met je *personal assistant*? Loopt ze je niet te veel voor de voeten?'

Elsbeth kent mijn angst om een deel van mijn privacy te moeten inleveren.

'Ze kookt uitstekend, is heel praktisch in huishoudelijke zaken en doet verschrikkelijk haar best om rekening te houden met mijn handicap. Als ze niets te doen heeft trekt ze zich onopvallend terug. Tot nu toe ben ik heel tevreden.'

'Prettig dat het zo goed uitpakt.'

Iets in haar stem verraadt dat ze het minder prettig vindt dan ze laat blijken. Ik besluit om er maar niet op door te gaan.

'Kan ik hier nog wat doen?'

De stilte voor ze antwoord geeft duurt te lang. 'Tja... Ik zou niet weten wat. De accountant komt pas volgende maand. Er valt niets te overleggen, de verkoop loopt goed, mutaties bij het personeel zijn niet te verwachten...'

Het 'nog wat doen' wordt automatisch vertaald naar 'overleggen'. Tot iets anders ben ik immers niet meer in staat. Hoe kan ik klanten adviseren over boeken waarvan ik de inhoud niet ken, op het beperkte bestand van luisterboeken na? Hoe moet ik een boek aanwijzen waarvan ik de titel niet kan lezen, of afrekenen in de hoop dat mijn vingers op de tast de juiste toetsen van de kassa aanslaan?

'Drink nog even gezellig een kop koffie in de leeshoek,' stelt ze voor.

Iets anders heb ik toch niet te doen. Vroeger sprak ik af met golfvrienden als ik er even tussenuit wilde. Nu ik de baan niet meer op kan, ben ik net zo snel vergeten als een in de vijver geslagen golfbal.

Een half uur vol goedbedoelde gezelligheid en medeleven van mijn personeel. Dan besluit ik 'er weer eens vandoor te gaan'.

Buiten onderdruk ik de neiging om heel hard naar de mooie gevel van mijn winkel te schreeuwen. Zíj zijn niet veranderd, ík ben veranderd en ik wil dat niet voldoende accepteren. Nog niet.

Tijdens de terugrit in de taxi kom ik niet los van de gedachte dat ik in mijn boekwinkel niet veel meer te zoeken heb. Thuis overweeg ik of het niet verstandiger is om de zaak te verkopen, als ik Kristina hoor binnenkomen. Ze gaat rechtstreeks naar haar kamer, zonder een groet te roepen.

'O, ik wist niet dat u al weer thuis was,' zegt ze als ze na een poos via de kamer naar de keuken loopt. 'Was u zo snel klaar in uw winkel?'

'Klaar waarmee, Kristina?'

'Wat zegt u dat treurig, alsof de zaak is afgebrand.'

'Er is wel iets in rook opgegaan.' Het lukt me om een glimlach op mijn gezicht te krijgen. 'Het idee dat ik daar zinvol werk kan verrichten.'

'Hebt u trek in iets? Zal ik soms thee voor u zetten, zoals de Engelsen rond deze tijd doen, met cake erbij?'

'Graag.'

'Weet u,' zegt ze als ze een dienblad met een pot thee, een schaaltje met plakjes cake, suiker en een kopje op de salontafel zet. 'Ik denk dat uw personeel vooral ziet dat u veel dingen opeens niet meer kunt. Niemand heeft in de gaten dat u tot veel meer in staat bent dan daar somber rond te lopen, en zelf denkt u daar ook niet aan.'

'Wat studeerde je ook alweer, Kristina? Iets met management toch en geen psychologie, als ik me goed herinner?'

Een kort lachje. 'Als u wilt dat ik het over iets anders heb, dan moet u dat gewoon zeggen, hoor. Ik ben uw hulp, niet uw psych.'

'Daarom vroeg ik het niet. Ik vraag me af waar je die wijsheid vandaan hebt op jouw leeftijd.'

'Leeftijd zegt niet zo veel, meneer Du Mont. Er zijn mensen die in een paar maanden meer meemaken dan anderen in een heel leven.'

Een ernstige toon. Hoe zou haar gezicht er nu uitzien? Rimpels in haar voorhoofd, opgetrokken wenkbrauwen?

'Ik denk dat u, sinds die oogziekte bij u is vastgesteld, anders tegen de wereld aan bent gaan kijken. U vraagt zich vast wel eens af waarom u zich vroeger druk maakte over iets wat er nu nauwelijks nog toe doet.'

'Weet je dat uit eigen ervaring?'

Het duurt opvallend lang voordat ze antwoord geeft. 'Ik heb met mijn ouders in een asielzoekerscentrum gewoond. Ik was elf jaar toen ik hier kwam. Op school was ik een kind en speelde met meisjes van mijn leeftijd. Thuis werd ik al snel een volwassene die voor een paar mensen alles moest regelen, de hele papierwinkel van de immigratiedienst, die moest overleggen met de asieladvocaat, die met mijn moeder naar de dokter moest omdat ze de taal niet sprak. Ik moest mijn ouders moed inspreken als het weer eens tegenzat. U hebt er geen idee van hoe snel je dan volwassen wordt, mensen leert kennen en leert relativeren.'

'Je zei dat je vader lesgaf aan de universiteit,' zeg ik na een korte stilte. 'Hij sprak Engels, neem ik aan? Waarom ging hij dan niet met je moeder mee?'

'Hij kón Engels spreken, ja, maar als je jezelf hebt voorgenomen om je van de wereld af te sluiten, komen er niet veel woorden meer over je lippen. Dan verlies je ook snel het contact met de werkelijkheid.'

'Waarom zijn je ouders teruggegaan naar Kroatië?'

'Een paar jaar geleden overleed mijn oma, de moeder van mijn moeder. Ze woonde in Dubrovnic. We zijn met z'n allen teruggegaan voor haar begrafenis. De oorlog was voorbij, allerlei dingen leken weer op vroeger. Mijn ouders werden daardoor een beetje de oude, ondanks het verdriet. Ze konden in het huis van oma blijven wonen. Ons eigen huis was verwoest. Mijn vader zou het nooit hebben opgebracht om het te herbouwen. Nu hoefde dat niet. Ze zijn niet meer teruggegaan naar Nederland. Sommige dingen moeten gewoon zo zijn, meneer Du Mont, daar moet je niet eindeloos over nadenken. Ik sta hier maar te praten en vergeet helemaal uw thee in te schenken.'

'Drink een kopje mee. Ik wil nog iets met je bespreken.'

'Als u dat wilt. Even een kopje halen.'

'Je hebt rijles gehad. Hoe ging dat?' vraag ik als ze op de bank tegenover me gaat zitten.

'Best goed. We zijn dwars door het centrum gereden en ik heb leren inparkeren vlak langs een gracht. Nog twee van die lessen en ik rijd u overal zonder problemen rond.'

'Ik verwacht niet anders. Oké, het gaat hierom, Kristina. Zolang het kan wil ik nog wat van de wereld zien. Jij hebt in je gesproken sollicitatie gezegd dat reizen met een cruiseschip de beste manier is voor mij. Waarom?'

'Een eigen hut op een schip waarop je redelijk snel de weg kent, niet steeds naar een ander hotel. Terwijl u slaapt wordt u naar de volgende plaats gevaren. U kunt dus in korte tijd veel zien zonder dat u er vermoeiende reizen voor hoeft te maken en met bagage hoeft te slepen,' somt ze op. 'Cruiseschepen gaan overal heen, van China tot Antartica, Russische steden, de Amazone, het Panama-kanaal, u hebt het voor het kiezen. De enige beperking is uw bankrekening.' Ze grinnikt. 'Waar wilt u heen? Hebt u iets speciaals in uw hoofd?'

'Eerst Napels zien en dan sterven; dan mag het licht uitgaan, in mijn geval,' zeg ik met wat zelfspot.

'Wilt u echt Napels zien?'

'Eerder Pompeï. Daar heb ik veel over gelezen.'

'Een plaats waar u al iets van weet, zodat u meer ziet dan u direct waarneemt. Geldt dat ook voor Rome?'

'Het Vaticaan, het Colosseum, daar kan ik me wel wat bij voorstellen.'

'Ik had op het vwo een leraar die vond dat al zijn leerlingen minstens eenmaal Rome moesten hebben bezocht. Mijn reis is betaald uit een schoolfonds. Ik ben daar nog steeds dankbaar voor.'

Ze zwijgt even, lijkt iets weg te slikken.

'De cruise die Rome en Napels aandoet kan ik aanraden. Die heb ik al heel wat keren gevaren. Ik zou dan kiezen voor de maatschappij waarvoor ik heb gewerkt.'

'Omdat je die schepen goed kent?'

'Ja. Ik weet welke hutten het best liggen, ken er de weg en kan u dus goed begeleiden. September is trouwens de beste maand, maar dan moet u wel snel reserveren, want de schepen zijn zo volgeboekt.'

'Mag ik er nog even over nadenken?'

'Niet te lang. Het zou jammer zijn als er geen hut meer vrij is.'

9

Lieve Darija,

Het spijt me heel erg dat ik je niet eerder heb geschreven. Ik
kon er tot nu toe echter nooit de moed voor opbrengen.
Van mama en papa zul je wel hebben gehoord dat mijn
leven na ons afscheid is ingestort. Jullie zijn tenminste bij
elkaar. Ik moet me er helemaal alleen doorheen slaan. Het
gaat de laatste tijd gelukkig wel weer wat beter met me.
Ik kan er geen woorden voor vinden om je te vertellen hoe
verschrikkelijk ik je mis. Jij bent de enige die ik in
vertrouwen wil nemen, de enige aan wie ik wil vertellen
wat ik tijdens die afschuwelijke oorlogsdagen heb
meegemaakt, wat ik heb gevoeld toen de vliegtuigen over
onze stad joegen, soldatenlaarzen door de straten stampten
en wij als opgejaagd wild in de kelder onder ons huis
dekking zochten.
Bijna iedere dag word ik achtervolgd door beelden uit die
tijd. Ze kunnen me totaal onverwachts overvallen, als ik
iets zie wat herinneringen oproept, zomaar op straat, of als
ik een winkel binnenloop. Maar meestal overrompelen ze
me 's nachts, in mijn dromen, als ze me de pijn en de
kwellingen opnieuw laten beleven.

Ik ben net wakker geworden, badend in het zweet, met bonzend hart en een doffe, bonkende pijn in mijn hoofd. Ik probeer die te verlichten door mijn slapen te masseren. Kon ik de beelden ook maar wegmasseren. Ze zijn echter te intens, te indringend.

Zo-even zat ik weer in de kelder onder ons huis. Het was er bedompt en benauwd. Buiten klonk een jankend geluid, gevolgd door de dreun van een inslag. Alles trilde mee, de stapel borden in de wasbak onder het fonteintje, de loszittende tegels in de vloer, mijn angstig kloppende hart. Daarna stilte… een lange, huiveringwekkende stilte. Pikzwarte laarzen kwamen de trap af, geweren werden gericht. Ik zag handen de lucht in gaan, doodsbange gezichten. Mannenschoenen gingen de trap weer op, gevolgd door de laarzen. Buiten knalden de geweren, heel dichtbij.

Mijn hoofd stond op barsten. De pijn was niet meer te harden. Toen de laarzen waren weggemarcheerd, ben ik naar boven gegaan en langs de lichamen de straat op gelopen. Een hond rende voor me weg, de staart tussen zijn poten. Er kwamen twee mannen op me af met grijnzende, vierkante koppen. Hun klauwen sloegen uit, scheurden de kleren van mijn lijf. Ze slaakten kreten van plezier.

Ik rukte me los en begon te rennen, tot ik struikelde en tegen de straat klapte. Vlakbij ratelden rupsbanden over de keien. Er was niets wat ze kon stoppen. Toen werd de wereld even zwart.

Opeens verscheen in de verte een stipje licht. Ik krabbelde op en begon ernaartoe te lopen. Het stipje werd maar niet groter, alsof het ervandoor ging.

Ik holde en schreeuwde om hulp. Gelukkig zat Andja in het donker op een bankje bij de rivier te wachten. Ik ging naast haar zitten en klampte me aan haar vast.

Overal om ons heen waren muggen, treiterig zoemende muggen. Ze drongen mijn hoofd binnen, verergerden de pijn. Boven ons kleurde de hemel bloedrood. Vliegtuigen verschenen uit het niets, met een angstaanjagend, snerpend geluid. Daar ben ik wakker van geschrokken.

Ik ben direct achter mijn bureau gaan zitten om te schrijven. Slapen doe ik toch niet meer. Nu ik weet dat je dit snel zult lezen, dat je op afstand naar me luistert en met me meeleeft, voel ik me opgelucht. Geef mama en papa een kus van me. Ik beloof dat ik snel opnieuw iets van me laat horen.

In gedachten omhels ik je, liefs,

je zusje

10

'Wat zeg je nou, Daniel? Neemt ze rijles?'

Voor zover ik kan zien staat Elsbeth me verbaasd op te nemen.

'In je advertentie stond toch dat ze een rijbewijs moest hebben?'

'Voor je je erover gaat opwinden: ze heeft wel degelijk een rijbewijs, maar ze voelt zich wat onzeker met een nieuwe auto in een stad waar ze de weg niet kent. Wat kwam je eigenlijk met me bespreken?'

Er blijkt een probleem te zijn met Bert, die zich een paar keer heeft ziek gemeld en de volgende dag weer kiplekker opdook.

'Ik kom morgenmiddag naar de zaak om met hem te praten.'

'Jij?'

'Ja. Wat is daar vreemd aan?'

'Eh... niks eigenlijk. Je laat je alleen niet zo vaak meer zien, dus ik dacht...'

'"Daniel is uitgerangeerd. Voor de vorm voer ik nog wel overleg met hem, maar verder..." Hoe denk je dat ik me voel als ik in de winkel, waar ik zeven jaar dag en nacht heb gewerkt, word behandeld als een bezoeker?'

Geluid in de gang, een sleutel die wordt omgedraaid, het knerpende geluid van de voordeur.

'Ik ben er weer!' roept Kristina vanuit de gang. Zonder op antwoord te wachten loopt ze door naar haar kamer.

'Ze voelt zich al aardig thuis, hè?'

In de kamer naast de woonkamer klinkt gestommel.

'Dat is toch in jouw slaapkamer?'

'Ik slaap nu achter. We hebben van kamer geruild. Ik heb toch niets aan het uitzicht over de gracht, en daar slaap ik veel rustiger.'

'Je hebt haar dus een kamer met uitzicht gegeven,' stelt Elsbeth vast. 'Ze zal wel blij zijn met jou als baas. En dan ook nog samen op cruisevakantie.'

Ik heb haar net verteld dat ik Kristina's advies om een cruise op de Middellandse Zee te maken heb opgevolgd en dat we die gisteren hebben geboekt. Ze vroeg zich hardop af of ik niet te hard van stapel liep.

'Hoe laat denk je dat je er bent, morgenmiddag?'

'Om een uur of twee. Het hangt ervan af of Kristina me kan brengen.'

'Dat maakt zíj uit?'

'Ze heeft waarschijnlijk haar laatste rijles, als die tenminste nog nodig is.'

Ik hoor de deur van Kristina's kamer opengaan. Ze loopt de gang door. 'Hé, dag Elsbeth,' zegt ze als ze binnenkomt. 'Kan ik wat voor u doen, meneer?'

'Me vertellen of je morgenmiddag nog een rijles nodig hebt.'

'Nee, goed hè?' zegt ze vrolijk. 'Ik heb op de rondweg gereden en ook hier in de buurt, zodat ik de weg al een beetje ken. Volgens de instructeur zou ik gewoon slagen als ik nu hier rijexamen moest doen.'

'Hier?' vraagt Elsbeth.

'Ik heb mijn examen gedaan in Dubrovnic. Dat is toch wat anders.'

'Daar studeer je toch ook?' vraagt Elsbeth op een toon die ik niet kan thuisbrengen.

'Ja.'

Het klinkt meer als een vraag dan als een bevestiging.

'Je weet dus zeker dat het niet toevallig Amsterdam is?'

Er valt een merkwaardige stilte. Jammer dat ik de gezichten van de dames niet kan zien, dan had ik er misschien meer van begrepen.

'Ik begrijp je vraag niet. Ik studeer aan het Rochester Instituut in Dubrovnic, niet in Amsterdam. Daarom heb ik via internet contact met mijn docenten.'

Zo te zien haalt Kristina haar schouders op en kijkt vervolgens naar buiten.

'Oké, dat zal dan wel. Zie je morgen, Daniel. Ik kom er zelf wel uit.'

Kristina negerend loopt ze naar de gang. Ik hoor de voordeur dichtslaan.

'Ik begrijp werkelijk niet waar ze op doelt,' zegt Kristina. 'Nou ja, iedereen vergist zich wel eens.'

De volgende dag laat ik me voor het eerst door Kristina naar mijn zaak rijden. De overschakeling van de auto waarin ze les heeft gehad naar de mijne lijkt haar toch wat tegen te vallen. Bij het uitrijden van de garage slaat de motor af. Het optrekken na het eerste stoplicht gebeurt zo schokkerig, dat het nog een keer gebeurt.

'Sorry.'

'Als je me hebt afgezet ga je maar een poosje in je eentje rondrijden. Ik wil dat je goed met mijn auto leert omgaan.'

'Kristina als privéchauffeur in een grote, luxe auto... Dat is wel het laatste wat ik verwachtte toen ik van dat cruiseschip werd getrapt.'

Tijdens het gesprek dat ik op de zaak met Bert voer, krijg ik weer iets van mijn oude elan terug. Ik weiger gehoor te geven aan gezochte uitvluchten en maak hem duidelijk dat ik bij een volgend ziekteverzuim direct de controlearts op hem afstuur. Hij geeft toe dat hij relatieproblemen heeft en dat zijn vrouw haar afspraken over de opvang van hun kinderen niet nakomt. Waarom heeft hij dat niet aan Elsbeth verteld en met haar overlegd over aangepaste werktijden? Dat is er niet van gekomen. En met mij praat hij makkelijker dan met Elsbeth. Blijkbaar ben ik onmisbaarder dan ik vermoed. Ik geef hem aan het einde van ons gesprek de opdracht om voor mijn kantoor net zo'n leestafel te bestellen als ik thuis heb. Dan kan ik de belangrijkste post zelf lezen en zonodig ook bankafschriften controleren.

Door een van de stagiaires laat ik me daarna vertellen welke titels op de meest in het oog springende plekken zijn gelegd en hoe de verkoop ervan loopt. Ik geef opdracht om een matig lopende titel te vervangen door een popiverhaal met veel seks erin. De schrijfster heeft namelijk nogal wat publiciteit gehad. Rommel, maar de mensen vragen erom en het brengt geld in het laatje.

Ik sta net met Elsbeth te overleggen over het nut van de aanschaf van een display voor een boek dat zonder display ook goed verkoopt, als Kristina binnenkomt.

'Hallo, Daniel. Dit is echt een boekwinkel waar ik me thuis voel,' zegt ze. 'Een aparte afdeling met Russische literatuur, een hele rij boeken van Dostojevski, sommige in gebonden uitgave. Prachtig!'

Haar enthousiasme is niet gespeeld, dat kan zelfs iemand met incomplete zintuigen registreren. Elsbeth doet er het zwijgen toe.

'Had je vader die soms in zijn boekenkast staan?' vraag ik.

'Ja. Hij verzamelde Russische literatuur uit de negentiende eeuw. Ik heb ze lang niet allemaal gelezen, hoor. *De idioot* heb ik in het laatste jaar van school op mijn boekenlijst gezet. Boeken met een Slavische achtergrond lagen me gewoon beter dan Nederlandse literatuur. En het leven van Dostojevski vond ik fasci-

nerend. Die man heeft voor een vuurpeloton gestaan toen hij ongeveer zo oud was als ik nu. Vlak voordat ze de trekker zouden
overhalen, kreeg hij gratie en werd hij naar een werkkamp in Si-
berië gestuurd. U moet eens iets over hem lezen. Hij was net zo'n
doorzetter als u.'

Ik weet niet wat ik daarop moet zeggen, dus stel ik voor om
meteen te vertrekken.

Kristina's onzekere rijstijl van de heenweg is verdwenen. Ze is
eerst de rondweg op gegaan, vertelt ze ongevraagd. Daarna heeft
ze de grachten onveilig gemaakt, een paar keer ingeparkeerd en
alle schakelaars op het dashboard uitgeprobeerd.

'Een kleine auto trekt veel sneller op dan deze, en dat was wel
even wennen,' zegt ze.

'Je hoeft je niet te verontschuldigen, Kristina. Je doet het uitstekend. Ik zit erover na te denken waar hier in de buurt een meubel-
zaak is.'

'Wilt u iets kopen?'

'Een boekenkast, om tegen de witte wand in de kamer te zetten.
Er staan nogal wat dozen met boeken die na de verhuizing niet
zijn uitgepakt.'

'Die wand is hinderlijk voor u, hè, omdat u de vlek voor uw
ogen er heel erg op ziet?'

Ik knik alleen maar. Dat ze zoiets weet verbaast me al niet meer.

'Dan zal ik die dozen uitpakken en hem inruimen.'

Ze moet remmen voor een fietser die onverwachts de weg over
slingert. Het is maar goed dat ik de krachtterm die uit haar mond
komt niet kan verstaan.

'Zit er ook Russische literatuur in die dozen?' vraagt ze na een
lange stilte, waarin ze alle aandacht voor het verkeer nodig heeft.

'Een paar titels. Van Dostojevski alleen *De idioot*.'

'Hebt u die gelezen?'

'Nee.'

'Als u er prijs op stelt, kan ik het wel voorlezen. Ik vind het helemaal niet erg om het na al die jaren te herlezen, en dan kan ik het net zo goed hardop doen.'

'Een luisterboek live,' zeg ik, stomverbaasd over haar aanbod. 'Wat ik me afvraag, Kristina – sla hier maar af voor het centrum – is waarom je aan een slechtziende man Dostojevski wilt voorlezen in plaats van eens gezellig uit te gaan.'

'Ik heb hier geen vrienden of vriendinnen.' Het klinkt wat nors. Ze geeft bij het optrekken te veel gas. 'En van mannen heb ik nu even genoeg, dat zult u wel begrijpen na dat gedonder met mijn chef. Om de een of andere reden trek ik trouwens altijd de verkeerde types aan. Die verhalen wilt u niet horen.'

'Nou…' zeg ik lachend.

Mijn vrolijkheid wordt niet gewaardeerd. Ze neemt de bocht zo scherp dat ik in mijn veiligheidsriem kom te hangen.

'Sorry,' zegt ze. 'Ik kan zo ontzettend kwaad worden als ik aan bepaalde dingen terugdenk. Mag ik u iets persoonlijks vragen?'

'Toe maar.'

'Waarom heeft een man met uw uiterlijk en een eigen zaak geen vrouw of vriendin?'

'Dat is wel heel erg direct, zeg.'

Ze lacht er een beetje om. 'Iets persoonlijks, zei ik. U was gewaarschuwd.'

'Goed dan. Laat ik het zo zeggen. Toen ik jouw leeftijd had leek een vaste relatie me te benauwend. Ik wilde niets van mijn vrijheid inleveren en investeerde heel veel tijd in mijn werk. Vriendinnen heb ik natuurlijk wel gehad, maar tot een vaste relatie is het nooit gekomen, ook niet toen ik wat ouder werd.'

'U maakt me alleen maar nieuwsgieriger. Wat deed u dan voordat u de boekwinkel van uw vader erfde?'

'Ik heb computergames ontworpen, voornamelijk oorlogsspelletjes, waarbij alles en iedereen overhoop kon worden geschoten. Zeg maar niets. Mijn vader hield me al voor dat hij dat geen verheffende manier van geld verdienen vond.'

'U was een soort nerd die jochies en zielige mannetjes de mogelijkheid bood om virtueel hun ego wat op te krikken. Weet u, ik vind dat helemaal niet bij u passen.'

Naast ons wordt langdurig getoeterd. Ik hoor de portieren dichtklikken.

'Een taxichauffeur die langs de rij is gereden en zich er voor ons tussen wil drukken. Je weet nooit of zo'n driftkikker uitstapt,' zegt ze droog.

Is dit de vrouw die zich onzeker voelde omdat ze het verkeer in Amsterdam niet gewend was?

Ik zie dat we over de Dam rijden.

'Verderop is rechts een garage, onder de Bijenkorf.'

'U kent de weg nog goed,' zegt ze als ze stopt voor de slagboom naast een parkeerautomaat.

'Weet je hoe het werkt?'

Ze heeft het raampje al geopend. 'Dat wijst zich toch vanzelf?'

11

Lieve Darija,

Ben je niet te erg geschrokken van mijn vorige brief? Heb je er mama en papa iets uit voorgelezen? Zeg ze alsjeblieft dat ik ze vreselijk mis.

Ik kan, schreef ik je, totaal onverwachts overvallen worden door het verleden, zomaar, op straat. Vanmiddag gebeurde dat weer, terwijl ik voor een winkel stond. Gelukkig was het deze keer door een zoete herinnering. Ik gaf me eraan over, hoewel ik weet dat ook zoete herinneringen kunnen afglijden naar een inktzwarte duisternis.

Mijn ogen werden de etalage in getrokken, naar een kort, rood leren jack met een kraag van wit bont, precies hetzelfde als in de etalage waar we met z'n tweeën voor hebben gestaan, al hing daar alleen maar kleding van leer. Herinner je je nog hoe mooi je dat toen vond?

'Hoe denk je dat het me staat?' vroeg je.

'Heel mooi,' antwoordde ik.

We gingen naar binnen zodat je het kon passen.

Je vond het zelfs zo mooi dat je het niet meer wilde uittrekken. Je oude jas liet je door de verkoper in een grote plastic tas stoppen.

'Zo eentje vind je nergens, niet met die kraag en zo'n zilveren gesp,' zei je. Je had de riem ermee aangetrokken. De onderkant van het jack trok strak om je lijf, net boven je heupen.

Ik ben vanmiddag ook de winkel binnen gegaan. Het jack hing niet in het rek bij de andere jassen en ook niet tussen de modieuze colberts.

'Zoekt u iets speciaals?' vroeg de verkoopster.

Ik kon haar onmogelijk uitleggen hoe speciaal het jack voor me was.

'Net zo'n rood leren jack als in de etalage hangt,' zei ik.

De verkoopster nam me schattend op. 'Als u geluk hebt is het uw maat, het is namelijk het laatste. Er waren maar een paar exemplaren van. Hebt u gezien wat het kost?'

Het klonk weinig toeschietelijk. Ze had kennelijk geen zin om moeite te doen voor iemand die het achteraf misschien niet kon betalen.

'Anders had ik er niet naar gevraagd,' hield ik aan.

De verkoopster knikte. 'Even geduld dan, alstublieft.'

Ze liep naar een vrouw bij de pashokjes om iets te zeggen voordat ze door een deur verdween. Even later zag ik haar vanaf de zijkant de etalage in lopen met een zwart leren jack zonder bontkraag. Het duurde even voordat ze de etalagepop had omgekleed. Zou ze er al van uitgaan dat het jack me paste? Ik kon mijn ongeduld nauwelijks bedwingen.

'Probeert u maar,' zei ze toen ze terug was. Ze hield het voor me op.

Toen ik in de spiegel keek begreep ik direct waarom jij het toen wilde aanhouden. Het stond me alsof het speciaal voor mij was ontworpen. Het hing hier te wachten tot ik langskwam, daarom hadden ze het niet uit de etalage gehaald, terwijl de andere al waren uitverkocht.

'Het staat u prachtig,' zei de verkoopster. Haar beroepsmatige aanmoediging om tot aankoop over te gaan klonk zowaar gemeend.

Ik heb het aangehouden, net als jij. Mijn oude jas heb ik in een tas laten stoppen.

Buiten heb ik mezelf in een etalageruit bewonderd. Dat deed jij ook. Je was zo blij, die dag. Weet je nog dat je je jack aan iedereen wilde showen? Achteraf had je dat beter niet kunnen doen. Mama vond het wel erg luxe, meer iets voor Parijse modepoppen, zoals ze iedereen die zich elegant kleedde noemde. Papa wond zich op toen hij hoorde wat het ding had gekost. Puška maakte aan je feestje definitief een eind door op te merken dat het een beetje ordinair stond en dat de kleur iets hoerigs had. Zwart was veel beter geweest. Je bent in huilen uitgebarsten, dat herinner ik me nog als de dag van gisteren.

Thuis heb ik nog één keer in de spiegel gekeken voordat ik het uittrok. Daarna heb ik het diep weggestopt in mijn kledingkast. Ik bewaar het voor een speciale gelegenheid. Voor ik de kamer uit liep keek ik om. Ik had de deur van de kast op een kier laten staan. Daardoor welde een andere, minder zoete herinnering op. Een paar dagen later wilde Puška het toch weer met je goedmaken?

'Waarschuw me als je papa aan hoort komen,' had je tegen me gezegd voordat je met hem de trap op sloop en in je kamer verdween. Papa had gedreigd je armen en benen te breken als hij je nog een keer met die Servische jongen samen zag. Dat mocht nooit gebeuren en daarom ben ik op wacht gaan staan op de overloop, voor de deur van je kamer. Ongewild hoorde ik de geluiden binnen. De deur stond op een kier omdat het slot lam was. Ik kon de verleiding niet weerstaan om erdoorheen te gluren.

Plotseling draaide je je gezicht mijn kant op en ontmoetten onze ogen elkaar. Je keek bestraffend omdat ik stiekem stond te gluren, maar je zei niets.

Lieve God. Ik wil hier niet meer aan denken. Ik probeer het beeld van me af te schrijven en toch wordt het me te veel. Ik hoef je niet te vertellen wat er daarna gebeurde. Jij weet dat beter dan ik. Ik werd doodsbang en heb me verstopt zodat Puška me niet zou zien als hij naar buiten kwam. Jij bent de enige die kan begrijpen dat alles waar ik getuige van was me nooit meer zal loslaten.

Ik hou van je, Darija, ik mis je zo erg. Ik weet nog steeds niet of het leven hier me voldoende te bieden heeft om te blijven. Misschien besluit ik op een dag wel naar je toe te komen, maar pas nadat ik heb gedaan wat moet gebeuren, voor jou, voor papa en voor mama.

Heel veel liefs,

je zusje

12

De weken voordat we op cruise gaan, raken Kristina en ik steeds beter op elkaar ingespeeld. Zij leert met mijn ogen kijken en ik blijf de grenzen van mijn mogelijkheden aftasten, wetend dat ik haar te hulp kan roepen zodra het nodig is.

Zelfs met iets alledaags als planten water geven kan het misgaan. Terwijl ik de gieter leeg in de grote, aarden pot van de yuca hoor ik Kristina achter me giechelen.

'Als u op het toilet ook zo slecht mikt, dan zal ik rondom dweilen moeten neerleggen.'

Naast de bloempot blijkt een plas water te liggen. Ik zeg haar maar niet dat ik het probleem van de vervormde toiletpot en de onzichtbare straal oplos door te gaan zitten.

Omdat ik op straat erg kwetsbaar ben, heeft mijn arts me aangeraden om een blindenstok aan te schaffen en een korte cursus te volgen voor het gebruik ervan. Alles in mij verzet zich daar echter tegen. Dan liever vallen en opstaan.

Kristina heeft voorgesteld af en toe een oefenrondje te maken. In Rome en andere steden moeten we toch ook samen over straat. Ze wijst me dan op kleine obstakels die buiten mijn waarneming vallen. Ik vertrouw erop dat ze me tijdig voor iets waarschuwt, zodat ik mijn loopsnelheid kan opvoeren. Drukke winkelstraten of warenhuizen zijn geen probleem meer als ik haar een arm geef.

Gearmd met Kristina op straat… Het roept soms onverwachte gevoelens en gedachten op.

'Hoe kijken de mensen naar ons?' vraag ik op een middag.

'Mannen vooral jaloers en vrouwen misprijzend en afwijzend,' antwoordt ze prompt. 'Voor vader en dochter zien ze ons niet aan omdat we in de verste verte niet op elkaar lijken.'

Ik lach er maar een beetje om. Ze moest eens weten dat ze de laatste dagen meer bij me losmaakt dan ik zou willen. Haar aanraking, haar borst die af en toe tegen me aandrukt als we gearmd lopen, en een vage, exotische geur die om haar heen hangt, prikkelen mijn zintuigen.

Het is begonnen met een op zich onschuldig incident, een week geleden.

Ik liep 's ochtend de badkamer in om een douche te nemen, niet wetende dat Kristina zich daar op dat moment stond af te drogen.

'Ik heb je niet gehoord, sorry.'

'Geeft niet, ik ben al klaar. Komt u maar. Het is hier lekker warm.'

In een wolk van geurende zeep gleed ze langs me heen, met alleen een badlaken omgeslagen. Het vage beeld dat ik opving werd moeiteloos aangevuld met details uit erotische dromen en uit de seksclub waar ik met enige regelmaat op bezoek ga. Ik heb me daar in het verleden een keer toe laten verleiden, tijdens een nogal langdurige vriendinloze periode. De variatie aan vrouwelijk schoon heeft me tot vaste klant gemaakt. Mijn behoefte aan een vaste relatie is er niet groter door geworden.

Haar zinnenprikkelende geur had dusdanige beelden opgeroepen dat mijn hormonen niet het geduld konden opbrengen om pas 's avonds bij Miranda, de nieuwste vlam in de club, hun spanning te ontladen. Kristina vroeg niets toen ik 's middags een taxi liet voorrijden. Toen ik ongeveer twee uur later terugkwam, was ze er niet. Op mijn leestafel vond ik een papiertje met de mededeling dat ze voor het avondeten thuis zou zijn. Ze had de auto genomen. Als ik daar bezwaar tegen had moest ik dat voor de volgende keer maar zeggen.

Ze kwam laat in de middag thuis en verdween geluidloos naar haar kamer. Het duurde lang voor ze weer tevoorschijn kwam. Geen woord over waar ze was geweest of over het ongevraagd meenemen van mijn auto. Voordat ik daarover kon beginnen, stelde ze een praktische zaak aan de orde.

'Zullen we straks uw klerenkast eens doorlopen?'

'Waarom?' vroeg ik verbaasd.

'Om te overleggen wat ik voor u ga inpakken. We hebben nog maar een week voordat we op reis gaan. Ik moet weten wat ik nog moet wassen, of ik colberts en broeken moet laten stomen.'

'Ik ga op vakantie, hoor.'

''s Avonds, tijdens de diners, is er een kledingcode, en het wordt niet op prijs gesteld als u zich daar niet aan houdt.'

'Dat had je wel eens eerder mogen zeggen.'

'Sorry, niet aan gedacht. U kunt in uw suite eten, als u dat liever wilt.'

'Welnee, dat vind ik niet gezellig. Zoek maar uit wat ik nodig heb. Hoe ga je dat trouwens zelf aanpakken? Ik neem aan dat je geen chique avondjurken bij je had toen je van dat schip kwam.'

'Maakt u zich over mij maar geen zorgen,' zei ze op opvallend luchtige toon. 'Het lijkt me beter dat ik niet samen met u dineer. Uw tafelgenoten zullen het maar vreemd vinden als uw hulp tijdens een galadiner naast u zit.'

'Wat wil je dan? In de keuken eten soms?'

'Wie weet wat ik daar nog leer,' zei ze lachend.

'Ik bedoel het serieus. Waar wil je dan eten?'

'Gewoon, in het casual restaurant. Ik hoef niet per se iedere dag een vijfgangendiner met culinaire hoogstandjes.'

'En mij lijkt het niet geslaagd om in mijn eentje naar een gala-diner te gaan.'

'O, maar ik breng u wel, hoor.'

'Heel fijn,' zei ik geërgerd.

Een diepe zucht. 'U moet niet boos worden. "Wilt u mij het mandje met brood even aangeven, meneer?" Hoort u mij dat al vragen? En hoe ga ik me voorstellen aan uw tafelgenoten? Ik weet hoe die dingen gaan, voor u zijn ze nieuw. Begrijpt u wat ik bedoel?'

'Een beetje. Noem me dan Daniel. Je bent dan een goede vriendin die met me meereist omdat ik soms wat hulp nodig heb.'

'Dat gelooft toch niemand. Als ik echt uw vriendin was zou het misschien anders voelen. Maar we hebben een zakelijke relatie. Daarom wil ik liever "u" blijven zeggen.'

Ze zei het alsof ze me een gunst verleende.

13

De laatste keer dat ik een vlucht vanaf Schiphol maakte, ruim anderhalf jaar geleden, kon ik de monitors met vluchtnummers en vertrektijden nog moeiteloos lezen. Nu sta ik min of meer hulpeloos in de vertrekhal. Voortdurend geruis en geroezemoes, het gedempte geratel van bagagewagens en koffers op wieltjes, een galmende omroepstem die in meerdere talen omroept welke reizigers zich naar welke gate moeten haasten, het zijn geluiden met herinneringen.

Kristina regelt het inchecken, loodst me feilloos langs de douane en de veiligheidscontrole. Ik weet er niet goed raad mee. Zij geeft haar voorkeur op voor onze plaatsen in het vliegtuig; zij bepaalt bij welke rij we aansluiten. Ze is praktisch en efficiënt, daar profiteer ik van. Toch voel ik ook een soort beklemming, dezelfde die ik voelde toen mijn vader me zijn voorkeur voor boeken opdrong.

'Wilt u in een van de winkels nog iets kopen, of zullen we ergens wat gaan drinken?' vraagt ze als we alles hebben gehad.

'Je zei dat ik nog wel een nieuwe stropdas kon gebruiken.'

'Een die bij uw auberginekleurige jasje past, ja.'

'Die is hier vast wel ergens te krijgen. Ik loop met je mee, dan gaan we daarna wat drinken.'

'Het is wel úw stropdas, die moet u zelf kiezen. U laat toch niet opeens de moed zakken, hè?'

Mijn gemoedstoestand is haar natuurlijk niet ontgaan. Daarom heeft ze waarschijnlijk direct na de veiligheidscontrole een bagagewagentje voor me geregeld, waarachter ik me zonder hulp een weg kan zoeken tussen mijn schimmige medereizigers, me richtend op etalages en onleesbare borden aan weerszijden van de centrale ruimtes.

'Goed dan. Hoeveel tijd hebben we nog?'

'Ruim een uur. Daarin kunnen heel wat stropdassen worden bekeken.'

Bekeken, bedenk ik bitter. Meestal is ze zorgvuldiger in haar woordkeuze. Ik koop dan ook de eerste de beste das die ze voor me ophoudt. Mocht de kleur niet helemaal goed gekozen zijn, dan zie ik dat toch niet, dus wat maakt het uit.

In een rustig hoekje drinken we koffie uit kartonnen bekertjes. Kristina houdt op de monitors de vertrektijden in de gaten. Tot mijn opluchting heeft onze vlucht geen vertraging. We kunnen precies op het op onze instapkaart vermelde tijdstip aan boord gaan. Er is wat hilariteit als ik mijn paspoort en mijn instapkaart tot twee keer toe aangeef naast de uitgestoken hand van de stewardess.

'U wilt niet weten hoe de mensen naar ons kijken,' fluistert Kristina in mijn oor als we op onze plaatsen zitten, zij bij het raam.

'Dat zou ik nu juist wél willen weten.'

'Zakenman met secretaresse alias minnares... Ze begrijpen alleen niet waarom u net zo raar deed.'

Haar warme adem kietelt in mijn oor, haar been drukt tegen het mijne. Het geeft me een gevoel van intimiteit waar ik niet op zit te wachten, althans niet op dit moment.

'Kunnen ze dan niets zien aan mijn ogen?'

'Nee. Pas als u iemand wilt aankijken en uw hoofd opzij draait, hebben de mensen iets door.'

'Dat kan nog leuk worden als een stewardess me straks een kop koffie wil aangeven en ik die verkeerd aanpak,' zeg ik zwartgallig.

'Tafeltje uitklappen en laten neerzetten. We moeten maar eens gaan oefenen met dingen aangeven en aanpakken. Na een paar keer kent u uw afwijking en houdt u er automatisch rekening mee.'

'Was je van plan om nog meer therapieën voor me te bedenken?'

'Nou... U grijpt wel vaker ergens naast, of mikt mis, op bloempotten bedoel ik, hè,' grinnikt ze iets te nadrukkelijk. 'Een betere hand-oogcoördinatie zou uw leven wel wat gemakkelijker maken, hoewel het net met die stewardess wel grappig was. Het kan ook best spannend zijn, als een vriendin u vraagt om de rits van haar avondjurk omhoog te trekken, bijvoorbeeld. O, sorry. Dat flapte ik er zomaar uit.'

Het klonk eerder bewust uitdagend, stel ik verwonderd vast.

'Reken maar dat ik per ongeluk eerst flink zou mistasten,' reageer ik droog. 'Een enkele keer heeft maculadegeneratie toch voordelen. Heb je trouwens een avondjurk bij je?'

'Ja. U wilt toch dat ik met u meega naar de galadiners? En die heeft een rits.'

Ze zegt het op een toon die het midden houdt tussen terloops en berekenend. Ze speelt met me, en ik heb er weinig verweer tegen omdat ik me gevleid voel. Zou ze zich er net zo bewust van zijn als ik dat we voortdurend lichamelijk contact hebben? Of beeld ik me maar wat in?

Terwijl het vliegtuig naar de startbaan taxiet, demonstreert een stewardess in het middenpad de werking van een zwemvest en een zuurstofmasker. Als de cabinedruk wegvalt, moeten ouders met kinderen het maskertje eerst zelf opzetten en dan pas hun kroost helpen, adviseert ze.

'Ze vergeet te zeggen dat hetzelfde geldt voor blinden en slechtzienden. Die moet je ook als kinderen behandelen,' merk ik wat wrang op.

Kristina reageert niet. Ze leunt tegen het raampje en lijkt naar buiten te kijken. Voor de uitleg van de stewardess toont ze niet de minste belangstelling. Als de motoren beginnen te bulderen en het vliegtuig zijn aanloop inzet om op te stijgen, legt ze haar hand op mijn arm en leunt tegen me aan, alsof ze steun zoekt of troost.

'Heb je vliegangst?'

Ze hoort het niet. Omdat mijn vraag wordt overstemd door motorlawaai? Haar hand ligt op de mijne en drukt die stevig.

Pas als we hoog in de lucht zitten en de herrie is afgenomen, herhaal ik mijn vraag. Opnieuw geen antwoord.

'Kristina, is er iets?'

Met een ruk trekt ze haar hand weg en schuift bij me vandaan.

'Neem me niet kwalijk. Ik ben niet helemaal mezelf, geloof ik.'

'Waarom heb je me niet verteld dat je vliegangst hebt? En waarom zou ik je dat kwalijk nemen? Integendeel. Ik vind het heel vervelend voor je.'

'Echt niet? O, gelukkig.' Het klinkt wat afwezig.

'Heb je iets van die veiligheidsdemonstratie meegekregen?'

'Wat bedoelt u?'

Blijkbaar had de stress bij haar al toegeslagen toen het vliegtuig begon te taxiën. Ik heb wel eens gelezen dat vliegangst ernstiger vormen kan aannemen dan mensen zelf beseffen.

'Gaat het weer?' vraag ik als we een poosje hebben gezwegen.

'Het gaat wel,' mompelt ze.

De rest van de vlucht blijft ze erg zwijgzaam. Pas als de landing is aangekondigd, komt er iets van de oude Kristina terug. Uit het raampje kijkend doet ze verslag van wat ze ziet, tot en met de langsflitsende strepen van de landingsbaan. Van vliegangst is niets meer te merken. Het zal de opluchting wel zijn omdat de beproeving bijna ten einde is.

Een zeer efficiënte Kristina loodst me na de landing naar de lopende band met bagage, die gelukkig compleet arriveert. Buiten kost het haar geen enkele moeite om de aandacht te trekken van een taxichauffeur, tot ergernis van andere reizigers, die ik even verderop hoor mopperen dat zij al langer stonden te wachten. Terwijl de chauffeur onze bagage inlaadt, houdt Kristina het achterportier voor me open.

'Als u het goed vindt, ga ik voorin zitten. Ik ken de weg. Als ik dat laat merken, rijdt hij niet om om de meter extra te laten tikken.'

Tijdens de rit begint ze een gesprek in het Spaans met de chauffeur.

'We hebben de komende dagen mooi weer,' zegt ze opgewekt terwijl ze zich naar me omdraait. 'Een graad of vijfentwintig, maar ook flink wat wind. U zou daardoor zeeziek kunnen worden. Ik laat de taxi straks even stoppen bij een *farmacia* om zeeziektepillen te kopen die je in Nederland niet kunt krijgen, of alleen op recept.'

'Denk je dat ik die nodig heb?'

'Je weet maar nooit. Ze zijn ook voor mezelf. Ik heb wel eens meegemaakt dat de zee zo tekeerging dat het zwembad helemaal leeg klotste. Dan klots ikzelf ook leeg, hoor, zonder die pillen.'

Ze lacht weer, dat speciale lachje waarmee ze mijn leven opfleurt.

'Ik wist niet dat je Spaans sprak.'

'Op de middelbare school heb ik Spaans als keuzevak genomen omdat het een wereldtaal is. Hier stoppen we even.'

Ze heeft de chauffeur ingepakt. De man blijkt bereid om dubbelgeparkeerd op haar te wachten.

'*Beautiful lady,*' vertrouwt hij me toe. '*Your daughter?*'

Om ervan af te zijn bevestig ik het. Hij blijkt zelf ook een mooie dochter te hebben, op wie hij net zo trots is als ik ongetwijfeld op Kristina ben. Gelukkig hoef ik geen moeizaam gesprek over een niet-bestaande dochter te voeren, want Kristina is snel terug. Voor de zekerheid breng ik haar meteen op de hoogte van onze familierelatie.

'Met ons kun je alle kanten op,' zegt ze lachend. 'Wat streelt uw ego het meest, een mooie dochter of een mooie minnares?'

'Dat houd ik liever voor me.'

'Spannend! Nog een minuut of tien, als er tenminste geen file op de brug staat. Dat gebeurt als er meerdere cruiseschepen aan de kade liggen. Meestal weten de taxichauffeurs dat wel. Even vragen.'

We hebben geluk. Er liggen maar twee schepen.

'Daar ligt-ie,' wijst ze als we over een hoge brug rijden. 'Vanaf hier moet u het schip redelijk goed kunnen zien.'

De taxi mindert vaart. Ik kijk tegen een kolossaal passagiersschip aan, een varend flatgebouw met voor- en achtersteven, dat wit oplicht in de zon.

'Onze hutten liggen aan de kadekant, aan bakboord, direct onder een brede blauwe streep. Dat zijn de ramen van de eetzalen en de uitkijkdekken.'

Het lukt me om het beschrevene redelijk op mijn netvlies te krijgen.

Even later stopt de taxi bij een soort stationsruimte waar zich voor loketten rijen hebben gevormd. Razendsnel wordt onze bagage uit de taxi gehaald door personeel in uniform. Kristina lijkt zich er niet over te verwonderen.

'Wij hoeven niet in de rij,' zegt ze. 'De suites hebben een aparte balie. Komt u maar mee.'

'En jij dan?'

'Laat dat maar aan mij over. Als u hier even gaat zitten, dan regel ik de hele papierwinkel. Eh… mag ik uw paspoort en uw creditcard?'

Het beklemmende gevoel dat me op Schiphol bekroop tijdens het inchecken speelt weer op. Het lijkt of ik haar met mijn paspoort de controle over mijn identiteit overdraag. Het ligt aan je oogziekte, niet aan haar, houd ik mezelf voor.

Ze heeft alles snel geregeld. Ik geneer me bijna als we langs rijen wachtenden naar de kade lopen waarlangs het schip ligt afgemeerd. Voor we ons inschepen laten we, net als onze medepassagiers, een foto maken. Dan gaan we de loopplank over, tonen onze zojuist ontvangen boordpas, en ondergaan eenzelfde veiligheidsprocedure als op Schiphol, alles zonder noemenswaardig oponthoud. Iemand reikt ons champagne aan. Een van de officieren heet ons welkom aan boord. Een persoonlijke purser brengt ons naar onze hutten.

Ik ben terechtgekomen in een wereld waar ik me tot nu toe geen voorstelling van heb kunnen maken.

14

Telkens een nieuw begin, steeds weer vlinders in haar buik als ze hem na lange tijd terugziet, als hij zijn armen om haar heen slaat en haar tegen zich aantrekt, als ze elkaar weer wat onwennig kussen. Haar blik glijdt over zijn gebruinde gezicht, volgt de rechte lijn van zijn neus en de hoekige contouren van zijn kin, zoekt zijn bijna zwarte ogen, die op de transportband zijn gericht.

Ze staan dicht bij elkaar, in de bagagehal van het vliegveld. Vermoeide passagiers werken zich met de ellebogen naar voren om hun eigendom van de transportband te tillen. Achter hen overstemt het metalige geratel van voorbij rollende bagagewagentjes het gedempte geroezemoes dat overal in de hal hangt.

'Duurt het nog lang voor we er zijn, papa?'

Milan heeft Puška's hand vastgepakt en kijkt zijn vader verwachtingsvol aan.

'Eerst op jullie bagage wachten, daarna met de taxi… Een half uur, als het meezit.'

Milan lacht blij. 'We gaan met een taxi, mama. Thuis doen we dat nooit, hè? Waarom niet?'

'Taxi's zijn erg duur.'

Esma aait hem liefkozend over zijn springerige krulhaar en glimlacht naar Puška.

'Maar nu zijn we op vakantie en papa verdient genoeg geld voor een taxi,' zegt Milan blij.

'Wat heb je een mooie rugzak, Milan.'

'Ja, hè? Van opa en oma gekregen.' Milan haalt hem van zijn rug en laat hem aan zijn vader zien. 'Hij heeft een heleboel vakjes, kijk maar.'

Belangstellend bekijkt Puška het rugzakje. 'Mooie kleur,' zegt hij. 'Weet je nog hoe jullie koffer eruitziet?'

Milan knikt. 'Rood, met een zwarte riem,' zegt hij met glimmende ogen. 'Mag ik helpen met rijden?'

'Dan moet je hem eerst tussen alle andere koffers ontdekken,' zegt zijn vader. 'Ga daar maar vooraan staan.'

Puška slaat een arm om haar heen als Milan zich op de aangewezen plek opstelt en vol spanning de band afspeurt.

'Wat heb ik je gemist, Esma. Af en toe duurt het me veel te lang.'

'Mij ook.' Ze legt haar hoofd op zijn schouder. 'Nog een paar jaar misschien, dan is alles weer net als vroeger, dan is er ook weer werk. Nu kan het niet anders. Kun je deze week af en toe vrij nemen, denk je?'

'Wat dacht jij nou?' Gulzig kust hij haar lippen. 'Ik heb een paar dagen helemaal roostervrij gekregen. Dat doen ze altijd als je familie meevaart. Ik kan bijna niet wachten, weet je dat. Ik was haast vergeten hoe lekker je eruitziet.' Zijn hand glijdt langs haar rug naar haar billen.

'Regel eerst maar eens een mooie, luxe hut op dat schip van je,' plaagt ze terwijl ze hem speels afweert.

'We hebben een hut alleen voor ons drieën. Jij kunt echt vakantie gaan houden.'

'Dat klinkt heerlijk.'

Milan heeft zich omgedraaid en wijst enthousiast naar iets roods dat langzaam dichterbij komt. Puška steekt zijn duim op en loopt naar hem toe, net op tijd om de koffer van de band te tillen.

'Er zitten vier wieltjes onder, papa.'

'Dat weet ik. Wil jij hem laten rollen?'

Milan zet zich schrap en duwt. Puška legt een hand op het hengsel om te voorkomen dat de koffer alle kanten op rolt. De andere steekt hij uit naar haar. Hand in hand lopen ze naar de uitgang. Daar stuit Milan met de koffer op een drempel.

'Zal ik hem erover tillen? Dit lukt je echt niet,' zegt Puška omdat Milan zich tot het uiterste inspant om de koffer eroverheen te duwen.

'Straks ben je te moe om aan boord te klimmen.'

'Moeten we echt omhoogklimmen, papa, langs een ladder?'

'Heeft mama je dat wijsgemaakt?' Puška moet erom lachen. 'Nee hoor, er is een loopplank, zo breed dat we er naast elkaar overheen kunnen lopen.'

'Kijk Milan, daar staan de taxi's,' wijst Esma.

Even later sluiten ze aan bij een rij ongeduldig wachtende passagiers op de taxistandplaats.

'Kan dat zomaar, Puška?' vraagt Esma verongelijkt als een stukje verderop een taxi stopt bij een man en een jonge, blonde vrouw die net aan komen lopen. 'De taxi's moeten toch eerst hierheen?'

'Chique lui, meer kans op een fooi,' antwoordt Puška geërgerd. 'Zo denken die chauffeurs nu eenmaal.'

Een fotograaf schiet van iedereen die aan boord gaat een plaatje. De stroom mensen stokt even omdat iemand daar bezwaar tegen maakt. Als er weer beweging in komt dwalen de ogen van de vrouw die tegen de reling geleund staat naar de uitgang van de terminal, waar de passagiers uit komen lopen. Opeens begint haar hart sneller te kloppen. Daar is ze. Net als de vorige keer hangt haar haar los over haar schouders en draagt ze een kort, zwart jasje. Zou ze dat met opzet hebben gedaan?

Bij de fotograaf blijft ze staan. Ze zegt iets tegen de man die naast haar staat. Samen laten ze zich fotograferen, met de hoofden dicht bij elkaar.

De vrouw voelt een steek van jaloezie. Bewegingloos kijkt ze toe. Pas als de twee in de buik van het schip zijn verdwenen, ontspant ze weer wat.

Dan wordt haar aandacht getrokken door een knulletje van een jaar of vijf met een groen rugzakje, dat speels slalommend tussen de passagiers door rent. Het kind wordt teruggeroepen door een man die een koffer voor zich uit duwt.

Haar ogen vernauwen zich. Op haar gezicht verschijnt een harde uitdrukking. Kijk nou, hoe aandoenlijk! Puška staat stil, tilt het jochie op en wijst naar een plek op het schip. Met zijn vrije arm trekt hij de vrouw naast hem naar zich toe en drukt een kus op haar wang.

Bij de fotograaf laten ze zich met z'n drieën fotograferen. Van het jochie wordt apart een foto gemaakt.

Ze balt haar vuisten en drukt haar nagels in haar handpalmen. 'Vuile smeerlap,' mompelt ze. 'Je was nog erger dan Goran. En nu de lieve aardige vader spelen, hè.'

Pas als het gezinnetje in het schip is verdwenen, keert ze zich om en loopt via het gangboord naar een deur. Haar gezicht staat strak. Iedereen is binnen, vrolijk, vol onbezorgd vakantiegevoel. Het eindspel kan beginnen, met de passagiers als toeschouwers.

'Dat is papa's bed. Jij mag in het bed erboven, vind je dat leuk?'

Milan knikt enthousiast. 'Als ik eruit val kan papa me opvangen, hè mama?'

Puška tilt hem op het bed. Milan gaat op zijn zij liggen en kijkt over de rand naar beneden.

'Wel een beetje hoog,' klinkt het bedremmeld.

'Ach, dat went snel.' Puška is achter haar komen staan, drukt zijn lippen in haar nek en zuigt zachtjes haar velletje naar binnen. Ergens begint iets te tintelen. Ze kreunt en draait zich naar hem om. 'Puška, alsjeblieft, nog even geduld,' fluistert ze.

Hij laat haar los en tilt Milan weer van het bed. 'Kom, dan laat ik jullie het schip zien.' Zijn stem klinkt wat schor.

Door een lange gang lopen ze naar de liften. Puška drukt op de knop voor dek elf. Met een zacht geruis zoeven ze naar boven.

'Wat kun je hier ver kijken,' roept Milan als ze boven op het dek staan. Met ogen groot van verbazing staart hij naar de kades met loodsen en hijskranen. Hij huppelt naar de reling en probeert erop te klimmen.

'Milan! Wil je dat nooit meer doen?' Puška pakt hem vast en kijkt hem bestraffend aan. 'Je kunt zomaar overboord vallen.'

'Ja, papa.' Milan knikt geschrokken.

Achter Puška aan lopen ze door een automatische schuifdeur.

'Hier kunnen de passagiers buiten ontbijten, in de ochtendzon.' Puška zwaait met een arm naar stoelen en tafels die onder zonneschermen staan. 'En hier zijn de buffetten, hier werk ik vaak.'

'Moet jij al die mensen helpen en eten brengen, papa?' Onder de indruk kijkt Milan naar de drukbezette tafeltjes.

'Niet alleen, hoor. Zie je die mannen en vrouwen in witte kleren? Die helpen ook mee.'

'Moet je vandaag dan werken?' vraagt Esma.

'Alleen vanavond, tijdens het diner. Dan is iedereen nodig.'

Ze zwijgt teleurgesteld, vraagt maar niet hoe dat op zijn roostervrije dagen dan gaat.

'Ik heb honger,' zegt Milan. 'Krijg ik een boterham?'

Puška schiet in de lach. 'Een boterham? Je kunt hier veel lekkerder dingen krijgen.'

'Ik heb ook trek. We hebben in het vliegtuig niet zo veel gehad.'

'Eerst de rest van het schip bekijken, dan gaan we eten.'

15

Elsbeth staart uit het raam, waar regendruppels een traliewerk van sporen in de aanslag van de luchtvervuiling hebben getrokken. Wat haar betreft gaat het stortregenen zodat het vuil van de ramen spoelt. Aan ramenlappen heeft ze een hekel. Aan schoonmaken en andere huishoudelijke beslommeringen überhaupt. Het is dat ze zich er zo ongemakkelijk bij voelt om alleen aan een tafeltje in een restaurant te moeten zitten, anders zou ze ook niet thuis eten. Jaren geleden, toen ze een relatie had met Erik, heeft ze wel eens overwogen om te trouwen en een gezin te stichten. Het eeuwige gehaast, de slapeloze nachten en het krampachtige gezinsgeluk van haar broer, die twee kinderen heeft, bracht haar aan het twijfelen. Wilde ze haar carrière in de boekhandel wel opofferen aan huishoudelijk gesloof en de verzorging en opvoeding van kinderen? Dat ze geen verzorgende instelling heeft en het huishouden beschouwt als een noodzakelijk kwaad, vond Erik geen reden om ervan af te zien. Ze moest zich maar aanpassen. Niet dus! Einde relatie, helaas. Ze wil haar leven niet door anderen laten bepalen, iets wat ze met Daniel gemeen heeft. Jammer dat het er, sinds Kristina bij hem inwoont, niet meer van is gekomen om met hem uit eten te gaan.

Vanochtend heeft ze die twee naar Schiphol gebracht en een prettige vakantie toegewenst. Het beeld van Daniel en Kristina, die met een volgeladen bagagewagentje de vertrekhal in lopen, raakt ze niet kwijt.

Bijna half zeven, ziet ze op haar horloge. Niet kniezen! Ze moet zien dat ze iets naar binnen krijgt, anders gaat ze de hele avond lopen snoepen. Ze duikt in de koelkast, pakt er een bak mihoen met kip uit, zet hem in de magnetron, stelt de tijd in en schenkt ondertussen een glas wijn in.

Kwart voor zeven. De magnetron geeft het signaal 'klaar'. Bakje uit de magnetron, plastic folie eraf. Snel snijdt ze nog een stuk komkommer in plakjes om haar geweten te sussen. Zonder er veel van te proeven werkt ze alles naar binnen en drinkt in een paar teugen haar glas leeg.

Zeven uur. Wanneer heeft ze voor het laatst met haar moeder gebeld? Een paar dagen geleden alweer. Een monoloog over steunkousen en thuiszorg waar van alles op aan te merken valt is beter dan gepieker over Daniel en Kristina.

Met een kop koffie voor zich, de telefoon tegen haar oor gedrukt, gaat ze weer aan de keukentafel zitten.

'Ja ma, vervelend voor je, vroeger was dat inderdaad heel anders, natuurlijk, daar heb je gelijk in.'

Woorden en zinnen die op het gewenste moment over haar lippen komen. Elsbeth hoort het voorspelbare geweeklaag van haar moeder aan zonder haar te onderbreken. Haar gedachten dwalen weer af naar Kristina. Zou ze Daniel nog meer hebben wijsgemaakt behalve het verhaal over haar studie aan een of ander instituut in Dubrovnic? Als ze de mogelijkheid had en de tijd om het te controleren, had ze het niet gelaten. Wacht eens... Volgens Daniel was ze 's avonds vaak op haar kamer, zat ze achter haar laptop, om te studeren. Als ze haar laptop niet mee op cruise had genomen en ze hem niet door een toegangscode had beveiligd, moest ze dat verhaal over haar studie vrij eenvoudig kunnen nagaan.

'Zeker ma, dat zou niet moeten mogen.'

Fout, dat moest nu net wel, en het was een schande dat het in de zorg zo ver was gekomen.

Het kost haar de grootste moeite om haar moeder ervan te overtuigen dat ze het anders bedoelde dan ze zei. Na meer dan twintig minuten te hebben geluisterd, verbreekt ze met een diepe zucht de verbinding.

Kan ze het wel maken om zomaar in andermans computer te snuffelen? Niet over nadenken. Als het goed is, dan komen Daniel en Kristina nooit te weten dat ze dat heeft gedaan.

Ze gunt zich geen tijd meer om haar tweede kopje koffie leeg te drinken en gaat gehaast op zoek naar haar autosleutels en de sleutels van Daniels huis. Die liggen natuurlijk weer op een onmogelijke plek. In de hal schiet ze in haar schoenen, trekt een jasje aan en gaat, nog net niet op een holletje, via de trap naar beneden. Geen tijd om op de lift te wachten. Een kwartier later zet ze haar auto op een parkeerplaats langs de gracht voor Daniels huis.

De lift, dat moet hier wel. Knop voor de vierde verdieping, linksaf, deur rechts. Vreemd genoeg trilt haar hand een beetje als ze de sleutel in het slot steekt. Alsof ze in Daniels huis aan het inbreken is.

Ze hangt haar jasje aan de kapstok, aan hetzelfde haakje als altijd. Het is stil in huis, onwezenlijk stil. Ze moet de neiging onderdrukken om Daniels naam te roepen.

Kristina's kamer – tot voor kort Daniels kamer – is links in de hal, tegenover de badkamer. Resoluut opent ze de deur en gaat naar binnen. Een bed, ertegenover een kast en een tafeltje met een tv erop. Op haar bureau een gesloten laptop. Ernaast wat papieren, twee tijdschriften, een stapeltje boeken en op de hoek een printer. Aan de wand hangt een ingelijst toeristisch affiche van Dubrovnic.

Toch nog aarzelend gaat ze op de bureaustoel achter de laptop zitten en klapt hem open. Het snoer voor de netaansluiting is aangesloten. Achter op het toetsenbord begint een groen lampje te knipperen.

Nu wordt het spannend. Mocht Kristina de computer hebben beveiligd, dan houdt het op. Ze zou een keer 'Kristina' als wachtwoord kunnen invoeren, maar veel kans op succes heeft ze daar waarschijnlijk niet mee.

Ze drukt op de zilverkleurige startknop. Het openingsscherm van Windows, witte letters en getallen op een zwart scherm, een reinigingswaarschuwing voor de printer. Prettig, Kristina heeft een draadloze muis op het apparaat aangesloten. Ze schuift het pijltje in het scherm naar oké en klikt met de muis. Het startscherm verschijnt, voor de helft gevuld met icoontjes van programma's, met Outlook Expres als eerste. Ze beweegt het pijltje ernaartoe. De laptop pruttelt, het scherm van Outlook verschijnt. Geen beveiliging dus, zelfs niet op haar mailbox. Inwendig juicht ze. POSTVAK IN zit vol met berichten. Haastig loopt ze die langs. Kristina beweerde aan het Rochester Instituut in Dubrovnic te studeren. Vreemd, ze ontvangt alleen maar post van iemand met mailadres aperic@acmt.hr. Dat lijkt niet op het Rochester Instituut.

Ze opent het oudste bericht, van bijna drie maanden geleden. Een zucht van teleurstelling. Niet te lezen, in het Kroatisch, naar ze aanneemt. Willekeurig opent ze een paar andere mailtjes. Opvallend, alleen korte teksten, geen aanhef, geen ondertekening, alsof twee mensen die elkaar goed kennen hebben zitten chatten. Ze klikt naar POSTVAK UIT. Alle mailtjes naar hetzelfde adres. Ze mailden elkaar regelmatig, een paar keer per week soms, ziet ze aan de data. Chatten zonder de noodzaak om continu achter de computer te zitten. Domme pech dat ze niet begrijpt wat er staat, op een getal na dan. Toevallig, dat ze in twee mailtjes hetzelfde getal ziet staan, beide keren met het woord Rujan ervoor. Rujan 16. Vandaag is het 16 september. Rujan zal toch niet september betekenen? Een plotselinge opwinding maakt zich van haar meester. Het mailtje voor haar op het scherm is van 12 juli, de dag nadat Daniel de cruise had besproken. Die dag vergeet ze niet snel, omdat Daniel toen ook vertelde dat Kristina rijlessen nam en zij dacht dat ze geen rijbewijs had. Zou Kristina op de dag van de boeking al aan iemand hebben gemaild dat het haar was gelukt om met haar slechtziende baas een snoepreisje te boeken, met vertrek op 16 september?

Ze klikt weer naar POSTVAK UIT. Een bericht verzonden op 11 juli. Rujan 16, al in de eerste regel. Ze zou wel eens gelijk kunnen hebben. Zodra de datum van afvaart bekend was, heeft Kristina iemand daarvan op de hoogte gebracht.

POSTVAK IN, een mailtje ontvangen op 10 juni. Daar staat het weer: Rujan 16. Op die datum had Daniel de cruise nog niet besproken en was ook nog niet bekend dat ze op 16 september zouden vertrekken.

Gehaast klikt ze wat andere mailtjes open. Rujan 16, in een mailtje gedateerd op 14 juni.

Met haar ellebogen op het bureau geleund staart ze naar het computerscherm. Ze weet het even niet meer. Naar Daniels keuken dan maar, om een kop koffie te maken. Zo langzamerhand krijgt koffiedrinken iets dwangmatigs, alsof ze een stevige cafeïneverslaving heeft ontwikkeld.

'Daniel, ik heb in de computer van Kristina zitten neuzen en heb ontdekt dat ze nogal wat mailtjes heeft verstuurd en ontvangen met Rujan 16 erin.'

Daar kan ze niet mee aankomen. Maar wat dan? Net doen alsof ze van niets weet kan ze ook niet. Kon ze die verrekte mailtjes maar lezen. Zou er niet iemand te vinden zijn die ze kan vertalen?

Ze vergeet de koffie, loopt terug naar Kristina's kamer, gaat weer achter de laptop zitten en zet de printer aan. Dat valt mee: er zit nog papier in.

Tien minuten later heeft ze een paar mailtjes met het getal 16 erin geprint. Ze vouwt de velletjes dubbel en stopt ze in haar tas. Nu ze hier toch is… Haar hand bladert al door de papieren die naast de laptop liggen. Geprinte mailtjes, een foto van een huis met daaronder tekst en wat losse aantekeningen, allemaal in het Kroatisch. Twee tijdschriften, een Engels en een Nederlands vrouwenblad.

Ze aarzelt als haar hand naar de bovenste bureaula gaat. Dan trekt ze hem met een ruk open. Niets bijzonders: een stapel print-papier. De tweede la dan: een doosje inktpatronen, een nietmachine en een paar enveloppen. Verder leeg. De onderste la blijkt helemaal leeg.

Ze zucht diep, draait de bureaustoel om en kijkt de kamer rond. Een tv, geen videorecorder of een dvd-speler, dus ook geen bandjes of dvd'tjes die iets over haar leven kunnen prijsgeven. Het enige waar ze nog iets in zou kunnen vinden is de kast tegen de muur. Ze staat op en opent hem. Een hang-legkast, met een paar lades. Twee broeken, een spijkerjasje. Op de plank een sta-peltje T-shirts in diverse kleuren en een paar truien en sweat-shirts. De lades zal ze wel gebruiken voor haar ondergoed. In de bovenste ligt een in elkaar gevouwen, zwarte bh en een frivool nachthemdje. In de la eronder een paar kanten slipjes. De meeste heeft ze meegenomen. Ze wil hem alweer dichtschuiven als haar oog op iets donkers valt dat door het dunne textiel heen sche-mert. Haar hart begint sneller te kloppen als ze de slipjes opzij-schuift. Op de bodem van de la ligt een boek, een fotoalbum zo te zien, met een wat beduimelde, donkerbruine omslag van kunst-leer, waarvan de hoeken zijn omgekruld en ingescheurd.

Opnieuw aarzelt ze voor ze het eruit pakt, aait er met haar hand over voor ze het opent. Welke geheimen zitten daarin ver-borgen; wat voor gevolgen zal het voor haar hebben om daarvan op de hoogte te zijn? Toch slaat ze het open. Een alledaags fotoalbum, met doorzichtige schutbladen tussen bladzijden waarop de foto's met driehoekige plakkertjes zijn bevestigd. De oudste zijn al aan het verbleken. Dit album is vast meer dan twintig jaar oud.

Op het eerste blad familiekiekjes, daarna van een baby, dan een paar bladzijden met foto's die het opgroeien van de baby tot kleuter laten zien. Dan opnieuw een babyfoto, gevolgd door een kiekje van de hele familie, nu met een klein meisje en een baby. Een gelukkig gezin met twee kinderen, twee meisjes. Wie van de twee Kristina is kan ze nog niet vaststellen. De bladzijden die volgen tonen vooral foto's van de meisjes. Op een ervan houdt het oudste meisje haar jongere zusje bij de hand en leert haar lopen, lijkt het. Er is duidelijk op te zien dat ze minstens vijf jaar in leeftijd schelen, misschien zelfs meer.

Uit de achtergrond bij de portretten maakt ze op dat de familie zich waarschijnlijk niet veel luxe kon veroorloven, maar dat de kinderen niets tekortkwamen. Lang tuurt ze naar een portretfoto van de meisjes samen, als ze een stuk ouder zijn. Ze lijken heel veel op elkaar, ondanks het leeftijdsverschil. Het oudste meisje schat ze een jaar of zestien. Ze is er niet helemaal zeker van, maar Kristina lijkt haar de jongste van de twee.

Dan is er een hiaat in het boek. Twee blanco bladzijden. Daarna verandert er iets in het album. De foto's zitten niet meer vast met driehoekjes, maar zijn vastgeplakt, en het zijn allemaal kleurenfoto's. Familieportretten ontbreken, net als foto's van de twee zussen samen. Dit is Kristina's deel van het album, met alleen nog foto's van haar, alleen of met vriendinnen. Afgaand op deze foto's heeft ze twee goede vriendinnen gehad, al was de relatie met de ene zo te zien wat inniger dan met de andere. De armen om elkaar heen geslagen, de wangen tegen elkaar aan gedrukt, kijken ze lachend in de lens. Kristina is dan een jaar of achttien, schat ze.

Weer een blanco bladzijde, dan een paar klassenfoto's, gevolgd door foto's van een schoolreis naar Rome, met groepsfoto's voor het Vaticaan en de Trevifontein. De volgende foto, een vergroting die een hele bladzijde in beslag neemt, geeft haar een schok. Kristina, haar armen om een man heen geslagen die minstens twee maal zo oud is als zij, met een baard en een donkere bril. Ze drukt haar lippen op zijn wang en kijkt opzij naar de fotograaf, ondeugend, uitdagend.

Op de volgende bladzijde is een krantenknipsel met foto geplakt, uit een plaatselijke krant, met een 'in memoriam' voor de geliefde leraar Gerard V., die meer dan vijfentwintig jaar op het Stellingwerfcollege heeft gewerkt. Ze slaat de bladzijde terug. Kristina staat met diezelfde man op de foto.

Erachter zijn nog meer krantenartikelen geplakt, zo uitgeknipt dat er drie kolommen op een bladzijde passen.

Een vet gedrukte kop, paginabreed. DRAMA OP HET STELLINGWERFCOLLEGE. Daarop doelde de conrector die ze heeft gesproken dus.

Het drama had zich kort na het schoolreisje naar Rome afgespeeld. Op de avond voor zijn dood werd er in het huis van de leraar een reünie gehouden van alle deelnemers, die op zijn tv elkaars digitale foto's konden bekijken. Een man met hart voor zijn leerlingen. Hij had hun foto's verzameld, er een selectie uit gemaakt en die op dvd gebrand. Na de bijeenkomst was hij alleen achtergebleven. Zijn gezin was op bezoek bij familie en zou daar ook de nacht doorbrengen. De volgende dag trof zijn vrouw hem dood aan, met een mes in zijn borst.

LEERLINGE GEARRESTEERD VOOR MOORD OP LERAAR schreeuwt de kop boven het artikel op de volgende bladzijde.

Ivana P., leerlinge van het Stellingwerfcollege, is gearresteerd op verdenking van moord op haar leraar, Gerard V.

Haar ogen vliegen over de regels. Ivana zou een relatie met haar leraar hebben gehad. Hij zou zelfs de reis naar Rome voor haar hebben betaald. In de nacht van de moord was door een van de buren vlak bij zijn huis een jonge, blonde vrouw gesignaleerd, die in hoog tempo de straat uit fietste. Ze zou hem al eerder thuis hebben opgezocht als zijn vrouw er niet was. Het artikel eindigt met de mededeling dat de politie geen commentaar wil geven op de geruchten. Iedereen die iets meent te weten of te hebben gehoord, wordt verzocht zich terughoudend op te stellen en contact op te nemen met de politie. Hoe kan een krant, die vooral geruchten publiceert, zoiets nou vragen?

Zou Kristina ook een relatie met die man hebben gehad? De foto wijst daar wel een beetje op. Een leraar die niet van leerlingen af kon blijven en dat met de dood moest bekopen omdat iemand – een vader, een vriendje – dat niet pikte?

Nieuwsgierig slaat ze om naar de volgende bladzijde. Een kort, zakelijk geschreven artikeltje. Nergens in het fotoalbum is iets bij de foto's geschreven, zelfs geen namen. Hier is echter, zowel aan het begin als aan het eind van het artikel, met blauwe pen een smiley getekend, de laatste gevolgd door een groot uitroepteken.

IVANA P. ONTSLAGEN UIT VOORLOPIGE HECHTENIS. Er blijkt geen bewijs te zijn dat Ivana haar leraar heeft vermoord. Haar vingerafdrukken staan niet op het mes en ze heeft een sluitend alibi. Medeleerlingen hebben verklaard dat ze de bewuste avond tegelijk met haar klasgenoten het huis van hun leraar heeft verlaten. Haar zus, met wie ze een slaapkamer deelde, heeft bevestigd dat ze voor middernacht is thuisgekomen en niet meer is weggegaan. De aanwezigheid van haar DNA in de buurt van het slachtoffer kon niet als bewijs dienen. Ze had immers, net als haar klasgenoten, de hele avond in zijn huis doorgebracht.

Hoe goed kenden Kristina en Ivana elkaar? Waren het vriendinnen? Zou Kristina die smileys en het uitroepteken bij het artikel hebben gezet omdat ze blij was dat haar vriendin werd vrijgelaten, een vriendin met wie ze wellicht een minnaar deelde? Zouden ze dat van elkaar hebben geweten? Gingen ze soms samen bij hem op bezoek als zijn vrouw niet thuis was? Vunzige praktijken met leerlingen, ook een mogelijk motief voor moord.

Ze legt het fotoalbum terug in de la. De slipjes drapeert ze er luchtig overheen. Dan schuift ze de la dicht en sluit de kast.

Wat moet ze hiermee? Kristina had misschien al eerder een relatie met een oudere man. Dat weet ze dan. Verder is ze helaas niet veel wijzer geworden.

16

De suite is wat kleiner dan ik had verwacht. Een tweepersoonsbed, een zitje, een ingebouwde flatscreen-tv en een bureau. De badkamer is piepklein, maar heeft toch een ligbad. Het voordeel is wel dat ik alles wat ik nodig heb snel kan vinden. En mocht er iets te wensen over blijven, dan hoef ik maar te kikken en mijn persoonlijke butler komt aangesneld. Hij heet Ahmad en komt van Bali. In niet altijd goed te volgen Engels legt hij me uit wat ik van hem mag verwachten.

Kristina pakt direct mijn koffers uit en ruimt de garderobekasten in. Terwijl ik me nog aan het oriënteren ben in de badkamer, hoor ik haar weggaan. Ik mag blijkbaar zelf uitvinden hoe het toilet moet worden doorgespoeld en hoe de speciale hendel van de glazen deur naar het balkon werkt. Ze weet toch dat ik de aanwijzingen op de erbij geplakte stickers niet kan lezen? Het ergert me dat ze me zo laat aanklungelen.

Gelukkig heb ik Ahmad nog. Ongevraagd komt hij een schaaltje met toastjes brengen, knalt de klaarstaande fles champagne open, schenkt een glas vol en zet het met de toastjes op de teakhouten balkontafel.

Op het balkon zittend, nippend aan mijn champagne, staar ik naar het wazige gekrioel beneden. Taxi's rijden af en aan en leveren een onafgebroken stroom passagiers en bagage af. Een verdieping lager hoor ik mensen stommelen en met stoelen schuiven. Een man en een vrouw lachen en praten in een taal die ik niet versta.

Na het derde glas champagne voel ik me prettig licht worden in mijn hoofd. De vermoeidheid van de reis begint zijn tol te eisen, langzaam zweef ik weg. Ik schrik wakker als Kristina haar hand op mijn schouder legt.

'Hebt u het niet gehoord? Sloepenrol! Alle passagiers moeten meedoen. Het is net omgeroepen.'

Ik sta nogal abrupt op. De wereld wordt een draaischijf van fletse kleuren, Kristina een figuurtje in een zweefmolen. Ik ga snel weer zitten.

'Daar voel ik me te duizelig voor.'

'Dan moet u maar in uw hut blijven.'

Voor de zekerheid pakt ze mijn zwemvest uit de kast en legt me uit hoe ik het moet aantrekken.

'Ik kom u straks wel ophalen voor het diner,' deelt ze me plompverloren mee.

'Straks? Dat is pas over een paar uur. Je denkt toch niet dat je met me mee op reis bent gegaan om me in mijn hut te kunnen parkeren en zelf je gang te kunnen gaan? Ik wil het schip verkennen, zodat ik er snel mijn weg kan vinden. En ik wil aan dek staan als we de haven uit varen,' val ik uit.

Ze reageert geschrokken. 'Het spijt me, dat was niet mijn bedoeling. Ik dacht dat u erg moe zou zijn van de reis en een paar uur wilde uitrusten.'

'Ik ben geen vijfentwintig meer, maar dat wil niet zeggen dat ik een deel van de dag duttend moet doorbrengen.'

'Nogmaals sorry. Zo ziet u er ook niet uit.'

De rest van de middag houdt een vrolijke, toegewijde Kristina me gezelschap. Ze wijst me de weg vanaf mijn hut naar een centrale ruimte in het middenschip, vanwaar ik met trappen of een lift alle dekken kan bereiken. We gaan omhoog naar dek twaalf en lopen naar de *hemisphere lounge* voor in het schip, een overdekte uitkijkruimte met rondom glas, zelfs voor mij een ideale plek om een indruk te krijgen van de havens die we in- en uitvaren. Ze vervolgt haar rondleiding langs een dek met twee kleine zwembaden en ligstoelen, naar een buitendek op het achterschip met stoelen, tafeltjes en een bar. Het is opnieuw een plek waar ik redelijk wat van de omgeving kan waarnemen. Ze lijkt zich weer helemaal in mijn handicap te hebben ingeleefd. Alles wat ze zegt of doet is afgestemd op mijn verwachtingspatroon, dat ze waarschijnlijk feilloos inschat. Waarom weet ik niet, maar het geeft me soms een onbehaaglijk gevoel.

's Avonds dring ik er bij Kristina op aan om me tijdens het eerste diner al te vergezellen. Alleen ben ik niet in staat om de mij toegewezen tafel met nummer honderdveertig te vinden. Bovendien wordt zij daar ook verwacht. Als ze direct de eerste avond meegaat, voorkomen we dat onze tafelgenoten haar vreemd aankijken als ze me tijdens een galadiner wel vergezelt. Ze reageert afhoudend en weigert beslist, tot mijn grote ergernis. Als dit een voorbode is van haar gedrag de komende week, dan wordt deze vakantie minder gezellig dan ik had gehoopt.

Ik houd me in om de lieve vrede te bewaren en laat me door haar naar de entree van het restaurant brengen, vanwaar ik door een kelner naar mijn plaats word begeleid. Om me heen hoor ik het monotone geroezemoes van gedempte stemmen. Vage beelden van ongetwijfeld fraai gedekte tafels met eromheen schimmige mensen glijden langs het restant van mijn netvlies. De geur van brandende kaarsen, gebraden vlees en gegrilde vis vermengt zich met die van opdringerig parfum en te zoete likeur.

Mijn tafelgenoten zijn er al. Ik blijk een tafel te delen met een Amerikaans echtpaar en twee samen reizende Engelse vrouwen.

Nadat we ons aan elkaar hebben voorgesteld, vertel ik dat mijn vriendin wat misselijk is. Het voelt bepaald ongemakkelijk om aan volslagen vreemden te moeten vertellen dat mijn visuele handicap het wat moeilijk maakt om bijvoorbeeld het mandje met brood door te geven. Gepast medeleven is mijn deel.

Tijdens het eten worden vooral beleefdheden uitgewisseld. De Amerikanen proberen om wat meer aan de weet te komen over de Engelse dames, die echter zo gereserveerd reageren dat ze hun pogingen al snel staken. Ik word met rust gelaten, waardoor ik me nog ongemakkelijker ga voelen. Ik moet echt iets bedenken om Kristina over te halen me morgen al hierheen te vergezellen, en niet pas bij het eerste galadiner.

Hoe ze het zo goed timet weet ik niet, maar op het moment dat ik het restaurant verlaat duikt Kristina naast me op.

'Hebt u lekker gegeten?'

'Het eten was uitstekend, maar ik voelde me een beetje eenzaam.'

Ze reageert niet op mijn hint en stelt voor om nog wat uit te waaien op het promenadedek. De route erheen loopt door het casino met speeltafels en langs lawaaierige gokmachines vol flikkerende lampjes.

Nog minder dan in het restaurant, waar de deining af en toe merkbaar was, heb ik het gevoel me op een varend schip te bevinden.

'De grootste winnaar is altijd degene die erlangs loopt zonder geld in te zetten,' zegt Kristina. 'Lees *De speler* van Dostojevski maar.'

Pas buiten, met de zeewind om mijn hoofd en de zilte geur van tegen de boeg brekende golven in mijn neus, keert het besef terug dat ik op een schip midden op zee ben.

Kristina legt haar hand op mijn arm en vertelt grappige anekdotes over misverstanden tussen het personeel en gasten aan boord van het schip waarop ze heeft gewerkt. Ze reageert alert als een man met een Amerikaans accent mij aanspreekt.

'Ik zie dat uw vriendin weer is opgeknapt.'

We staan net even met onze armen op de reling geleund over zee te staren. Hoe hard het waait kan ik door de snelheid van het schip niet vaststellen. Uit de bewegingen en de overal op het water aanwezige witte vlekken maak ik wel op dat de zee verre van vlak is.

'Ik had wat last van zeeziekte. Geen pilletje ingenomen.'

Ik beaam het, leg nogal impulsief mijn arm om haar middel en zeg dat we nog ergens een slaapmutsje gaan drinken.

'U hebt dus verteld dat ik uw vriendin ben.'

'Dat maakt het morgen gemakkelijker voor je om samen met mij te dineren.'

Haar 'ja, ja' suggereert dat ze daar heel anders over denkt.

Terug bij mijn suite vraagt ze of ze nog iets voor me kan doen.

'Me vertellen waar je mijn pyjama hebt opgeborgen, dat scheelt heel wat zoekwerk.'

Staande voor de klerenkast laat ze me meteen zien waar ze mijn andere kleren heeft neergelegd of opgehangen. Door onverwachtse bewegingen van het schip zijn we voortdurend op zoek naar ons evenwicht. Soms moeten we steun bij elkaar zoeken. Kristina vindt het wel komisch als ze, na een heftige schuiver, in mijn armen valt.

Met een 'welterusten, tot morgen', gaat ze naar haar eigen hut.

De volgende ochtend, als ik wakker word, zijn we in rustiger vaarwater gekomen. Staande op mijn balkon tuur ik door mijn contrastverhogende bril naar het glooiende landschap achter de haven van Carthagena, die we zojuist zijn binnengevaren.

Zou Kristina al wakker zijn? Haar hut is door een tussendeur met de mijne verbonden. De sleutel zit aan mijn kant. Ik heb die toevallig ontdekt toen ik gisteren op de tast op zoek ging naar een lichtknopje.

Terwijl ik me sta te scheren, hoor ik in de aangrenzende badkamer het geluid van stromend water. Ze staat onder de douche. Als ik geen water meer hoor lopen, wacht ik nog even en klop dan op de tussendeur. Vaag hoor ik dat ze iets roept, maar ik kan het onmogelijk verstaan. De geluidsisolatie is hier veel beter dan in de badkamer. Ik draai de sleutel om en open de deur. Ze staat naast haar bed, met haar gezicht naar me toe. Aan de vorm en de kleur te zien heeft ze een van de witte badjassen aan die in de hut hangen.

'Goedemorgen, Kristina. Lekker geslapen?'

'Ja hoor. U ook?'

'Het kon niet beter. Of ik in een automatisch bewegende schommelstoel in slaap werd gewiegd.'

'Kan ik iets voor u doen?'

'Met me gaan ontbijten. Het is een buffet, dus daar heb ik je hulp bij nodig.'

'Stom van me, had ik aan moeten denken. Als u even geduld hebt… Ik kleed me zo snel mogelijk aan.'

17

'Hallo. Je bent toch niet verdwaald?'

Verbaasd kijkt het jongetje naar haar op. Een vrouw die zijn eigen taal spreekt, hoe kan dat, ziet ze hem denken.

'Ik zoek papa, die werkt hier,' antwoordt hij. 'Jij ook, hè?'

De vrouw knikt, lacht lief naar hem. 'Knap van je dat je dat raadt.'

'Nee hoor. Papa draagt jouw kleren.'

'Jouw papa draagt toch geen vrouwenkleren,' zegt ze gespeeld verbaasd.

'Nee,' giechelt hij. 'Dezelfde als jij. Ken je mijn papa goed?'

Ze krijgt een schok, kijkt snel de andere kant op. Of ze Puška kent, de gewetenloze oorlogsmisdadiger die nu de toegewijde vader speelt? Ze drukt de herinneringen die zich opdringen weg. Haar plan kan alleen slagen als ze haar emoties uitschakelt, koel en berekenend te werk gaat.

'Er werken hier zo veel mensen, te veel om allemaal te kennen. Hoe heet jij?'

'Milan.'

'Wat een mooie naam, Milan. Als je me vertelt waar je vader werkt, zal ik je naar hem toe brengen, goed?'

Milan schudt zijn hoofd. 'Ik weet het niet meer; ik ga naar mama terug.'

'Weet je dan wel waar zij is?'

'Ja, hoor. Daar.' Hij wijst in de richting van de zwembaden. 'Mama wil graag zonnebakken, maar ik wil liever zwemmen.'

'Gelijk heb je, met die warmte. Kun je goed zwemmen?'

'Een beetje.' Milan glundert. 'Gisteren heb ik gezwommen, in een ander zwembad dan daar.'

'Ik weet waar dat is. Vind je het leuk als ik met je meega?'

'Dan moet ik het wel eerst aan mama vragen.'

Ze bijt op haar lip. Dit gaat zo niet lukken. Ze moet het anders aanpakken.

'Zullen we eerst samen een ijsje gaan halen?'

Hij knikt blij. 'Met van die gekleurde korreltjes erop.'

'Die zijn lekker, hè? Dan neem ik er zelf ook een.' Ze steekt haar hand naar hem uit. 'Ga je met me mee?'

Milan pakt haar hand en loopt vrolijk mee naar het ijsbuffet.

'Wijs maar aan wat je wilt hebben.'

Zijn wijsvinger zwaait van de ene bak ijs naar de andere. Zo'n beetje alles door elkaar dus.

'Dat wordt een heel groot ijsje. Kun je dat wel op?'

'Ja hoor, makkelijk.'

'Nou, ik neem een kleiner bakje,' zegt ze lachend. Voor zichzelf schept ze alleen pistache-ijs op.

Milan staat wat teleurgesteld naar het bakje ijs te kijken. 'Waarom zitten er geen korreltjes op?'

'Omdat je die er zelf op mag strooien.'

Ze pakt het bakje van de toonbank, houdt het Milan voor en geeft hem een lepeltje. 'Alsjeblieft, schep er maar uit.'

Als hij klaar is neemt ze hem mee naar een tafeltje bij het raam. Milan lepelt zijn ijs gretig naar binnen.

'Heb je aan boord al vriendjes gevonden om mee te spelen?'

'Nee. Die zijn hier niet. Wil jij met me spelen?'

'Graag zelfs. Maar niet nu. Ik moet weer aan het werk.'

'Net als papa. Die heeft vandaag ook geen tijd.'

'Maar je mama wel, toch?'

'Mama wil alleen maar in de zon liggen bij het zwembad. En vanochtend moest ik al heel vroeg op de gang gaan spelen, heel zachtjes, want ik mocht niemand wakker maken,' zegt hij verongelijkt. 'Gisteren stuurden ze me ook zomaar naar buiten om te gaan spelen, terwijl ik helemaal niet wilde.'

Ze knippert een paar keer snel met haar ogen; haar hart lijkt een slag over te slaan. Hij mag niet merken dat zijn mededeling een geweldige spanning bij haar heeft opgeroepen. Ze kan op Puška's werkrooster zien wanneer hij tot diep in de nacht moet doorwerken. Ongetwijfeld valt hij daarna doodmoe in bed, net als zij na zo'n late dienst. Op haar gezicht verschijnt een cynisch lachje. Pas de volgende ochtend heeft hij dan weer voldoende energie voor zijn hunkerende vrouwtje. Milan, die hier waarschijnlijk vroeg wakker wordt, is dan even te veel.

'Weet je het nummer van jullie hut?' vraagt ze luchtig.

'Ja. Nummer 312.'

'Ik zal goed opletten of ik je daar alleen buiten zie lopen. Dan gaan we samen wat leuks doen, goed?'

Hij knikt blij en likt zijn lepel schoon.

'Tegen niemand vertellen, hoor. Het is ons geheimpje.'

Als hij zijn ijsje op heeft, huppelt hij terug naar zijn moeder, die rechtop is gaan zitten en hem met haar ogen zoekt. Ze steekt een hand op als ze hem ziet. Milan zwaait vrolijk terug. Gerustgesteld gaat de vrouw weer liggen.

's Middags lopen we over de promenade naar de stad. Tot mijn verbazing begint Kristina tijdens de wandeling uitvoerig te vertellen over de geschiedenis van de stad, die in de oudheid een kolonie was van Carthago. Als de Punische oorlogen en Hannibal met zijn olifantenleger de revue passeren, vind ik het genoeg.

'Heel interessant allemaal. Je was op dat cruiseschip toch geen gids die passagiers rondleidde? Waar haal je al die kennis vandaan?'

'Hebt u gisteravond niet gemerkt dat er papieren met informatie op uw bed lagen? Voor we weggingen heb ik ze doorgelezen.'

'En na één keer lezen onthoud jij dat allemaal?'

'Niet alles. Ik ben hier vaker geweest, dus ik heb die papieren al eerder gelezen. En ik wilde een beetje indruk op u maken.' Een overdreven lachje. 'Nou ja, niet gelukt dus. Hier moet u oppassen. Losse stenen. We gaan naar rechts, langs de muur van de oude stad. Kunt u die een beetje zien?'

Ik geef me aan haar over, stel me open voor alle indrukken die op me afkomen.

Een glazen lift brengt ons naar een hoog boven de stad gelegen burcht. We hebben een weids uitzicht over de stad en de haven. Voor het eerst profiteer ik optimaal van mijn bril. Het panorama krijgt wat meer diepte en de contouren ogen redelijk scherp. Ik word er vrolijk van en stel Kristina voor om de bezichtiging van de burcht over te slaan en in het centrum van de stad wat te gaan drinken.

'Oké. We komen dan langs een Romeins theater. Het is vrij groot, dus u kunt er redelijk wat van zien.'

Wat later, op een terras bij een plein, achter een glas koud bier, stel ik haar de vraag die ik al eerder had willen stellen.

'Wat deed jij gisteren eigenlijk, terwijl ik op mijn balkon zat te dutten?'

Een aarzeling. Of ik een zesde zintuig begin te ontwikkelen weet ik niet, maar ik weet wel dat ze me bewust niet gaat vertellen wat ze heeft gedaan. Het maakt me nieuwsgierig naar wat er zo belangrijk kan zijn dat ik het niet mag weten.

'O… Mijn koffers uitgepakt en daarna wat over het schip gewandeld. Een rare ervaring om als passagier aan boord te zijn. Ik wilde bij het zwembad gaan zitten, maar ik ben zo stom geweest om mijn bikini te vergeten.'

'Die kun je hier toch wel ergens kopen?'

'Vast wel.'

'Ga er maar een uitzoeken. Cadeautje van mij. Je mag mijn creditcard meenemen.'

'U bent veel te aardig voor me,' zegt ze voor haar doen nogal bedeesd.

'Er is wel een kleine voorwaarde aan verbonden.' Ik probeer het niet al te serieus te laten klinken, maar ze vat het wel zo op.

'Een cadeautje met een voorwaarde is geen cadeautje,' zegt ze afgemeten, 'maar betaling voor een dienst die nog moet worden verleend.'

'Je kent de voorwaarde nog niet. Ik wil alleen dat je vanavond al met me gaat dineren.'

'Morgen is pas gala-avond. We hebben toch afgesproken…'

'Dat weet ik. Ik vond het gisteravond heel vervelend, zonder jou. Ik stel het dus erg op prijs als je meegaat,' dring ik aan.

'Ik weet dat u dat cadeautje vooral aardig bedoelt, en dat ik u teleurstel als ik nee zeg,' zegt ze na lang denken. 'Ik zal nog een glas bier voor u bestellen voordat ik wegga.'

Het kost haar geen enkele moeite om op het drukke terras de aandacht van de kelner te trekken. Met een 'tot zo' staat ze op.

Ik kan het niet laten om snel mijn bril op te zetten als ze wegloopt. Haar korte, gele zomerjurk fladdert bij iedere stap die ze zet luchtig om haar dijen; haar lange, slanke benen bewegen zo gracieus dat ik me verbeeld naar een mannequin op een *catwalk* te kijken. Op een moment als dit moet ik me verzetten tegen de opkomende woede, woede op wie of wat ervoor verantwoordelijk is dat mijn ogen het laten afweten. Van alle mooie dingen die er te zien zijn, mis ik het vrouwelijk schoon toch wel het meest.

18

Met haar hoofd in haar handen gesteund leest Elsbeth de vertalingen die ze zojuist per e-mail heeft ontvangen. Daarna kijkt ze weg van het beeldscherm en staart door de ruit van het kantoor naar de winkel, waar het op dit moment erg stil is. Een van de stagiaires komt naar haar toe lopen en kijkt haar door het glas vragend aan. Ze steekt afwerend haar hand op.

Het vertaalbureau heeft zich aan zijn belofte gehouden. *Spoed-levering mogelijk binnen 24 uur,* stond in de advertentie die ze via Google had gevonden. *Om de hoogste kwaliteit te garanderen worden vertaalde documenten altijd door een* native speaker *gecontroleerd. Afgifte per post of per fax, vertaling kan per e-mail retour worden ontvangen.* Het wekte vertrouwen. Gisteravond is ze nog naar de zaak gegaan om de mailtjes te faxen.

Ze richt haar aandacht weer op het beeldscherm.

In het mailtje dat Kristina op 10 juni heeft ontvangen staat dat de afzender haar heel erg mist en hoopt dat ze elkaar snel weer zien. Daarna volgt een regel die ze lang op zich laat inwerken.

'Ik ben erachter gekomen dat hij op 16 september van de regeling gebruik zal maken.'

Wie is die 'hij', om welke regeling gaat het? Dat stond vast in een eerder mailtje. Ze kon toch niet Kristina's complete mailbox printen. Er zullen dus wel meer vragen onbeantwoord blijven.

Kristina reageert pas op 14 juni.

'16 september! Het kan niet beter. Hij laat me bijna alles regelen en ik heb hem gisteren toevallig al uitgelegd dat september de beste maand is.'

Sluit die datum goed aan op haar uitleg dat september de beste maand is, of is er iets anders wat niet beter kan? Het mailtje dat Kristina op 11 juli verstuurt geeft daarover helaas geen uitsluitsel.

'Het is gelukt! We hebben geboekt voor 16 september. Het gaf me tegelijk een gevoel van vreugde en van treurigheid. Ik wilde dat de omstandigheden anders waren. Krijgt het lot dan nooit medelijden met ons?'

Welke omstandigheden? Uit de rest van het mailtje valt dat niet af te leiden. Het antwoord dat Kristina op 12 juli ontvangt is al net zo vaag:

'Begrijp je andere gevoelens goed. Soms moeten we gevoelens echter uitschakelen, anders hinderen ze ons om ons doel te bereiken.'

Ze schudt haar hoofd en zucht diep. Wat is ze hiermee opgeschoten? De definitieve bevestiging dat Kristina Daniel heel berekenend naar de cruise van 16 september toe heeft gepraat. Verder zijn er alleen maar meer vragen gerezen. Heeft Kristina een vriend met wie ze intensief mailcontact onderhoudt? Het taalgebruik lijkt eerder op dat van een vrouw. Kan ze hiermee bij Daniel aankomen om hem voor Kristina te waarschuwen? Ze heeft dat al genoeg gedaan. Dat ze hem manipuleert en misbruikt kan ze hem ook vertellen als hij terug is. Daarvoor hoeft ze zijn vakantie niet te verpesten.

Haar ogen dwalen weer naar de tekst voor haar. *Ik wilde dat de omstandigheden anders waren. Krijgt het lot dan nooit medelijden met ons?* Klinkt aandoenlijk. Ze zou bijna medelijden met Kristina krijgen. Ze beduidt de stagiaire, die achter het raam ongeduldig in haar richting kijkt, dat ze binnen mag komen. Of ze het beoordelingsformulier van haar stage wil invullen. Morgen is namelijk haar laatste dag. Elsbeth tikt met haar hand tegen haar voorhoofd. Helemaal vergeten.

Even later probeert ze zich op een formulier met vragen over vaardigheden en werkhouding van de jonge vrouw te concentreren.

19

Tegen het eind van de middag, kort voor het tijdstip van afvaart, zijn we terug aan boord. Kristina gaat naar het zwembad. Ze heeft een chique bikini aangeschaft, rood met zwarte randen en versierd met halfedelsteentjes. Voor de prijs kon ze het ding onmogelijk laten liggen. Ze stond erop dat ik een deel van het bedrag inhield op haar salaris.

Ik geef er de voorkeur aan om rustig op mijn balkon te zitten. Vroeger zou ik een boek hebben gepakt. Lezen... Het is minder dan een jaar geleden dat de ziekte zich openbaarde en ik denk nu al in termen van vroeger. Alsof ik een bejaarde ben die zich heeft teruggetrokken in een verleden waarin alles beter was.

Achter mij wordt op de deur geklopt. 'Binnen!' roep ik.

Ahmad. Of ik nog iets wil eten, of hij soms wat te drinken voor me kan inschenken?

Waarom ook niet? Een paar glazen wijn geven de wereld al snel een vrolijker aanzien. Kristina komt me wel helpen om de fles te legen.

'Een fles Sauvignon Blanc graag, en een extra glas. Ook nog een schaaltje met toastjes, alsjeblieft.'

'Voor twee personen, *sir*?'

Zijn zakelijke, neutrale toon camoufleert professioneel zijn nieuwsgierigheid. Hoe zou het personeel onderling over de gasten praten? Ik zal dat straks eens aan Kristina vragen.

'Dank je, Ahmad,' zeg ik als hij even later terugkomt, een van de glazen volschenkt, de fles in een koeler met ijsblokjes zet en zich geruisloos verwijdert.

Waarom heb ik geen draagbare cd-speler meegenomen en een stapeltje cd's? Dan had ik me nu kunnen overgeven aan muziek of kunnen opgaan in een luisterboek. Bij gebrek aan iets anders geef ik me maar over aan de wijn.

Ik heb net mijn derde glas ingeschonken, als ik Kristina op het balkon naast me hoor. Ze steekt haar hoofd om de glazen afscheiding.

'Lekker aan de wijn, zie ik?'

'Ja, maar een hele fles kan ik niet alleen op. Kom je me helpen? Ik heb extra toastjes besteld, voor het geval je trek hebt.'

Via de tussendeur komt ze naar mijn hut, op blote voeten, gehuld in haar badjas.

'Zal ik zelf inschenken of hebt u al voldoende geoefend?' plaagt ze.

Ik schenk haar glas vol en hef daarna het mijne. 'Op een mooie reis, Kristina. En op een prettige samenwerking.'

Ze tikt haar glas licht tegen het mijne. 'Ik zal mijn best doen.'

'Ik verwacht niet anders. Hoe was het boven?'

'Erg warm. Ik ben gaan zwemmen en heb daarna nog even in de zon gelegen. Twee mannen probeerden de aandacht te trekken van een vrouw die ook alleen was.'

'Maar jou zagen ze niet zitten?'

'Dacht u dat? Nee hoor, een van die sukkels liet de bediende een drankje naar me brengen.'

'En, smaakte het?'

'Dan kent u mij niet. Ik heb het retour afzender gestuurd. Die arme vrouw kreeg het daarna aangeboden. Ik ben maar weggegaan.'

'Hoe kom je toch zo, Kristina? Ik bedoel… Op jouw leeftijd is het juist leuk om een beetje te flirten.'

'U hebt al eens gevraagd waarom ik niet uitging,' klinkt het wat geïrriteerd. 'Maakt u zich maar geen zorgen. Ik kom vast wel eens iemand tegen die niet alleen op mijn uiterlijk kickt. Voorlopig heb ik er geen behoefte aan. Ik ben te veel aan mijn vrijheid gehecht.'

'Of ik mezelf hoor praten, toen ik nog gezonde ogen had. Je lijdt aan bindingsangst, zeiden mijn vriendinnen, en gingen vervolgens op zoek naar een man die zich makkelijker schikte.'

'Bij mij is het geen bindingsangst. Ik wil alleen rustig om me heen kunnen kijken om erachter te komen wat het leven me werkelijk te bieden heeft. Dan pas kan ik een goede beslissing nemen over mijn toekomst.'

'Ben je zo geworden door wat je hebt meegemaakt?' probeer ik voorzichtig.

'Dat speelt mee, ja. Soms, als dingen tegenzitten, zou ik terug willen vluchten naar mijn kindertijd, me even willen overgeven aan mooie herinneringen. Maar die liggen onder de puinhopen van Vukovar, net als mijn jeugd.'

De vrolijke toon waarop ze vroeg of ik voldoende had geoefend, is verdwenen. Ik krijg de indruk dat ze het laatste er nogal impulsief heeft uitgegooid en daar direct spijt van heeft.

'Wil je me er iets over vertellen?' vraag ik na een poosje. 'Ik weet nog zo weinig van je.'

'Ik laat het verleden liever met rust,' antwoordt ze kortaf. 'Er hebben zich daar dingen afgespeeld die zo gruwelijk zijn dat u zich er toch geen voorstelling van kunt maken. Dat wílt u ook niet.'

'Zoals Srebrenica? Daar is veel over naar buiten gekomen.'

'Daar hebben die Servische rotzakken duizenden moslims om zeep geholpen, in Vukovar duizenden Kroaten. Het zal er wel even barbaars aan toe zijn gegaan. Zullen we het er nu niet meer over hebben?'

'Als jij dat wilt. Overigens begrijpt volgens mij geen enkel beschaafd mens iets van de gruwelen die zich in oorlogen afspelen.'

'Beschaafde mensen? Laat me niet lachen. Een vliesdun laagje zelfmisleiding, bedoelt u. Ik ben gelukkig niet zo'n barbaar, denk je, totdat om je heen de wet van de jungle gaat heersen en je tot het uiterste moet gaan om je te handhaven of te overleven. Dan knapt dat vliesje vanzelf.'

Ik schrik van de bitterheid in haar stem.

'Sorry, ik liet me even gaan. En ik had nog wel gezegd dat ik het er niet meer over wilde hebben, om het gezellig te houden.'

'Iets wat je zo dwarszit, komt op een gegeven moment vanzelf naar buiten, of je dat nou wilt of niet. Maar ik zal er niet meer naar vragen. Ben je na de oorlog nog wel eens terug geweest naar je geboortestad?'

Ik hoor haar zuchten. 'Voor u is tijdens en na de oorlog blijkbaar iets anders, omdat u niet weet waarover u praat.'

Ze staat op en zet haar ellebogen op de reling. Haar kin steunt in een hand, zie ik vanuit een ooghoek. Wat gaat er nu in haar hoofd om? Vindt ze me een vervelende, nieuwsgierige man, overweegt ze me een inkijkje te geven in een veiliger deel van haar verleden omdat ik me anders misschien gekwetst zou kunnen voelen?

'Ik ben er terug geweest, ja,' zegt ze als ze weer is gaan zitten. 'Een paar maanden na het einde van de oorlog. Mijn vader had niets meer van zijn ouders gehoord en hij hoopte dat ze die oude mensen hadden ontzien. Wat ik toen voelde, Daniel, kan ik bijna niet onder woorden brengen. De stad waar ik was opgegroeid, bestond niet meer. Heb je wel eens foto's gezien van Hiroshima na de Amerikaanse atoombom?'

'Filmbeelden, ja.'

'Stel je dan voor dat je tussen die ruïnes door rijdt, op zoek naar het huis van je ouders en grootouders, terwijl je van tevoren al weet dat je op de plek waar het heeft gestaan niets anders zult aantreffen dan wat je om je heen ziet. En toch blijf je zoeken. Begrijp je wat dat met mijn vader heeft gedaan, en met mij? Op de plek waar het huis had gestaan, heeft hij geschreeuwd en gehuild.'

Ik draai mijn gezicht zo dat ik haar enigszins kan zien. Ze heeft haar benen opgetrokken, haar armen eromheen geslagen. Haar hoofd rust op haar knieën.

'Spreek je je ouders vaak?' vraag ik na een lange stilte. 'Ik heb nooit gemerkt dat je met ze telefoneerde.'

'Via mijn mobiel. Het kost een vermogen, maar ik spreek mijn moeder toch een paar keer per week. Mijn vader is niet zo'n prater door de telefoon.'

'Waarom heb je daar niets over gezegd? Dan had je toch de vaste telefoon kunnen gebruiken. Dat is veel goedkoper.'

'Ik wil u niet met zulke dingen lastigvallen.'

'Hoor je wat je zegt?'

'Dat ik u niet met zulke dingen wil lastigvallen. Dat is toch logisch?'

'Dat bedoel ik niet. Je noemde me hiervoor bij mijn voornaam en je tutoyeerde me. Het gaf je verhaal extra betekenis voor me. Noem me voortaan alsjeblieft Daniel.'

Pauze, opnieuw een zucht. 'Ik was me daar niet van bewust. Het voelde blijkbaar goed. Ik wil er niets over afspreken. Misschien gaat het dan vanzelf.'

's Avonds gaan we voor het eerst samen dineren. Kristina lijkt ons gesprek te zijn vergeten. Ze is in elk geval in een heel andere stemming dan vanmiddag.

Gearmd lopen we door het restaurant naar onze tafel. Ik heb er wat voor over om de gezichten te kunnen zien van iedereen die gisteravond mijn pogingen om zonder te struikelen mijn begeleider bij te houden, heeft gadegeslagen.

De Engelse vrouwen reageren wat terughoudend als Kristina zich voorstelt. De Amerikaanse man heet haar welkom op een ons-kent-ons-toontje, dat me ergert. Hij presteert het zelfs om gedienstig Kristina's stoel naar achteren te trekken voordat een van de bedienden daartoe de kans krijgt. Ze laat het zich aanleunen en geeft niet de indruk moeite te hebben met haar rol. Als de ober haar bestelling komt opnemen geeft ze, op een toon alsof ze niet anders gewend is, aan dat ze haar vlees medium wil hebben, geserveerd met een tweetal mij onbekende sauzen. Voor zover ik kan zien zit de Amerikaan haar voortdurend op te nemen.

'Wat vind je, Daniel?' vroeg ze voor we hierheen liepen. 'Kan ik er zo mee door?' Ze ging op het balkon staan en draaide een paar keer koket in de rondte. 'Ik draag een korenblauwe, gedecolleteerde jurk met dunne schouderbandjes.'

Ik heb gezegd dat ze er, zelfs in mijn ogen, flitsend uitzag. Jammer dat ik geen camera bij me had, dan had ik een foto van haar kunnen maken, zei ze. Thuis kon ik die dan op mijn leestafel leggen zodat ik alsnog zou kunnen zien wat ik had gemist. Ze besefte het niet, maar het was een geweldig idee. Iets om te onthouden.

Het gesprek aan tafel wil niet echt op gang komen. Er worden vooral beleefdheden uitgewisseld. Ann en Samantha, de Engelse dames, tonen zich bezorgd over de sterker wordende zeegang; de Amerikaan vertelt losjes dat hij de eigenaar is van een keten fastfoodrestaurants.

Het zal wel Amerikaans zijn om je verworvenheden zo snel op tafel te leggen.

'Deelt u dat eetgebeuren samen met uw man?' vraagt Kristina aan Sue, zijn vrouw.

Het is alsof Sue op die vraag heeft zitten wachten. Ze begint onstuitbaar te ratelen. Ze delen alles, Carl en zij, meer lief dan leed, gelukkig. Omdat de zaken zo goed gingen, kon zij thuis blijven. Daardoor heeft zij zich helemaal kunnen wijden aan de zorg voor hun twee zoontjes.

Voor we erop bedacht zijn worden er foto's tevoorschijn getoverd en doorgegeven.

Slimme jochies, volgens Kristina. En ze hebben er natuurlijk nog geen idee van dat hun een net zo rijke toekomst wacht als hun ouders, met al hun eethuizen.

Sue beaamt het vol trots.

Ik sla het gemak waarmee Kristina zich aanpast met stijgende verbazing gade. Ze babbelt mee over onbenulligheden en kinderkamers alsof ze dat dagelijks doet. Een enkele keer klinkt haar stem wat spottend.

Om me niet helemaal afzijdig te houden probeer ik Carl te ontfutselen of hij hobby's heeft. Terwijl die me enthousiast de fijne kneepjes van het vissen op forel probeert bij te brengen, hoor ik dat Kristina erin slaagt om de afstandelijkheid van Ann en Samantha wat te doorbreken. Waarschijnlijk zijn ze net zo nieuwsgierig naar onze relatie als Carl en Sue, maar ze laten er niets van merken.

'Wat kun jij toneelspelen,' zeg ik als we na het diner het restaurant uit lopen.

'Je wilt toch dat ik me voor je vriendin uitgeef? Ik speel het spelletje wel mee. Heb je het meer naar je zin gehad dan gisteren?'

'Ik voelde me veel prettiger, ja.'

'Daar gaat het om. Wilt u nog wat gaan doen?'

'U?'

'Dat gaat vanzelf.' Een ingehouden lachje. 'Oké. Wil je nog ergens heen? Er treedt een Chinese pianist op in het theater. Lijkt je dat wat?'

'Toch niet Lang Lang?' vraag ik niet erg serieus.

'Nee, TianTjiang. Echt iets voor jou.'

'Dat klinkt alsof je hem kent.'

Ze lacht weer. 'Hij heeft een paar keer opgetreden op het schip waar ik heb gewerkt en ik heb hem een keer bediend tijdens het diner.'

'Heb je hem ook gehoord?'

'Nee. Personeel werkt en bezoekt geen theaters.'

'Heb je dan zin om nu mee te gaan?'

Ik merk dat ze aarzelt. 'Als je wat tijd voor jezelf wilt, begrijp ik dat ook.'

'Nee, ik ga wel mee. Dat is beter, denk ik.'

Waarom dat beter zou zijn, en voor wie, vraag ik maar niet. Ik ben al blij dat ze me wil vergezellen.

Het theater bevindt zich voor in het schip op hetzelfde dek. Het straalt – zelfs voor iemand met mijn beperkte optiek – een zekere grandeur uit. Ik loop naar binnen over een rode loper. Koperen versieringen en balustrades met goudgele knoppen glimmen me tegemoet. We vinden twee plaatsen op het rechterbalkon, waar ik me op het pluche laat zakken. Zelfs de gebeeldhouwde poot van het ronde tafeltje met glazen blad voor onze stoelen is van koper. Een ober komt aangesneld. Even later staan er een schaaltje met nootjes, een fles wijn en twee glazen op het tafeltje. Het lijkt wel een avondje uit in Amsterdam. Dat ik me op een cruiseschip bevind, is een onwerkelijke, absurde gedachte. Ik voel het schip soms bewegen. Op zee moet een behoorlijke deining staan. Toch lijken de fles en de glazen rotsvast op het tafeltje te staan.

'Prachtig allemaal,' fluister ik tegen Kristina.

'Vind je?' Het klinkt wat afwezig.

Lichten worden gedimd; het geroezemoes om me heen verstomt. Op het podium verschijnt een in het zwart geklede schim, die buigend het beleefde applaus in ontvangst neemt. Dan schuift hij achter de piano en begint gepassioneerd het allegro uit een sonate van Mozart te spelen. Als het publiek is uitgeklapt pakt hij een klaarliggende microfoon en begint – typisch Amerikaans – zijn *wonderful audience* toe te spreken. Zijn volgende nummer heet *Shanghai dream*, een impressionistische klankweergave van herinneringen aan zijn geboortestad. Ik ga er helemaal in op. Tijdens de erop volgende *Yellow River*-vertolking waan ik me aan de oevers van een brede, traag stromende rivier.

Na het slotapplaus schuifel ik naast Kristina, die vooral stil is geweest, het theater uit. Ik voel me erg licht in mijn hoofd. Kristina heeft mijn wijnglas continu bijgeschonken en ik heb het nogal werktuiglijk leeggedronken, besef ik nu. Het is ook niet van belang. Terwijl we door lange gangen en over trappen teruglopen naar mijn hut, voel ik me vrolijk en onbezorgd, een beetje gelukkig zelfs.

'Een heerlijke avond,' zeg ik als we voor de deur van mijn suite staan.

'Fijn dat je het zo naar je zin hebt.' Het klinkt ontnuchterend afstandelijk. 'Je kunt het zelf verder wel vinden, hè?'

Ik kan niet anders dan het beamen.

'Welterusten, en tot morgen dan.'

20

Lieve Darija,

Ik moet iets aan je kwijt waar ik erg mee zit, wat me zelfs het gevoel geeft dat ik een bekentenis ga doen.

Je kent Andja toch nog wel? Ze keek nogal tegen je op en aapte je na met kleding en make-up en zo. Je hebt nooit doorgehad hoe graag ze je vriendin had willen worden en hoe erg ze het vond als je haar liet merken dat je haar te jong vond. Ik heb wel eens gedacht dat ze alleen maar aardig tegen me deed omdat ze via mij bij jou in de buurt wilde komen. Achteraf gezien heb ik me daarin vergist. We hebben samen heel veel meegemaakt tijdens die vervloekte oorlog en zijn daardoor hartsvriendinnen geworden, meer nog dan dat, en daarover wil ik iets kwijt, ook al is het met enige schroom.

Jij hebt de oorlog ontlopen en was er ook niet meer bij toen we naar Nederland gingen. Om die reden ben ik nog steeds jaloers op je. Je hebt er geen idee van hoe het is om in een vreemd land met vreemde mensen en een vreemde taal opnieuw te moeten beginnen. Ik heb daar jarenlang een kamer met Andja gedeeld, alsof niet jij, maar zij mijn oudere zus was. Regelmatig zijn we bij elkaar in bed

gekropen, als moordpartijen en verkrachtingen onze
hoofden binnenslopen en nachtmerries ons uit onze slaap
hielden. Toen we ouder werden zijn de troostende
omhelzingen steeds inniger geworden, totdat op een
nacht de eerste vonk van hartstocht ontbrandde. Daarna
zijn we steeds intiemer geworden en hebben ons
uiteindelijk ongeremd aan elkaar gegeven.

Later realiseerde ik me dat het initiatief altijd bij Andja lag
en ook dat ik momenten van aarzeling had, maar ik kon er
niet met haar over praten. Ik wist zeker dat haar wereld zou
instorten als ik onze relatie ter discussie zou stellen. Ik heb
haar eens per ongeluk verteld dat ik nogal gesteld was
geraakt op een man en dat ik een afspraakje met hem had
gemaakt. De wereld was te klein! Ik ben me een ongeluk
geschrokken van zo veel bezitterigheid. Toch wilde ik haar
geen verdriet doen. Ze was er altijd als ik haar nodig had,
heeft me altijd beschermd, zelfs ten koste van zichzelf. Ik
heb haar nooit laten merken hoe opgelucht ik me voelde
toen we noodgedwongen een tijdje van elkaar werden
gescheiden. Maar daarover in een volgende brief.

Waarom vertel je me dit eigenlijk, vraag je je misschien af.
Omdat we weer samen zijn, na een jaar, waarin we elkaar
alleen hebben geschreven en af en toe door de telefoon
hebben gesproken. Toen ik Andja terugzag, voelde ik een
innige verbondenheid, een intense vriendschap, maar niet
die hartstocht die bij haar onmiddellijk oplaaide. Ik voel
me daar erg ongelukkig onder en weet niet hoe ik ermee
moet omgaan, en dat juist op een moment waarop we
elkaars steun minstens zo hard nodig hebben als tijdens de
meest afschuwelijke oorlogsdagen.

Ik begrijp dat je je nu van alles afvraagt. Waarom hebben
we juist nu elkaars steun zo nodig? Hoe zijn we weer bij

elkaar gekomen en waar? Het is een verhaal op zich, geen vrolijk verhaal, bereid je daar maar vast op voor. Ik beloof je er binnenkort meer over te schrijven als ik me aan de nieuwe situatie heb aangepast en aan de rol die ik verondersteld word te spelen. Leven is acteren, Darija, dat heb jij toch ook ondervonden. Soms speel je in een gitzwarte tragedie, soms in een komedie vol leugens, met telkens een ander masker op. De beste acteurs oogsten het meeste applaus en kunnen daarna lichtvoetig door het leven gaan. Tot nu toe heb ik dat geluk niet mogen proeven, maar wie weet komt het nog.
Geef je papa en mama een dikke zoen van me?

Kusjes,

je zusje

21

Verbaasd kijkt Esma beide kanten van de lege gang af. Milan zou hier ergens met zijn autootjes moeten spelen, maar hij is nergens te zien. Ze hebben nog zo gezegd dat hij niet mocht weggaan. Vanochtend werd hij weer vroeg wakker, precies op het moment dat Puška en zij even tijd voor elkaar wilden hebben.

Puška's vrije dag moet nog komen, en veel roostervrije uren heeft hij tot nu toe niet gehad. Heel ongezellig, vooral 's avonds en 's nachts, als hij pas rond half twee doodmoe in bed rolt. Het kan niet anders. Er zijn wat zieke collega's; zodra die beter zijn, krijg ik extra vrije tijd, heeft hij haar verzekerd. Ze heeft nooit geweten dat Puška zo hard moest werken. En om zes uur moet hij al weer helpen met de voorbereiding van het ontbijtbuffet voor passagiers die vroeg op excursie gaan. Nauwelijks vier uur slaap, al een paar dagen achter elkaar.

Snel trekt ze een ochtendjas aan en pakt het kaartje dat dienst doet als sleutel. Puška staat onder de douche. Hij zou haar niet horen als ze bij terugkomst zou aankloppen.

Buiten de kamer loopt ze naar de hal met de trappen en liften. Niemand te zien of te horen. Om deze tijd slaapt iedereen nog, behalve het personeel op de brug en de bedienden die vroeg dienst-hebben.

'Milan, Milan,' roept ze bij de trappen, eerst naar boven, dan naar beneden. Geen reactie. De boosheid die ze voelde omdat hij ongehoorzaam was, slaat om in ongerustheid. Hij zal toch niet over het schip zijn gaan zwerven, naar de promenade op dek 6 bijvoorbeeld? Ze holt de trappen op. Gisteren was hij niet weg te slaan van het teakhouten dek, waarop met witte verf vakken en getallen zijn geschilderd, bestemd voor een spel met grote houten schijven. Milan probeerde zijn autootjes van grote afstand in een bepaald vak te laten rijden. In de gang beneden is het veel minder leuk om te spelen, dat begrijpt ze best, maar het is er wel veiliger, omdat er geen relingen zijn waar hij op kan klimmen.

Ze haast zich naar het promenadedek. De vaart van het schip veroorzaakt zo'n windzuiging, dat ze zich tot het uiterste moet inspannen om de toegangdeur open te duwen. Dit heeft geen zin. Milan zou deze deur nooit open krijgen.

Besluiteloos blijft ze staan. Straks loopt ze zich hier zorgen te maken terwijl Milan al terug is en op de deur van hun hut staat te kloppen, huilend omdat zijn vader hem niet hoort en niet open-doet. Ze holt terug, de trappen af, de gang door. Kaartje in de gleuf, het slot maakt een klikkend geluid. Binnen wacht haar man met een verwijtend gezicht.

'Waar was je nou? Had je niet even kunnen zeggen dat je weg-ging?'

'Sorry. Ik zocht Milan. Is hij nog niet terug?' vraagt ze hijgend.

'Hoezo nog niet terug? Is hij weg?'

'Hij was niet op de gang, niet in de hal, niet op het promenade-dek. Waar kan hij wel heen zijn gegaan?'

Puška kijkt geërgerd. 'Ik snap het niet. Hij moest in de buurt blijven tot we hem binnenriepen.' Hij schudt zijn hoofd. 'Ik ga hem zelf wel zoeken. Blijf jij hier voor het geval hij uit zichzelf terugkomt.'

Typisch Puška. Hij is stapelgek op Milan. Wee degene die aan zijn zoon komt. Tegelijkertijd heeft hij grote moeite om zich in de wereld van zijn kind te verplaatsen. Als hij tegen Milan zegt dat hij niet ver weg mag of hem verbiedt op een reling te klauteren, dan is het voor hem ondenkbaar dat Milan niet zou gehoorzamen. Als hij hem straks vindt, zal hij hem ongetwijfeld uitfoeteren.

Als hij Milan vindt, fluistert een kwelgeestje wreed. Ze legt het onmiddellijk het zwijgen op. Milan is gewoon de weg kwijtgeraakt. Zij heeft hier de eerste dag ook lopen dwalen in het doolhof van gangen en dekken. Puška staat zo met hem voor de deur, of Milan klopt zelf aan.

Het geruststellende klopje van een kinderknuistje op de deur blijft echter uit. Het duurt lang, eindeloos lang, voordat het slot openklikt. Puška, alleen. De ergernis op zijn gezicht heeft plaatsgemaakt voor bezorgdheid.

'Ik heb overal gezocht, de zwembaden, het casino, de fitnessruimte, de discotheek, zelfs bij de reddingssloepen, hoewel het onmogelijk is dat hij daar in is geklommen.'

'Hij kan wel op een reling zijn geklommen.' Ze hoort hoe haar stem trilt.

Puška klemt zijn kaken op elkaar. 'Hij wist dat hij dat niet mocht. Er zijn zo veel plekjes aan boord waar een kind zich kan verstoppen. Hij komt wel terecht.'

Het klinkt te geforceerd. Esma laat zich op de rand van haar bed zakken, de opkomende tranen verbijtend.

Puška komt naast haar zitten en slaat een arm om haar heen. 'Het komt goed.' Met een ruk staat hij weer op. 'Ik ga de jongens van Security waarschuwen, die kennen het schip beter dan ik.'

Zodra hij weg is geeft ze haar verzet tegen de tranen op. Beelden van Milan die wanhopig probeert om zich in het golvende water drijvende te houden, dringen zich op. Niet aan toegeven! Milan heeft zich ergens verstopt en wordt straks door Securitymensen gevonden. Nog even en ze kan hem weer in haar armen sluiten.

22

Lieve Darija,

Het is maar een paar uur geleden dat ik je mijn vorige brief schreef. Ik was nog helemaal niet van plan mijn gedachten alweer aan het papier, en aan jou, toe te vertrouwen. Zojuist ben ik echter ontwaakt uit de meest afschuwelijke nachtmerrie die ik sinds tijden heb gehad. Ik schreef je al dat ik nooit de moed kon vinden om je te vertellen wat ik heb doorgemaakt nadat we afscheid hadden genomen. Ik was zo bang dat ik zou worden teruggeworpen in de tijd en dat ik alles opnieuw zou beleven. Ik wil me juist bevrijden van wat er is gebeurd, verdergaan met mijn leven. Af en toe is het verleden echter sterker dan ik en dwingt het me, zoals vannacht, terug te gaan naar Vukovar, naar de verlaten, naargeestige straten en naar ons huis, vlak voordat het afbrandde.

Ik werd weer het meisje van tien dat bij Andja en haar ouders in de schuilkelder zat. Toen het schieten ophield holde ik naar huis om te kijken of alles in orde was. De ramen waren gesprongen en het rook sterk naar brand. Toch ben ik naar binnen gegaan, door de smalle gang, onze woonkamer in. De radio stond nog aan. Een mannenstem sprak opgewonden tot een onzichtbare hand hem het zwijgen oplegde. Rook dwarrelde de kamer in, vlammen kropen langs een deurpost naar de bovenverdieping.

Op de vloer lag een lichaam, dat ik bijna niet herkende, op zijn buik in een plas bloed. Ik wilde ernaartoe lopen, maar ik werd door Andja naar achteren getrokken, de gang door, het huis uit. Buiten hoestte ik de rook uit mijn longen en leegde ik mijn maag. Andja had een arm om mijn schouders gelegd en zei iets wat ik niet verstond. Het klonk troostend. Ik stond daar echt, Darija, met mijn volle bewustzijn, en ik voelde hetzelfde als toen. Langzaam werd ik me weer bewust van de wereld om me heen. Niet alleen ons huis stond in brand. De mooie woning waar Amir Bohaček met zijn gezin woonde was ook veranderd in een vuurzee.

Soldaten in gevechtstenue stonden er op enige afstand naar te kijken. Ik herkende Puška. Hij lachte breeduit. De mannen schreeuwden onverstaanbare dingen naar elkaar. Hun vrolijkheid bereikte een hoogtepunt toen twee van hen een schommelstoel naar een rookluwe plek sleepten vanwaar ze een goed uitzicht hadden op de vlammenzee. Iemand deelde blikjes bier uit. De mannen trokken ze open, hieven ze als een glas op om te toosten en zetten het blik aan hun mond.

In de verte klonken onophoudelijk schoten, maar de soldaten reageerden er niet op. Twee jeeps reden de straat in. Bij de schommelstoel hielden ze halt, blikjes bier gingen van hand tot hand.

Opeens holde verderop een man gebukt over straat. De bestuurder van een van de jeeps schreeuwde en draaide wild aan zijn stuur. De jeep stoof plankgas op de man af, die nog probeerde een onbeschadigd huis te bereiken. Een mitrailleur ratelde. De man klapte tegen de straat alsof zijn benen onder hem vandaan waren geslagen. Zonder gas terug te nemen reed de jeep over hem heen, keerde in een zijstraat om en denderde opnieuw over het levenloze lichaam.

De soldaten bij de schommelstoel joelden. Een van hen wees in onze richting. Ik leunde tegen Andja aan, versuft, alsof ik weer met mijn hoofd tegen de te lage balk in het schuurtje was gelopen, zoals twee weken daarvoor. Het geknetter van het vuur en de kreten van de mannen klonken dof en ver. Ik keek naar de soldaten door een waas van angst en verdriet.

'Kom mee,' zei Andja. 'Uit boze dromen moet je wegvluchten, anders blijf je er de rest van je leven in gevangen. Als we hier blijven staan komen ze naar ons toe.' Haar stem klonk angstig. Ze pakte me bij een arm en trok me mee naar een zijstraat. 'We kunnen niet terug naar huis. Als ze ons achternakomen, ontdekken ze onze kelder,' zei ze gejaagd.

Andja had gelijk. Als we daar nog langer zouden blijven, werden we voorgoed in de nachtmerrie gevangen.

Blijkbaar vonden de soldaten twee schoolmeisjes niet interessant, want ze hielden ons niet tegen.

'Rennen, voor ze zich bedenken,' zei Andja toen we de zijstraat hadden bereikt.

De huizen in deze straat waren allemaal onbeschadigd. Hier en daar verschenen gezichten voor de ramen, gezichten zonder angst, van mensen die niets van de soldaten te vrezen hadden.

Hijgend bereikten we een bredere straat, die de stad uit liep. In de verte boog de rivier zich traag stromend om de stad. Nergens was een brug te bekennen om over te steken naar het onbewoonde, moerassige gebied aan de overkant. Ik wilde die kant ook helemaal niet op, net zoals papa dat niet wilde, weet je nog, en buurman Amir. Die spraken daar wel eens samen over.

'Aan de andere kant zitten de muggen,' zei hij dan. 'Als ze de kans krijgen storten ze zich op onze stad en zuigen hem helemaal leeg.'

Op de weg lieten zich tot mijn verbazing geen soldaten zien. Wel mensen die net als wij uit de stad probeerden weg te komen. We werden ingehaald door een tractor die een platte kar met huisraad trok. Achterop zaten twee meisjes en een oude vrouw, die over Andja en mij heen naar de brandende stad keken. Een witte Mercedes stoof toeterend voorbij. Zijn voorwiel klapte in een gat in het asfalt. Hij zwenkte daardoor naar rechts, vlak langs de tractor. Achter ons werd opnieuw getoeterd.

'Zullen we proberen te liften?' vroeg Andja. Ze had haar arm al geheven. We stonden naast elkaar langs de weg en staken onze hand op naar de volgende auto die uit de stad kwam, een grote, volgeladen stationcar, die zonder in te houden voorbijraasde.

'Weet jij een plek waar we heen kunnen?' vroeg ik bang. Andja haalde haar schouders op. 'We moeten ons ergens in de buurt verstoppen. Misschien kunnen we over een paar dagen terug. Ze zijn nog steeds aan het vechten, luister maar.'

Alsof het me kon ontgaan dat het schieten in de stad heviger was geworden.

'Verderop is een café. Mijn vader bracht er wel eens iets naartoe. Ik hoop dat we daar kunnen slapen.'

Achter ons klonk opnieuw motorgeluid. Een jeep, zag ik toen ik me omdraaide, een van de twee die voor ons huis had gestaan. Er zaten twee mannen in, gekleed in gevechtspakken. De wagen remde met gierende banden.

'Lekker aan het tippelen, meiden?' riep de bestuurder.

'Wel erg jong, die ene,' zei de andere. Hij gooide het achterportier open. 'Jij,' hij wees naar Andja. 'Instappen!'

Andja bleef stokstijf staan, klemde zich aan mij vast. Die soldaten, met hun wapens die ze losjes vasthielden, hun smerige, stinkende uniformen en hun rauwe stemmen, joegen me doodsangst aan. Ik voelde me nog kleiner dan ik al was en ik wilde dat ik me onzichtbaar had kunnen maken.

'Ze wil niet zonder die kleine,' zei de bestuurder. 'Is dat soms je zusje?'

Andja hield haar kaken op elkaar geklemd.

'Zo komen we niet verder.' De soldaat sprong uit de jeep en sleurde Andja, die zich hevig verzette, erin.

'Ik laat haar niet alleen achter,' schreeuwde ze.

'Nou, kom jij dan ook maar mee, kleintje.' Hij keek niet eens onvriendelijk.

Wat kon ik anders doen dan in de auto stappen, wat kon ik anders doen dan me afsluiten voor wat komen ging? Papa had ons voor de soldaten gewaarschuwd, weet je nog. 'Ze verkrachten jonge meisjes om hun leven te verwoesten,' zei hij. Jij wilde niet geloven dat mannen zo slecht konden zijn. De jeep reed zachtjes verder. De soldaat naast de chauffeur draaide zich om en loerde naar Andja, met toegeknepen, enigszins waterige ogen. Een misselijkmakende bierlucht kwam uit zijn mond. Zijn voorhoofd en zijn kin zaten vol pukkels en littekens, allemaal kratertjes naast vulkaantjes die op uitbarsten stonden. Vroeger had jij die ook. Als het er veel werden, was je niet te genieten. Ik zou ze later van je overnemen, plaagde je me soms. Zo ging dat altijd met zussen, zei je.

Opeens sloegen we links af, van de doorgaande weg af. Het weggetje eindigde bij een hotel. De neonverlichting met RESTAURANT erop was aan flarden geschoten. Door de kogelgaten oogden de muren net zo pokdalig als het gezicht van de soldaat die Andja naarbinnen sleepte. Ze worstelde om los te komen. De soldaten lachten erom. Ik schreeuwde van angst en woede.

De bestuurder van de jeep keek me aarzelend aan, haalde zijn schouders op en pakte mijn hand. Mijn verzet was al gebroken. De soldaat had een klamme hand en op zijn voorhoofd stonden zweetdruppeltjes. Ik glimlachte naar hem, een onbewuste poging om hem milder te stemmen en om mijn angst te camoufleren. Hij slaakte een verwensing en trok me achter zich aan het huis in, naar een kamer met een zitbank en een tafel waar stoelen omheen stonden. Op de vloer lagen lukraak neergesmeten matrassen. Op een ervan lag Andja. Ze huilde en schreeuwde en timmerde met haar vuisten op de rug van de soldaat met de kraterkop, die boven op haar lag. Haar jack lag op de grond, haar truitje was omhooggeschoven. Een straaltje bloed liep vanaf haar neus over haar wang. Tussen haar blote benen schokte het onderlijf van de soldaat. Zijn broek was tot net onder zijn knieën naar beneden geschoven. Ik verstijfde. Was dit waar papa ons voor had gewaarschuwd? Gingen die soldaten zo ook mijn leven verwoesten? Ik raakte in paniek en wilde heel hard gaan gillen, maar omdat mijn keel zat dichtgeschroefd kwam er geen geluid uit.

Andja zag kans om haar hoofd zover opzij te draaien dat we elkaar konden zien. Daarna keek ze naar de soldaat die mij vast had. 'Ze is pas tien,' wist ze uit te brengen. 'Alsjeblieft, doe het niet.'

Kraterkop stopte abrupt met bewegen. Hij loerde naar mij,

139

net zoals ik hem in de jeep naar Andja had zien loeren. Er liep een rilling over mijn rug toen ik de blik in zijn ogen zag. Met een ruk kwam hij overeind. Toen hij op mij wilde afstappen, struikelde hij over zijn broek. Zijn vriend moest er hard om lachen.

'Je mag dat kreng hebben.' Kraterkop maakte een wegwerpgebaar naar Andja, die geluidloos snikkend op haar matras lag. 'Die kleine lijkt me veel gewilliger.'

Er kwamen nog een paar soldaten binnen. Puška was er weer bij, zag ik. Hij liep naar Andja, boog zich lachend over haar heen en maakte zijn koppelriem los.

'Niet kijken, anders blijf je er de rest van je leven in gevangen,' had Andja gezegd.

Ik verbeeldde me dat ik een ander meisje was, dat ik Kraterkop en die andere soldaten nooit had gezien. Ik liep het huis uit naar de rivier. Daar ging ik languit in het gras liggen om in de vredige, blauwe lucht te staren. In de verte verschenen echter kleine, zilveren stipjes die snel dichterbij kwamen en met een angstaanjagend, gierend geluid vlak boven me raasden. Pijn, vlammende, verscheurende pijn. De stipjes keerden en kwamen opnieuw op me af. Ze weerkaatsten het zonlicht, recht in mijn ogen, zodat ik allemaal sterretjes zag. Opeens werd de lucht donker en begon het te onweren. Mijn lichaam bonkte mee op de donderslagen, heel hard. Ik dreigde mijn bewustzijn te verliezen.

Op dat moment schrok ik wakker. Ik vond mezelf stuiptrekkend terug in mijn bed, drijfnat van het zweet. Ik was bang dat ik alsnog bewusteloos zou raken. Door heel kalm in en uit te ademen en me daarop te concentreren werd ik wat rustiger. Wel kreeg ik het ijskoud en voelde ik me erg licht in mijn hoofd. Toch lukte het me om de

badkamer te bereiken, waar ik me met een handdoek heb
drooggewreven en een schoon shirt heb aangetrokken.
Ik voelde me zo-even zo rot en ongelukkig, Darija. Behalve
jou heb ik niemand bij wie ik mijn hart kan luchten.
Vroeger deed ik dat bij Andja, maar dat wil ik niet meer,
dat heb je wel begrepen uit mijn vorige brief.
Ik hoop dat ik nu weer een tijdje ben verlost van de
nachtmerrie waarin ik te pletter dreig te vallen in de
afgrond van ons verleden. Meestal volgen ze niet snel op
elkaar, maar zeker is dat niet.
Waarschijnlijk duurt het even voor ik je opnieuw schrijf.
Geef mama en papa een zoen van me. Zeg maar dat we
elkaar misschien eerder terugzien dan ze verwachten.

Liefs,

je zusje

23

Midden in de nacht, het zou ook vroeg in de ochtend kunnen zijn, schrik ik wakker van een geluid. Door vage, verre geluiden, die nu eenmaal bij een schip horen, slaap ik gewoonlijk wel heen. Dit klonk echter heel dichtbij. Ik blijf stil liggen luisteren. Net als ik me wil omdraaien, hoor ik stemmen. Eén ervan klinkt schel. De stilte met het monotone achtergrondgeruis keert terug. Opeens hoor ik het geluid van een dichtschuivende balkondeur die tegen de deurlijst stoot. Dat lijkt uit Kristina's hut te komen. Hoor ik haar nu ook heen en weer lopen? Nieuwsgierig ga ik overeind zitten, gespitst op geluiden. Een deur valt dicht. Dan voetstappen, snelle lichte voetstappen, die zich verwijderen.

Daarna blijft het lang stil. Ik ga weer liggen en sukkel al snel in slaap.

Het schip beweegt nog op de deining, voel ik als ik wakker word. Met veel moeite lukt het me om de rood oplichtende display van de wekker te lezen. Zo te zien is het acht uur geweest. Volgens het vaarschema hadden we al op Corsica moeten zijn.

Ik ga mijn bed uit, trek de badjas aan en schuif de gordijnen open. Geen land te bekennen. Wel vaart verderop iets naast het schip. Ik zet mijn bril op en open de glazen schuifdeur naar het balkon. Vreemd, een reddingssloep. Wat doet zo'n ding midden op zee naast ons schip? Nieuwsgierig volg ik de roodwitte boot die regelmatig met de boeg diep in de golven duikt.

'Misschien is er iemand overboord gevallen,' zegt een man.

Naast mij staat iemand op het balkon. Ook vanaf andere balkons worden de bewegingen van de reddingssloep gevolgd, stel ik vast als ik over de reling ga hangen.

'Aan de andere kant van het schip vaart er ook een,' vervolgt de man. 'Ik ga naar het tenderdek. Misschien krijg ik daar meer informatie.'

'Ik ben benieuwd,' zeg ik omdat ik toch iets moet zeggen.

De sloep schiet naar voren en verdwijnt uit mijn blikveld.

Op het balkon van Kristina klinkt gestommel.

'Goedemorgen, Daniel.' Ze klinkt slaperig. 'Lekker geslapen?' Ze leunt naast de glazen scheidingswand over de reling.

'Ook goedemorgen. Ik wel. En jij?'

'Ik ben even compleet van de wereld geweest. Mijn hoofd zit vol watten.'

'Ben je soms nog wezen stappen, vannacht?'

'Hoe kom je daar nou bij?'

Het klinkt geïrriteerd.

'Je doet alsof je maar kort hebt geslapen. Die is nog weggeweest en laat teruggekomen, dacht ik.'

'O, is dat het.'

Hoor ik opluchting in haar stem of verbeeld ik me dat maar?

'Ik dacht vannacht ook dat ik stemmen hoorde in je hut en dat je op je balkon was.'

'Ja, hoor. Om lekker in de wind naar de sterren te staren zeker? Dat van die stemmen kan trouwens wel kloppen. Ik heb nogal laat tv zitten kijken omdat ik niet in slaap kon komen. Ik had het geluid wat zachter moeten zetten. Sorry. De nieuwste Hollywoodfilms staan al op het boordnet, wist je dat?'

'Hoe moet ik dat nou weten? Bovendien kijk ik geen films.'

'Natuurlijk niet. Sorry, even niet aan gedacht. Wat vreemd, we varen nog. We hadden toch al op Corsica moeten zijn?'

'Zo-even voer er nog een reddingsboot naast het schip.'

'Een tender naast het schip... nog niet in de haven, terwijl we daar al lang hadden moeten zijn... Dat betekent misschien man overboord. Weet je hoe lang die tender daar heeft gevaren?'

'Geen idee. Is dat dan van belang?'

'Wat dacht je? Dan weet je hoe lang iemand al in zee ligt. Is er iets over omgeroepen?'

'Nee. Daar was je toch wel wakker van geworden?'

'Nou... Als ik diep slaap, kan de wereld vergaan. Ik neem snel een douche. Zal ik met u meegaan om te ontbijten?'

'U?'

'Sorry. Het ging weer vanzelf.'

Ze is net naar binnen gegaan als de kapitein via de intercom de aandacht vraagt. Zijn stem klinkt ernstig. Hij zegt dat hij ons tot zijn spijt iets moet mededelen wat geen vakantiegevoel zal oproepen. Sinds vanochtend wordt er een kind vermist. Hij hoopt dat het zich nog ergens aan boord bevindt. Hij vraagt alle passagiers om uit te kijken naar een jongetje van vijf jaar met donker, krullend haar en donkerbruine ogen. Het kind heeft zijn pyjama nog aan, een lichtblauwe, met tijgerprints. Hij hoopt vurig dat het kind snel wordt gevonden, niet alleen voor de ouders, maar voor iedereen op het schip.

Een jongetje vermist, misschien overboord gevallen. Voor zijn ouders, die dachten van een fijne vakantie te genieten, moet dat een onbeschrijflijk drama zijn. Ik kan me hun wanhoop en hun angst voorstellen.

In het restaurant waar ik even later met Kristina ontbijt, is het opvallend rustig. We vinden er zonder moeite een tafeltje bij het raam, zodat we kunnen zien wat er buiten gebeurt. De tender vaart weer naast het schip.

Kristina haalt koffie en broodjes en zet een schaaltje vers fruit voor me neer. Omdat ze tijdens het praatje van de kapitein aan het douchen was, heb ik haar terwijl we hierheen liepen op de hoogte gebracht. Ze reageerde nogal laconiek: 'Kleine kinderen kunnen onvoorspelbare dingen doen. Het zou me niet verbazen als ze dat jochie op een rare plek terugvinden.'

'Heb je wel eens eerder meegemaakt dat er iemand op het schip verdween?'

'Eén keer,' klinkt het nogal ongeïnteresseerd. Er volgt geen toelichting. 'Hé, we krijgen gezelschap.'

'Wat een opwinding allemaal,' klinkt het in bekakt Engels.

'Goedemorgen, Samantha. Heb je goed geslapen?' vraagt Kristina.

'Heerlijk. We schrokken pas wakker toen de kapitein zijn mededeling deed. Het zal je maar overkomen, dat je kind verdwijnt! En nu maar hopen dat het loos alarm is.'

Ze geeuwt hoorbaar. 'Sorry. Het is nogal laat geworden vannacht; doorgezakt in de pianobar. Ann stond nog onder de douche toen ik net wegging. Mag ik?'

'Natuurlijk,' zeg ik.

Ze gaat naast Kristina zitten.

'Wat ons betreft komt het niet eens zo slecht uit dat we wat later op Corsica zijn, al klinkt dat nogal cru gezien de aanleiding.'

Ze geeuwt opnieuw. 'Ik zie dat de koffie niet naar mij toe komt, dus ga ik naar de koffie. Niets voor mij, zo'n zelfserviceontbijt.'

'Gezellig type!' zeg ik als ze wegloopt.

'Valt wel mee, hoor. Gisteren was ze heel aardig. Je moet alleen niet alles wat ze zegt serieus nemen. Haar vriendin, Ann, dat is echt een snob. Jij hebt het blijkbaar niet gehoord, maar zoals zij commentaar leverde op Sue en Carl…'

'Wanneer dan?'

'Toen Carl jou visles gaf en Sue hem zat aan te moedigen door voortdurend te knikken. Jij hing aan Carls lippen, weet je nog?' Ze grinnikt.

'Erg leuk.'

'Wel goede koffie hier,' zegt Samantha als ze weer naast Kristina schuift. 'Vandaag alleen twee simpele croissants als ontbijt.'

Ik vind het maar vreemd dat beide vrouwen zo koeltjes reageren op de verdwijning van een kind. Waarschijnlijk rekenen ze op een goede afloop, een andere verklaring kan ik niet bedenken. Peinzend tuur ik door het raam. Voor zover ik het kan volg ik de reddingssloep, die zich een stuk heeft laten terugzakken en naar het schip toe komt varen.

'Waar was je nou? Ik dacht dat je boven op me zou wachten. Wat een toestand daar, zeg. Dat kind is nog steeds niet gevonden. Ik heb gehoord dat de vader op dit schip werkt.'

'Kom erbij zitten, Ann.'

'Zonder koffie? Dat overleef ik niet.'

Als ook Ann haar ontbijt heeft gehaald, lijkt er buiten iets te zijn veranderd, want druppelsgewijs komen onze medepassagiers binnen. Er is een helikopter gearriveerd en de tender wordt binnenboord getakeld, vernemen we van een jong stel.

'Ik moet er niet aan denken dat ons kind op een dag zomaar verdwijnt,' zegt de vrouw aangedaan. 'Ik zou niet verder willen leven.'

'Wat dacht je van mij?' De man legt zijn arm om haar middel.

'*Honeymooners*,' weet Ann te vertellen als ze zijn doorgelopen. 'Ze zitten in de hut naast de onze. Het meisje is een paar maanden in verwachting.'

'Hebben jullie geen kinderen?' vraag ik impulsief.

'Nee. En op een moment als dit ben ik daar niet rouwig om,' zegt Ann nogal bot.

Ik sta op omdat ik genoeg van de dames heb. Als het moet vind ik de weg terug naar mijn suite wel alleen. Zodra ik weg ben, zullen die twee ongetwijfeld proberen om Kristina uit te horen. Hoe blind is je man of je vriend eigenlijk? Had hij dat ook al toen jullie elkaar leerden kennen? Ik ben benieuwd hoe ze dat gaat oplossen.

'Zie je zo, Kristina.'

'Even mijn kopje legen. Ik loop meteen met je mee. We zouden toch nog langs de bank gaan?'

Zo dus!

Tegen half twaalf legt het schip aan in Ajaccio. Via de intercom wordt iedereen die geen excursie over het eiland maakt, verzocht nog een half uur aan boord te blijven. Passagiers die op excursie gaan krijgen voorrang bij het ontschepen. Van het kind nog geen spoor, maar het excursieprogramma gaat – zij het vertraagd – toch door.

Vanaf mijn balkon zie ik tussen het schip en de klaarstaande touringcars een mensenstroom op gang komen. De informatiefolder belooft een spectaculaire rit langs een dramatische kustlijn, met fotostops om de *maquis* en *mount Cinto* te vereeuwigen. Uiteraard staat een koffiepauze op het programma in een etablissement waar exclusieve Corsicaanse souvenirs kunnen worden aangeschaft. Ter afsluiting nog een snuifje Napoleon in diens geboortehuis en een oefening snelwandelen langs wat schilderijen van Italiaanse meesters. Corsica op z'n Amerikaans.

Kristina nam aan dat het niets voor me was, maar ze las het programma toch maar voor. Gezamenlijke consumptie van geselecteerd natuurschoon en cultuurgoed is aan mij niet besteed; dat was het al niet voordat maculadegeneratie een ongewenste selectie voor me maakte.

Ze heeft me na het ontbijt naar mijn hut gebracht en is na het voorlezen van de folder weer vertrokken. Ik heb geen idee wat ze aan het doen is. Het gaat me niet aan, maar het houdt me wel bezig.

Zou ze gisteren een bekende zijn tegengekomen? Personeel van een cruisemaatschappij wisselt ongetwijfeld wel eens van schip. Dat had ze toch gewoon kunnen zeggen?

Je kunt haar pas je vertrouwen schenken als je haar door en door kent, had Elsbeth gezegd. Hoe goed ken ik Kristina nou eigenlijk? Haar kille en ongeïnteresseerde reactie op de verdwijning van een kind aan boord had ik bijvoorbeeld niet verwacht. Zou ze een hekel hebben aan kinderen?

Als beneden de laatste excursiegangers zich naar hun massavervoer begeven, verschijnt naast mij Kristina boven de reling.

'Hoi, Daniel. Ga je mee?'

Door naar voren te buigen en mijn hoofd wat te draaien, kan ik haar redelijk zien. Ze heeft een grote, trendy zonnebril op. Haar haar golft over haar blote rug en schouders. Ze draagt een wit topje en een korte spijkerrok.

Lopend langs de haven wijst ze me geroutineerd op bolders, meertouwen en lukraak neergesmeten visnetten. Ik koppel haar beschrijvingen aan eigen waarneming. Moeiteloos vormt zich het beeld van een haven met bontgekleurde vissersbootjes, nettenboetende vissers en terrasjes met toeristen.

'Wat wil je eerst doen?' vraagt ze als we op een plein lopen.

'Kan ik ergens uit kiezen dan?'

'Je wilde toch een camera kopen? Daarna kunnen we de kathedraal bekijken waar Napoleon is gedoopt.'

'Corsica bezoeken zonder iets te ondernemen wat met die man te maken heeft, kan natuurlijk niet,' geef ik toe.

Haar arm glijdt door de mijne en ze komt vertrouwelijk tegen me aan lopen. Het prettige gevoel dat ik er meestal door krijg blijft deze keer uit. Ik kan er geen verklaring voor vinden. Is het haar botte reactie op de verdwijning van dat jochie, de geïrriteerde toon waarop ze mijn vragen over een mogelijk nachtelijk uitstapje beantwoordde?

'Ik vind het een beetje moeilijk om erover te beginnen, maar…
Je wilt toch dat ik vanaf nu iedere avond samen met jou dineer?'

'Je zou me er een plezier mee doen.'

'Dan heb ik een probleempje. Shit, ik baal hiervan, ik heb al genoeg van je vrijgevigheid geprofiteerd. Ik wil deze maand geen loon ontvangen, dan hoef ik me nergens schuldig over te voelen, is dat oké?'

'Waar gaat dit over?'

'Behalve die van gisteren heb ik nog maar één fatsoenlijke jurk om aan te trekken bij de diners. Ik kan echt niet om de dag dezelfde dragen. Ik zie de blikken al van Ann en Samantha. Sorry, Daniel, ik was er niet op ingesteld om voor je vriendin door te gaan.'

Ze is op mijn creditkaart uit. Achteraf heb ik die veel te gemakkelijk uit handen gegeven.

'Volgens mij overdrijf je. Bevalt het je verder wel, afgezien van die kleren?'

'Ik voel me niet altijd prettig.'

'Daar heb ik anders niets van gemerkt.'

'Laat maar zitten, ik los het zelf wel op.'

Ze laat mijn arm los en loopt zwijgend verder.

Een stuk verderop is een fotozaak. Ik laat me er een ongetwijfeld te dure camera aanpraten met een geheugenkaart van twee gigabite, en zo veel instelmogelijkheden dat er een compleet boekwerk voor nodig is om ze allemaal toe te lichten. Door hem gewoon op automaat te zetten, krijg je de beste foto's, volgens de verkoper.

'Wat nu, Daniel? De kathedraal?' vraagt Kristina als we weer buiten lopen. 'Of wil je eerst iets gaan drinken?'

'De kathedraal als laatste. Ik heb er nog eens over nagedacht. Als jij nieuwe kleren wilt kopen omdat je je dan prettiger voelt, houd ik je niet tegen. We kijken later wel of er iets moet worden verrekend. Parkeer me maar op een terrasje langs de haven.'

Commentaar blijft uit. Ze brengt me naar een goedgekozen

plek, vanwaar ik met al mijn zintuigen de bedrijvigheid om me heen kan meebeleven en waar ik kan nadenken over de min of meer absurde situatie waarin ik mezelf met Kristina heb gemanoeuvreerd.

24

Ontzet staart Esma naar het blauwe stukje textiel met de tijger-print erop. Het komt uit de envelop die onder de deur door was geschoven en die nu op de grond ligt. Ze slaat een hand voor haar mond en begint te schreeuwen, met hoge, onbeheerste uithalen. Dan gooit ze de deur open en kijkt naar beide kanten de gang af. Niemand! De hutten zijn overdag verlaten. De passagiers zijn aan wal of liggen bij het zwembad.

Met het lapje stof in haar hand rent ze huilend door de gang, de hoek om naar rechts, weer door een gang, die uitkomt op de centrale hal. Naast de liftdeuren zijn fotokopieën opgehangen van het portret van een jongetje met donker krulhaar, dat haar lachend aankijkt, alsof hij *mama, maak je niet zo druk* wil zeggen, omdat alles wel goed komt, ook al staat er VERMIST onder zijn portret.

'Milan, Milan,' snikt ze. Ze wankelt, houdt zich staande door tegen de liftdeuren te leunen. Impulsief trekt ze zijn portret van de wand, drukt het tegen haar borst, samen met het stukje textiel, en laat zich met haar rug tegen de liftdeur naar beneden zakken. Zo blijft ze zitten, met opgetrokken knieën.

Ze krijgt het koud, ijskoud. Ze begint over haar hele lichaam te rillen.

Achter haar stopt de lift. De schuifdeur glijdt open. Ze verliest haar evenwicht en laat zich willoos achterovervallen. Haar achterhoofd klapt tegen de liftvloer. Ze hoort de verschrikte kreten van de mensen in de lift nog. Dan houdt de wereld op te bestaan. Samen met Milan, die ze beschermend tegen haar borst gedrukt houdt, zweeft ze weg naar de vergetelheid.

Gedempte stemmen, die onduidelijke dingen zeggen. Een stem die ze kent noemt haar naam. Hij klinkt heel dichtbij. Voorzichtig opent ze haar ogen. Het bezorgde gezicht van Puška hangt boven haar.

'Gelukkig, je bent er weer,' zegt hij. 'Hoe voel je je?'

Je bent er weer… Ze draait haar hoofd opzij om te kunnen zien waar ze is. In een kamertje, met naast het hare nog een bed. Een vrouw in een witte jas staat naast Puška. Ze kijkt net zo bezorgd als hij.

'Hebt u ergens pijn?' vraagt ze.

Esma schudt haar hoofd. Niet vanbuiten, wel vanbinnen, maar daar vraagt die vrouw niet naar. Ze heeft het nog niet gedacht of de verschrikkelijke werkelijkheid van Milans verdwijning dendert haar bewustzijn weer binnen en verdrijft alle andere gedachten.

'Hoe kom je hieraan, Esma?' Puška heeft een stukje van Milans pyjama in zijn hand en beweegt het heen en weer voor haar gezicht alsof hij haar wil hypnotiseren, haar wil laten geloven dat Milan niet is verdwenen. Een schreeuw ontsnapt aan haar keel. Ondanks de dekens waar ze onder ligt krijgt ze het koud.

'U moet haar ontzien,' zegt de vrouw. 'Ziet u niet hoe ze eraan toe is?'

'Ze hoeft alleen maar te zeggen hoe ze hieraan komt.'

Zijn stem klinkt kalm. Hij weet vast al wat hij gaat doen om zijn zoon terug te vinden. Milan is niet overboord gevallen en verdronken, dat is nu zeker.

'Het zat in een envelop,' fluistert ze. 'Die was onder onze deur door geschoven.'

Hij schrikt zichtbaar, spert zijn ogen wijd open.

'Zat er nog meer in, een brief bijvoorbeeld?' vraagt hij gespannen.

'Ik weet het niet.' Haar keel zit dichtgeschroefd, ze voelt de tranen weer over haar wangen lopen. 'Puška, breng Milan bij me terug,' zegt ze gesmoord. Ze pakt zijn hand en trekt hem dichter naar zich toe.

Hij drukt zacht een kus op haar voorhoofd. 'Wie zou Milan nou iets willen aandoen? Dit is vast een vergissing, een boze droom of zoiets,' zegt hij.

Het klinkt niet erg overtuigd, en dat beangstigt haar.

'Weet je al wat je gaat doen?'

'Eerst die envelop ophalen in onze hut, dan naar de mensen van Security, die nog steeds naar hem op zoek zijn. We vinden hem terug, Esma, ik beloof het je. Alles komt goed.' Hij knijpt zacht in haar hand en legt die terug op de deken.

'Wilt u nu alstublieft weggaan, dan geef ik haar een slaapmiddel.' De stem van de vrouw in de witte jas klinkt dwingend.

Puška buigt zich nog een keer over haar heen en kijkt haar aan. Zijn ogen staan vreemd hard, op een manier die ze nog nooit bij hem heeft gezien.

'Niet de moed verliezen, we vinden hem terug. Alles komt goed,' herhaalt hij. Nogal bruusk draait hij zich om en loopt weg, zonder om te kijken.

'U moet behoorlijk hard op uw achterhoofd zijn gevallen, want daar zit een flinke bult. Hebt u echt geen pijn?'

'Nee.'

'En u voelt zich ook niet duizelig?'

'Dat wel een beetje. Bent u een dokter of een verpleegkundige?'

'De scheepsarts.' Ze glimlacht. 'Neemt u me niet kwalijk dat ik me nog niet heb voorgesteld. Toen u hier werd binnengebracht, ging dat wat moeilijk. Ik zou u graag een nachtje hier houden, ter observatie. U bent niet zomaar gevallen. Ik kan me heel goed voorstellen wat u doormaakt, dat kan iedere moeder. Ik heb zelf ook een zoon. Die is nu drieëntwintig en staat op eigen benen, maar ik maak me nog dagelijks zorgen over hem. En hij is eens ook vijf geweest.'

'Denkt u dat ze Milan terugvinden?'

'Milan... Een mooie naam. Weet u, er zijn op een groot schip als dit heel veel plekken waar een kind zich kan verstoppen of kan worden verstopt. Ik zou de moed niet verliezen als ik u was. Gaat u even wat overeind zitten, dan geef ik u een bekertje met iets erin om tot rust te komen en te slapen. Als u wakker wordt is hij misschien al gevonden.'

25

'Ik wil de rest van de dag graag voor mezelf hebben, Daniel. Daar heb je hoop ik geen bezwaar tegen?'

'Ik heb geen plannen meer.'

'Goed. Dan zie ik je weer als we naar de eetzaal gaan.'

Ze geeft me niet de kans te vragen wat ze gaat doen. Met twee plastic tassen verdwijnt ze naar haar hut.

Ze was goed geslaagd, zei ze toen ze het terras waar ze me had gestald weer op fladderde. Ik zat achter een leeg glas en had de ober al een tijdje niet gezien. Als bij toverslag dook hij op om te vragen wat Kristina wenste. Hij vergat nog net niet om te informeren of ik ook nog iets wilde drinken. Natuurlijk mocht mevrouw haar tassen binnen achterlaten terwijl ze de kathedraal ging bekijken. Het was hem een eer om op haar spullen te mogen passen. Wilde ze direct lunchen of liever na haar bezoek aan de kathedraal? Ik had honger gekregen. Om mee te profiteren van zijn hormonaal gestuurde gedienstigheid onderdrukte ik mijn ergernis.

De kathedraal viel tegen, al zal mijn beperkte blikveld daar voor een deel debet aan zijn geweest. Het vont, waar Napoleon ten doop was gehouden, prikkelde op geen enkele wijze mijn fantasie. Genoeg geslenterd, besliste ik. Terug naar het schip.

Een paar uur luieren op mijn balkon, zonder Kristina om me

heen. Onze relatie begint wat stroef te worden. Met het grootste deel van de cruise nog voor de boeg zit ik daar niet op te wachten. Door haar wat meer ruimte te geven en zelf wat afstand te nemen, kan het hopelijk toch gezellig blijven.

Ik zit nog maar net als Ahmad opduikt. Of hij iets voor me kan inschenken en of ik iets te eten wil hebben.

'Alleen een biertje graag. Kun je me uitleggen hoe ik de muziekprogramma's van het boordnet kan aanzetten?'

'Natuurlijk, sir. Dat is niet zo moeilijk.'

Hij drukt de tv aan en vertelt hoe ik er met behulp van de afstandsbediening op kan afstemmen. Geduldig wacht hij terwijl ik het uitprobeer, corrigeert me als het fout gaat en laat het me van het begin af aan nog een keer doen.

'Het lijkt me erg lastig om zo slecht te kunnen zien.'

'Ik raak er een beetje aan gewend. Hoe zet ik het geluid harder? Ik wil het op mijn balkon graag kunnen horen.'

'Het middelste knopje aan de rechterkant indrukken.'

Mijn vinger glijdt tastend over het apparaat. 'Dit? Ik hoor geen verschil.'

'Het staat al op maximaal. Het volume is begrensd om te voorkomen dat passagiers last hebben van elkaar.'

De betekenis van wat hij heeft gezegd, dringt pas goed tot me door als hij een glas bier voor me heeft ingeschonken en is vertrokken. 'Sorry, ik had het geluid wat zachter moeten zetten,' zei Kristina vanochtend. De tv kan ik echter niet hebben gehoord. Zou ze vannacht in een van de bars aan boord een man hebben opgepikt en hem hebben meegenomen naar haar hut?

Voor de tweede keer vandaag moet ik aan Elsbeth denken, aan een opmerking tijdens Kristina's sollicitatiegesprek. 'Meneer Du Mont stelt het niet op prijs als hij 's ochtends bij het ontbijt met een onbekende wordt geconfronteerd.' Kristina reageerde daar furieus op; ze was niet in dergelijke contacten geïnteresseerd.

En nu dit! Of trek ik mijn conclusies te voorbarig? Ik kan de muziek op mijn balkon goed horen. Of ik die in de hut hiernaast ook hoor, hangt niet alleen van het volume af, maar ook van de geluidsisolatie. Hoe goed is die eigenlijk? Zal ik even in haar hut gaan luisteren? Nee, dat is te gek. Wat moet ik zeggen als Ahmad binnenkomt? Ach, alsof ik hem verantwoording moet afleggen. Ik betaal de hut van mijn vriendin, mag ik er dan alsjeblieft een keer een kijkje nemen?

Ik heb haar horen weggaan toen Ahmad bij me was. Voor de zekerheid klop ik op de tussendeur. Geen reactie. Met de afstandsbediening zoek ik een zender waarop wordt gepraat. Het geeft me toch een raar gevoel als ik haar hut binnen ga en de deur achter me dichttrek.

Ze heeft de tassen met kleren op haar bed gelegd. Voor zover ik kan zien is haar hut verder netjes opgeruimd, net als de mijne. Logisch, Ahmad houdt ook de hare aan kant. Voorzichtig loop ik in de richting van de gangdeur. Oppassen voor rondslingerende schoenen. Ik hoor mijn hart, dat sneller klopt dan gewoonlijk. Vanuit mijn eigen hut hoor ik geen stemmen, hoe ik me ook inspan om ze te horen. Er kan net een pauze zijn in het gesprek op de tv; iemand kan zijn gaan fluisteren. Ik probeer het mezelf wijs te maken omdat ik de conclusie dat Kristina tegen me heeft gelogen liever niet wil trekken.

Ik haal een keer diep adem, snuif dan de lucht nog een keer op. Bij binnenkomst meende ik ook al iets vreemds te ruiken. Kristina's geur is me inmiddels vertrouwd. Naarmate mijn gezichtsvermogen afneemt, worden mijn andere zintuigen gevoeliger voor prikkels. De zwoele geursignalen die ze afgeeft, laten me zelden onberoerd. Nu hangt in de hut echter een onbekende, wat penetrante lucht, die de hare naar de achtergrond drukt. Al snuffelend beweeg ik mijn hoofd heen en weer. De geur is het sterkst als ik naar haar bed gedraaid sta. Toch een man, met wie ze zich daar in het zweet heeft gewerkt? Zweet kan een van de geurcomponenten zijn, de andere kan ik niet determineren. Seks kun je ruiken, maar blijft die lucht zo lang hangen? Vreemd genoeg bezorgt de geur me opeens kippenvel. Hij lijkt op de zure, weeïge lucht van een slachthuis dat ik in mijn studietijd een keer heb bezocht als lid van een actiegroep voor dierenwelzijn. Een rij gestreste runderen, die aanvoelden wat hun te wachten stond en alles lieten lopen. Het is een lucht die ik mijn leven lang niet meer vergeet. De geur van angst, dat is wat ik nu ook ruik.

Op de gang klinken voetstappen. Ik wil naar de tussendeur lopen. Te laat! Ik hoor een kaartje in het slot glijden. De deur klikt open. Ik ben niet in staat om me te verroeren. Vanuit mijn ooghoek zie ik Kristina in de opening staan, net zo versteend als ik. Uiteindelijk verbreekt ze, na de deur achter zich te hebben gesloten, als eerste het stilzwijgen.

'Ik weet niet wat je aan het doen bent, Daniel, maar ik hoop dat je een goede verklaring hebt.'

Ingehouden woede.

Ik zwijg, weet niets zinnigs uit te brengen.

'Als je op zoek bent naar een slipje of een bh, dan mag je er een uit de waszak halen, middelste kast, onderin.' Haar stem klinkt ijzig. 'Deed je dat thuis ook al? Nooit iets van gemerkt, wel dat je af en toe wat trieste uitstapjes maakt.'

'Kom nou, Kristina,' protesteer ik zwakjes. 'Dat geloof je toch zelf niet.'

'O nee? Wat moet ik dan wel geloven? Dat je verdwaald bent? Wie geeft je het recht om in mijn spullen te rommelen?'

'Dat heb ik niet gedaan, dat heb ik nooit gedaan, dat weet je best.'

'Je bent niet verdwaald, geilt niet op mijn slipjes, rommelt niet in mijn spullen… Ik word hoe langer hoe nieuwsgieriger naar wat je hier dan wel doet.'

'Doe de tussendeur eens open.'

'Ben je soms bang voor me?'

'Nee. Zet alsjeblieft die deur open, voordat je iets doet waar je spijt van krijgt,' zeg ik zo kalm mogelijk. 'Dan word je wel duidelijk waarom ik hier ben.'

Zonder commentaar doet ze het. Op de tv is een heftige discussie gaande.

'Doe hem maar weer dicht.'

Jammer dat ik haar reactie niet kan zien.

'Prima geluidsisolatie, vind je niet?'

'O, nou snap ik het. Je was de geluidsisolatie aan het testen. Zal ik maar doen alsof ik dat geloof, om de lieve vrede te bewaren?'

Woede heeft plaatsgemaakt voor cynisme. Ik proef ook iets van minachting.

'Ik weet nu tenminste zeker dat ik jouw tv niet kan hebben gehoord.'

'Maar wel iemand die bij mij op bezoek was, iemand die lekker hard moet hebben geschreeuwd, net als ik misschien, dwars door die geweldige isolatie heen.'

'Ik wil niet dat er tegen me wordt gelogen,' zeg ik kortaf. 'Ik moet op je kunnen vertrouwen. Je moet zelf weten of je hier iemand ontvangt. Lieg er alleen niet over.'

Ik draai me om en wil naar mijn suite lopen.

'Wacht even, Daniel. Ik was hier alleen, kon niet slapen en heb naar een film liggen kijken. *Pearl Harbour*, voor als je het wilt controleren. Een lange film, ruim drie uur. Niets voor mij, achteraf, maar ik wilde weten hoe het afliep. Er wordt flink in geschreeuwd. Als je iets hebt gehoord, kan het alleen dat zijn.'

Ze opent de tussendeur. 'Oké, ik begrijp nu waarom je hier was. Vraag zoiets de volgende keer gewoon.'

Haar woede heeft opvallend snel plaatsgemaakt voor vergevingsgezindheid.

'Dit had niet zo mogen gebeuren,' zeg ik maar. 'Zullen we het vergeten en proberen om er morgen weer een prettige dag van te maken?'

'Toevallig was ik, voordat ik je hier betrapte, iets aan het regelen voor morgen, een verrassing, zeg maar.'

Ze probeert op mijn gemoed te werken. Ook dat nog.

26

'Tot morgen, Bert. Ik loop met je mee om de deur achter je op slot te doen.'

'Ga jij nog niet naar huis?'

'Over een uurtje, denk ik. Ik moet nog wat administratieve dingetjes afhandelen.'

Elsbeth kijkt hem na terwijl hij de straat uit loopt. Hij is ook alleen, na zijn scheiding. Sindsdien wordt hij volledig in beslag genomen door alle juridische rompslomp die dat met zich meebrengt en door de problemen rond de opvang van zijn kinderen. Tijd om zich over te geven aan gevoelens van eenzaamheid of zich bezorgd te maken over het welzijn van anderen, heeft hij niet. Waarschijnlijk slaapt hij wel goed. Ze heeft hem in elk geval nog nooit duf of onuitgeslapen gezien.

Ze loopt door de winkel naar het kantoor en gaat achter haar computer zitten. Gisteren heeft het computernetwerk de hele dag platgelegen. Nu moet ze in korte tijd de achterstand wegwerken. Maar eerst gaat ze wat anders doen.

Ze pakt haar tas, haalt er een briefje uit en leest het nog een keer. Het ik-wist-wel-dat-er-iets-met-haar-aan-de-hand-was-gevoel dat ze er eerder bij kreeg, is omgeslagen in ongerustheid.

Geachte mevrouw Ter Horst,

Allereerst mijn excuus voor deze late reactie. Ik vond uw verzoek om informatie over Kristina Meštrovic echter pas gisteren in mijn postvak, na een afwezigheid van ruim twee maanden tengevolge van een ongeval, verblijf in het ziekenhuis en revalidatie. Voor uw beslissing haar al dan niet aan te nemen, zal mijn informatie er dus niet meer toe doen. Voor het geval u haar in dienst hebt genomen, lijkt het mij echter goed dat we even telefonisch contact met elkaar opnemen. Uw verzoek om informatie heeft bij mij namelijk een aantal vragen opgeroepen over iets waar u wellicht mee te maken krijgt.
Mijn telefoonnummer is …… Ik ben meestal na vijf uur 's middags te bereiken.

Met vriendelijke groet,

R. Terlaat

Ze pakt de telefoon uit zijn houder en toetst het nummer in.
'Met Terlaat,' klinkt een beschaafde, rustige stem.
Ze vraagt of het hem schikt, vermeldt de reden van haar telefoontje. Hij luistert zonder haar in de rede te vallen.
'U hebt haar dus aangenomen. De vraag is alleen wíé u hebt aangenomen.'
'Kristina Meštrovic,' zegt ze verwonderd. 'Ik heb u toch verzocht om inlichtingen over haar?'
'Dat is me duidelijk, ja. Alleen… Hoe zal ik het u uitleggen… Allereerst moet u weten dat ik een paar jaar mentor ben geweest van Kristina en Ivana en dat ik heel nauw betrokken ben geweest bij de problemen van de meisjes.'

'Ivana? Ik neem aan dat die twee vriendinnen waren?'

Ze hoeft geen bevestiging, maar moet het toch vragen.

'Tot halverwege hun laatste studiejaar. Collega's verwisselden de meisjes regelmatig omdat ze nogal op elkaar leken, allebei afkomstig waren uit voormalig Joegoslavië en dezelfde opmerkelijke uitspraak van het Nederlands hadden. Om verwarring te zaaien gingen ze soms op elkaars plek in de klas zitten of haalden ze andere grappen uit om voor elkaar te worden aangezien. Heel onschuldig eigenlijk.'

Elsbeth luistert zwijgend.

'Uw brief herinnerde me hier weer aan. Daar komt bij dat kort voordat ik in het ziekenhuis belandde iemand anders mij ook al om informatie over Kristina heeft gevraagd. Ze had gesolliciteerd als hulp in de huishouding bij een gehandicapte man. Ze zou kost en inwoning krijgen en de gelegenheid hebben om haar studie af te maken. Dat klonk mij heel plausibel in de oren. De meeste studenten zoeken in hun vijfde of zesde studiejaar werk omdat ze hun studiefinanciering dan hebben opgebruikt. Bovendien is Kristina wel een type voor zo'n baantje.'

'Niet voor werk in een boekhandel?'

'U zegt het. Daarom kwam uw brief nogal vreemd op mij over. Een volledige baan nog wel… Kristina studeert medische wetenschappen. Zulk werk past absoluut niet bij haar. Ze was een echte bètaleerling, totaal niet geïnteresseerd in lezen en in boeken. Ik was haar leraar Nederlands, dus ik weet dat als geen ander.'

'Wat probeert u mij duidelijk te maken?'

'Zoals ik al eerder vertelde: de meisjes wisselden vroeger vaak van identiteit. Hoewel het voor u ongetwijfeld absurd overkomt, is het voor mij wel herkenbaar.'

'U gaat toch niet beweren ik een zekere Ivana en niet Kristina Meštrovic in dienst heb genomen? Waarom zou een vrouw van vijfentwintig mij zo beduvelen?'

'Een vrouw zonder Ivana's achtergrond zou dat ook niet doen.'

Elsbeth haalt een keer diep adem. 'Praat u alstublieft niet in raadsels.'

'Goed. Laat ik voor de zekerheid eerst vragen welke kleur ogen Kristina heeft.'

'Blauw, opvallend harde, blauwe ogen. Dat viel me meteen op.'

'Kristina Meštrovic heeft donkere ogen. Ivana Plavic heeft blauwe ogen, precies zoals u ze omschrijft.'

'Ik heb dus Ivana Plavic in dienst genomen,' stelt Elsbeth verbijsterd vast.

'Als u haar papieren had gecontroleerd, dan was u er vanzelf achtergekomen.'

'Wat mij betreft hoeft ze die nu niet meer te laten zien. Ik denk dat ik haar op staande voet ontsla,' is alles wat ze weet te zeggen. 'Ik zou nog wel graag willen weten wat voor reden Ivana, laat ik haar maar meteen zo noemen, heeft gehad om zich voor Kristina uit te geven. In een spelletje geloof ik niet, op haar leeftijd.'

'Wat vroeger een spelletje was, is nu ernst geworden. Als ik inlichtingen over Ivana had moeten verstrekken, dan was ik veel minder positief geweest dan over Kristina. Dat wist ze en daar heeft ze, op haar eigen, berekenende manier, misbruik van gemaakt.'

'Dat klinkt ernstig.'

'Dat is het ook. Ivana was, toen ze hier kwam, een triest meisje dat een loodzwaar verleden torste. Helaas ontwikkelde ze zich niet tot een prettige persoonlijkheid, ondanks alle hulp die haar werd geboden. Haar werkelijke beweegredenen, gedachten en gevoelens hield ze voor zich. Je wist niet wat je aan haar had omdat ze nooit achter haar façade vandaan kwam.'

'Ze kijkt je aan zonder je te zien, alsof ze naar een punt ergens achter je staart.'

'Typisch Ivana, ja. Ze weet overigens precies hoe ze zich moet gedragen om sympathiek en sociaal over te komen.'

'Terwijl ze dat niet is?'

'Om eerlijk te zijn: nee. Ze was egocentrisch, had geen enkele compassie met anderen, maar zag wel kans om medegevoel te veinzen op een manier waar bijna niemand doorheen prikte.'

'Behalve u dan.'

'Vergeet u niet dat ik haar vijf jaar als mentor heb begeleid. En in al die jaren is het ook mij nooit gelukt om werkelijk tot haar door te dringen. Voor zover ik weet liet ze alleen haar vriendin Kristina en tot mijn verbazing ook een van mijn collega's toe in haar wereld. Ik heb nog nooit een leerling als Ivana meegemaakt. Ik vond haar enerzijds intrigerend, anderzijds beangstigend omdat ze totaal onberekenbaar was.'

'Beangstigend? Is dat niet wat overdreven?'

'Ze heeft eens een jongen finaal in elkaar geslagen, in een ongecontroleerde woede-uitbarsting. Waarschijnlijk wilde hij te veel of benaderde hij haar iets te intiem. Ivana's motieven waren nu eenmaal niet te doorgronden.'

'Was dat een van de redenen om contact met mij op te nemen?'

'Niet in de eerste plaats. Ik wilde nagaan of mijn vermoeden juist was. Toen mijn collega mij op de hoogte bracht van uw gesprek met hem, werd ik aan het denken gezet.'

'U begon een mogelijke naamsverwisseling te vermoeden?'

'Precies. Ik vond dat ik u over haar ware identiteit moest informeren.'

'Ik ben u daar zeer erkentelijk voor. Uw collega-conrector zei nog iets opmerkelijks, zonder erop door te gaan. Er zou zich op uw school een drama hebben afgespeeld dat op zowel Ivana als Kristina diepe indruk heeft gemaakt.'

'Heeft hij u dat verteld? Vreemd. Ik heb daarover heel bewust mijn mond gehouden. Als school treed je met zoiets niet snel naar buiten.'

Hij zwijgt lang, weegt ongetwijfeld af of hij haar al dan niet op de hoogte zal brengen van de moord op zijn collega. Wellicht spelen emoties hem parten.

'Er is toen een docent om het leven gebracht,' zegt hij uiteindelijk, 'een docent met wie Ivana een bijzonder goede relatie had. Toch werd zij, mede op grond van allerlei roddels en achterklap, van die moord verdacht.'

'Van moord verdacht?' Hopelijk klinkt het verbaasd genoeg.

'Ja. Alles wees in haar richting, maar er waren geen bewijzen, ze had een sluitend alibi en er was geen motief.'

'Dat is dan toch duidelijk?'

'Voor veel mensen hier niet.'

Ze moet iets wegslikken.

'Waarom dachten die er dan anders over?' vraagt ze gespannen.

'Deels was dat een kwestie van emoties. Mijn collega was bij iedereen erg geliefd, hij had volstrekt geen vijanden. Het was een volslagen absurde gedachte dat iemand hem zou willen vermoorden. Zijn dood is hier hard aangekomen.'

'U had het over roddel en achterklap.'

'Hij was de collega met wie Ivana het zo goed kon vinden. Ivana was een prachtige meid, ze zou hem hebben verleid, hij zou voor haar charmes zijn bezweken, dat soort verhalen deed de ronde. Verder waren nogal wat mensen ervan op de hoogte dat Ivana in die tijd werd behandeld door een psychiater. Ze leed aan een posttraumatisch stresssyndroom. Zegt dat u iets?'

'Vaag. Ik herinner me zoiets uit een tv-reportage over soldaten die terugkwamen van een missie in Afghanistan.'

'Soldaten hebben er regelmatig mee te maken. Ze beleven traumatische ervaringen uit het verleden opnieuw, raken erin opgesloten en kunnen zomaar een waas voor hun ogen krijgen, die tot een geweldsuitbarsting kan leiden. U hebt waarschijnlijk de uitzending gezien waarin een soldaat geen uitweg kon vinden voor zijn woede en zonder aanleiding zijn zuster in elkaar schopte.'

'Ik heb niet de hele uitzending gezien.'

'Ik vertel het omdat Ivana misschien nog wel meer heeft meegemaakt en gezien dan die man. Eerst alle oorlogsellende, met het verlies van haar vader en haar zus, en daarna – ze was nog maar kort in Nederland – het overlijden van haar moeder. Politiemensen en ook sommige collega's hielden er rekening mee dat ze een zware, ongecontroleerde agressieaanval heeft gehad, met een dodelijk slachtoffer als gevolg.'

'Dan zouden er toch bewijzen te vinden moeten zijn?'

'Daar begrijpt dus niemand iets van. Haar alibi pleitte haar vrij.'

'Dit is wel een heel bizar gesprek geworden. Ik dacht wat informatie over een sollicitante te krijgen, en dan krijg ik dit.'

'Ik vind dat u ervan op de hoogte moet zijn dat Ivana een zieke persoonlijkheid was. Staat ze nog onder medische behandeling, slikt ze medicijnen?'

'Geen idee.'

'Probeert u daar dan achter te komen. Het lijkt me van groot belang. Verder kan ik u alleen maar sterkte met haar wensen.'

'Die zal ik nodig hebben. In elk geval heel erg bedankt voor uw openhartigheid en uw informatie.'

Pas op het moment dat ze de telefoon heeft teruggezet in zijn houder, dringt de betekenis van wat Terlaat over Ivana's ouders heeft gezegd tot haar door. Haar vader is omgekomen tijdens de oorlog, haar moeder is hier overleden. Onvoorstelbaar! Dan heeft ze ook daarover gelogen. *Tijdens mijn verblijf in het asielzoekerscentrum heb ik de verzorging op mij genomen van mijn vader en mijn getraumatiseerde moeder*, zoiets zei ze in haar opportunistische, ingesproken sollicitatie. Terwijl haar vader al dood was en haar moeder vrij snel na aankomst in Nederland was gestorven.

Ronduit immoreel om daarover te liegen. Ze is geen prettige persoonlijkheid. Dat is nogal eufemistisch uitgedrukt. Weinig compassie met anderen... Geen gevoel, bedoelde Terlaat. Een vrouw die er geen moeite mee heeft om iemand om zeep te helpen.

Wat nu? Daar hoeft ze toch niet meer over na te denken? Of het zijn vakantie verpest of niet, ze gaat Daniel op de hoogte brengen.

Bijna zeven uur, ziet ze tot haar grote schrik op haar horloge. Het inhaalwerk moet maar tot morgen wachten. Onrustig zoekt ze in haar tas het briefje met het telefoonnummer waarop het cruiseschip te bereiken is. Als ze het heeft opgediept, pakt ze de telefoon weer op en toetst het nummer in. Ongeduldig laat ze de telefoon vijf keer overgaan. Dan wordt er opgenomen. Een telefoniste. Ze verbindt haar door nadat ze Daniels hutnummer heeft opgegeven. Opnieuw luistert ze.

'Er wordt niet opgenomen, mevrouw,' klinkt de zakelijke stem van de telefoniste. 'Wilt u misschien een boodschap inspreken?'

'Dat is goed.'

'Wacht u dan op de pieptoon. Als u klaar bent kunt u de verbinding verbreken.'

'Hallo Daniel,' zegt ze als de piep heeft geklonken. 'Ik wil je...' Stom, ze had over de formulering van haar boodschap moeten nadenken. Nu gaat het iets te gehaast.

'Ik wil je iets vertellen over Ivana, sorry, Kristina, bedoel ik. Het is echt nodig dat je me terugbelt. Heb je het verder naar je zin?'

Ze verbreekt de verbinding, schudt ontevreden haar hoofd. Wat zal hij hiervan denken? Het maakt ook niet uit, als hij maar snel contact met haar opneemt.

27

Het waait erg hard als we aan het begin van de avond de haven van Corsica uit varen. Kristina gaat gelijk krijgen met haar storm-voorspelling. Voor het eerst word ik, terwijl ik door de gang loop, tussen de wanden heen en weer geslingerd en moet ik regelmatig steun zoeken; voor het eerst ook begint mijn maag in opstand te komen.

Kristina zegt dat ik spierwit zie en dringt eropaan dat ik een extra pil tegen zeeziekte slik. Ze gedraagt zich alsof er niets is gebeurd. Haar stemming kan razendsnel wisselen en deze keer ben ik er blij om. Ze neemt me mee naar het zonnedek, vanwaar we op een relatief droge plek getuige zijn van een verrassend schouw-spel. Het water in beide zwembaden deint met het schip mee. Bij iedere schuiver klotsen de golven op de rand en spatten in een waaier van druppels hoog over het dek. Ik moet me er een aanrol-lende zee op een golfbreker bij voorstellen, licht Kristina toe. Nog even en dan zijn de zwembaden leeg geklotst, voorspelt ze.

Aan mij is het spektakel niet echt besteed, en dat heeft deze keer weinig met mijn gezichtsvermogen te maken. Ondanks de pillen protesteert mijn maag steeds heviger tegen de bewegingen van het schip. Terwijl we teruglopen naar mijn suite, krijg ik het gevoel dat ik rondtol in een draaimolen, dat ik door de gangen zweef zonder dat mijn voeten de vloer raken.

Het beste wat ik kan doen is op bed gaan liggen, volgens Kristina. Hopelijk val ik in slaap. Het diner moet ik maar vergeten. Ik zal niet de enige zijn, zegt ze op een toontje dat niet helemaal vrij lijkt te zijn van leedvermaak.

Terug in mijn hut lukt het me om mijn kleren uit te trekken en onder het dekbed te schuiven. Daarna geef ik me over aan een weldadige bewusteloosheid.

Ik word wakker met een dof, bonkend hoofd, alsof ik een kater heb. Het schip ligt stil, voel ik. Voorzichtig kom ik overeind. Ik dwing mezelf om mijn benen het bed uit te werken en te gaan staan. Een hachelijke onderneming. Ik zwaai zo heen en weer dat ik me snel laat terugvallen. Nog net onderdruk ik de neiging om te braken. Met mijn hoofd in mijn handen wacht ik tot het draaierige gevoel wat is gezakt. Na de tweede poging om op te staan lukt het me om de badkamer te bereiken, precies op tijd om in de toiletpot te kunnen overgeven. Het lucht op. Mijn benen lijken me weer te houden. Dit was de eerste en laatste keer dat ik Kristina's zeeziektetabletten heb geslikt. Zou ze al wakker zijn? Het is zeven uur, stel ik vast als ik met enige moeite de tijd van de wekker aflees. Op de telefoon ernaast knippert een groen lichtje dat ik niet eerder heb gezien. Straks aan Kristina vragen wat het betekent, prent ik mezelf in.

Het lukt me om zonder al te veel te morsen een glas water uit de karaf vol te schenken. Gulzig drink ik het leeg. Terwijl ik me aankleed wordt het gebonk in mijn hoofd minder. De misselijkheid verdwijnt en mijn maag begint te knorren.

Ik aarzel of ik op de tussendeur zal kloppen om Kristina te wekken, doe het dan toch maar niet. Laat haar maar slapen; ik vind mijn weg naar de ontbijtzaal nu wel alleen.

Iets te optimistisch gedacht, blijkt als ik op het verkeerde dek terechtkom en me door iemand van het personeel naar het restaurant moet laten brengen. Het is er drukker dan anders. Iedereen wil zo snel mogelijk weg om die ene dag dat we in Rome zijn maximaal te benutten. Stom dat ik Kristina toch niet heb wakkergemaakt.

Voordat ik de kans krijg om een bord te pakken, word ik op mijn schouder geklopt.

'We hebben je gemist, Daniel. Heb je de vissen soms gevoerd?' vraagt Carl. 'Een van die Engelse meiden was ook al van de wereld. We hebben met z'n drieën gedineerd, gisteravond. Waar is je lieve vrouwtje? Haar hebben we ook niet gezien.'

Hij troont me mee naar het tafeltje waar Sue achter twee volgeladen borden zit.

'Goedemorgen, Daniel. Je hebt het overleefd, zie ik. Waar is Kristina? Ga maar zitten, dan zal ik koffie voor je halen. Wat wil je eten? Wat brood met eieren en spek, of lukt dat nog niet?'

'Beter van niet.'

'Ik haal wel wat anders voor je.'

Voor ik kan protesteren is ze al weg.

'Ja, het ging goed tekeer, vannacht,' zegt Carl. 'Een van de reddingssloepen schijnt zelfs te zijn losgeraakt. Ik heb het zelf niet gezien, hoor. Gehoord van mijn buren.'

'Wat ga jij vandaag doen, Daniel?' vraagt Sue als ze terugkomt en een bord met diverse broodjes en een kop koffie voor me neerzet.

'Naar Rome. Kristina is er al een paar keer geweest. Ze zal voor gids spelen en ik laat me door haar verrassen.'

'Spannend,' zegt Sue. 'Heb je het al gehoord van dat jongetje?'

'Nee. Is hij gevonden?'

'Was het maar waar. Zijn ouders hebben gistermiddag een envelop ontvangen met een stukje stof van zijn pyjama erin.'

'Wat vreselijk. Hoe weet je dat?'

'Gehoord van onze butler,' zegt Carl. 'Die vrouw is in de lift flauwgevallen met een foto van haar kind en het stukje van zijn pyjama tegen zich aangeklemd. Ze is gevonden door personeel en dat heeft het niet voor zich gehouden.'

'Dat betekent dus dat het kind niet overboord is gevallen,' zeg ik. 'En dat het misschien nog leeft.'

'En in handen is van iemand die de ouders doodsangsten wil bezorgen,' zegt Carl.

'Vreselijk,' zucht Sue. 'Ze hebben gisteren ook een autootje van hem gevonden, op dek tien, waar jullie zitten. Wist je dat al?'

'Mijn butler is niet zo mededeelzaam.'

'Dat jochie zou er volgens zijn vader mee op de gang zijn gaan spelen,' zegt Sue.

'Maar niet op dek tien,' vult Carl aan.

'Afschuwelijk wat die ouders nu moeten doormaken. En intussen gaan wij met z'n allen gezellig op excursie naar Rome.'

'Je kunt toch niet van de passagiers verlangen dat ze aan boord blijven tot het kind is teruggevonden?' werpt Carl tegen.

'Het geeft me toch een naar gevoel.'

'Noem het maar bizar,' zeg ik.

Als ik terugkom in mijn hut hoor ik water in de badkamer naast de mijne stromen. Mevrouw moet wel een beetje opschieten, want ik wil zo snel mogelijk weg. Zo nodig ontbijt ze maar onderweg.

Als de kraan is dichtgedraaid klop ik op de tussendeur.

Vrij snel wordt de sleutel omgedraaid. Ze heeft een badjas aangetrokken.

'Goedemorgen, Daniel.'

'Ook goedemorgen. Wil je alsjeblieft opschieten, dan kunnen we weg. We zijn maar één dag in Rome,' zeg ik wat ontstemd.

'Ik ga me aankleden. Hoe laat is het precies?'

'Kwart over acht.'

'We hebben geen haast. Onze bus vertrekt pas om negen uur.'

'Een bus? Was dat de verrassing?'

'Ja. Ik weet dat je daar een hekel aan hebt. Toch zul je er geen spijt van krijgen. Vertrouw me nu eens een keer.'

Drie kwartier later klauter ik achter Kristina aan een bus in, met frisse tegenzin, ondank haar voorspelling dat ik er geen spijt van zal hebben. Ann en Samantha blijken de voorste zitplaatsen al in beslag te hebben genomen. Wij gaan op de vrije stoelen achter hen zitten.

'Leuk dat jullie met ons meegaan,' zegt Ann.

'We rijden alleen heen mee en gaan met jullie het Vaticaan in,' legt Kristina uit. 'Daarna hebben we ons eigen programma.'

'O.' Samantha heeft zich omgekeerd. 'Hebben jullie al gehoord dat iemand een stukje stof van de pyjama van dat verdwenen joch heeft afgeknipt en opgestuurd naar de ouders?'

Terwijl de bus over de snelweg raast en daarna aansluit bij de onvermijdelijke files die Rome verstoppen, houdt de verdwijning van het kind de gemoederen bezig. Ik hoor althans geen ander gespreksonderwerp om me heen. Pas als we stoppen, vlak bij het Vaticaans museum, en er behalve aan Kristina en mij radio-ontvangers met draagband en oordopjes worden uitgedeeld, komt er aandacht voor andere zaken.

Langs de lange rij wachtenden wordt onze groep naar een zijingang geleid waar we, na onze boordpas te hebben getoond, direct kunnen doorlopen.

'En, Daniel, was de busrit je dit waard? Dit scheelt je minstens een uur wachten.'

'Als ik nee zeg geloof je me toch niet.'

'Tot vanavond,' roept ze naar Ann en Samantha. 'Ik zou maar opschieten, anders raken jullie je gids kwijt.'

In plaats van een fluit hanteert de gids een microfoon-met-zender om het kunstje van de rattenvanger van Hamelen te imiteren. En hij kan er ook nog eens zijn verhaal in kwijt.

In de hal van het Vaticaan waar we zijn binnengekomen is het drukker dan op een vliegveld in het hoogseizoen. Het lawaai is er vele malen intenser omdat het blijft hangen en galmend wordt weerkaatst tegen de stenen wanden.

'Geef me maar een hand, dat loopt flexibeler dan gearmd,' stelt Kristina voor.

Met de toeristenstroom mee volgen we een lange gang, aan weerszijden behangen met wandtapijten. Om ze op de restanten van mijn netvlies te krijgen, zet ik mijn bril op en blijf recht voor me uit in de looprichting kijken. Het boogvormige plafond is beschilderd met ornamenten en afbeeldingen, die iets weg hebben van grote kleurige tegels. Bij een denkbeeldig verdwijnpunt, waar ook de wanden in strakke symmetrische lijnen naartoe lopen, worden ze heel klein.

Kristina's hand drukt de mijne.

'Heb je er hier voordeel van dat je je bril hebt opgezet?'

'Beslist. Het klinkt wat ironisch, maar ik weet niet wat ik zie.'

'Volgens mij zegt iedereen dat die hier loopt.'

De toeristenstroom stagneert vlak voor de Sixtijnse Kapel. Als we naar binnen kunnen, leidt ze me naar een plek in het midden van de zaal.

'Op het plafond recht boven je heeft Michelangelo zijn beroemdste fresco's geschilderd. De beste plek om er wat van te zien moet je zelf bepalen,' fluistert ze.

Met mijn hoofd achterover en opzij gekanteld schuifel ik naar rechts. Boven me herken ik een schelpvormige, donkere wolk, waarop God zweeft als een grote, lichte vlek. Ik sluit mijn ogen, concentreer me op details die liggen opgeslagen in mijn geheugen. Ze vullen het beeld aan, ik zie weer dingen die ik niet kan zien: Gods wapperende baard, zijn uitgestrekte arm, Adams licht gebogen hand, zijn arm die steunt op zijn knie. Als ik een stap naar voren zet ontdek ik eerst de vage contouren van Adam en Eva die uit het paradijs vluchten. Daarna verschijnt haarscherp de om de boom gekronkelde slang, de engel met het zwaard.

Zien blijkt meerdere dimensies te hebben, ik kan nog steeds visueel genieten. Het grijpt me aan dat iets wat voor mij zo wezenlijk is me juist hier wordt geopenbaard.

Het geluid van stemmen, iemand verzoekt om stilte. De betovering is verbroken. Ik sta weer naast Kristina, tussen omhoogkijkende toeristen.

'Dit doet me ontzettend veel, Kristina. Ik heb al die fresco's echt gezien.'

Het vervolg van onze wandeling door het Vaticaan en de Sint-Pieter verloopt min of meer in een roes. Kristina vertelt van alles en is regelmatig aan het fotograferen. Ik laat het niet merken, maar veel van wat ze zegt dringt niet tot me door, overweldigd als ik ben door de pracht en praal om me heen. Pas als we buiten in de zon staan, vragen ook praktische zaken onze aandacht weer. We kunnen niet de hele dag doorkomen zonder iets te eten, maar tijd om ergens rustig te lunchen is verspilling als je maar een dag in deze stad bent. Een pizzabroodje in de hand op het Sint-Pieterplein, met uitzicht op het balkon vanwaar de paus zijn *urbi et orbi* uitspreekt, heeft dan wel wat.

Met een taxi laten we ons vervolgens naar het Colosseum brengen. Na alsnog te hebben ervaren hoeveel geduld je nodig hebt in een rij wachtenden voor de kassa, dalen we af in de catacomben van het immense theater, waar ik me gladiatoren met zwaarden, drietanden en netten verbeeld, luisterend naar het gejuich van de mensenmassa's op de tribunes.

'Denk je dat je nog eens naar Rome wilt terugkomen?' vraagt Kristina als we het Colosseum uit lopen.

'Beslist!'

'Dan moeten we naar de Trevifontein.'

'Bijgelovig?'

'Nee, maar ik wil er toch een muntje in hebben gegooid,' zegt ze lachend.

Bij de beroemde fontein krijg ik opnieuw iets te zien wat ik niet kan zien, al is het deze keer van een andere orde. Zodra ik voor de beeldengroep met Neptunus en de paarden sta, schuiven de filmbeelden uit Fellini's *La dolce vita* eroverheen en zie ik Anita Ekberg staan. Als ik mijn ogen sluit wordt haar plaats ingenomen door Kristina, naakt als de godin Diana. Ik blijf mijn ogen dichtknijpen om het beeld zo lang mogelijk vast te houden.

'Laten we het ritueel maar voltrekken,' stel ik voor als het is verdwenen.

'Met je rug ernaartoe gaan staan en met je linkerhand het muntje over je schouder gooien, anders werkt het niet.'

28

Ik sta me voor mijn klerenkast af te vragen welk jasje en welk overhemd ik zal aantrekken als Kristina op de tussendeur klopt.

'Kom binnen!'

'Wil je alsjeblieft mijn rits vastmaken? Het lukt me niet.'

Ze staat vlak voor me, met haar blote schouders naar me toe. Aarzelend steek ik mijn hand uit naar de plek waar ik de rits vermoed, maar beland ergens op haar rug. Opeens voel ik wat spanning. Mijn ademhaling gaat sneller.

'Iets naar links en dan naar beneden. Je hand is lekker warm, Daniel, en zacht ook.'

Ze draagt geen beha, voel ik terwijl mijn hand over haar rug glijdt. Net boven de holte van haar rug vinden mijn vingers het lipje van de ritssluiting en trekken het omhoog. Het laatste stuk gaat zwaar. Deze jurk moet haar om het lijf gegoten zitten.

'Dank je wel. Je hebt nauwelijks hoeven zoeken,' zegt ze een beetje ondeugend. 'Nog even optutten en mijn haar opsteken.'

'Nog niet weggaan. Ik had dat vanochtend al willen vragen, maar ik ben het vergeten. Wat betekent dat knipperlichtje op mijn telefoon?'

'Dat er een bericht op je voicemail staat,' zegt ze terwijl ze zich over de telefoon buigt.

'Ik wist niet dat ik die had.'

'Alle hutten zijn aangesloten op het voicemailnetwerk van het schip. Zal ik het bericht meteen voor je afluisteren?'

Ze wacht niet op toestemming en houdt de telefoon al tegen haar oor, lang genoeg om mij nieuwsgierig te maken.

'Een uitnodiging van de kapitein, morgenmiddag, met alle passagiers die een suite of een penthouse hebben geboekt.' Ze zegt het op een merkwaardig, misprijzend toontje.

'Niets voor mij.'

'Dat dacht ik al. Je zou dan ook niet naar Pompeï kunnen. Ik ben zo klaar.'

Als we even later op weg zijn naar het restaurant, verrast ze me door me een hand te geven. Ik heb vandaag met een heel andere Kristina te maken dan gisteren. Plagerig vertelt ze dat ze er oogverblindend uitziet. Vanavond heb ik dus geen reden om jaloers te zijn op andere mannen.

'Je hebt ook een lekker luchtje op,' zeg ik om een complimentje te maken. 'Is het jou trouwens opgevallen dat er gisteren in je hut een nare lucht hing?'

'Moet dat nou? Ik begon gisteren net te vergeten.' Ze laat mijn hand weer los.

'Sorry. Stom van me. Het kwam zomaar in me op.'

'Nu je er toch over bent begonnen... Een nare lucht? Wat moet ik me daarbij voorstellen?'

'Een lucht die niet bij jou past.'

'Dat zegt me nog steeds niks.'

'Als je het per se wilt horen... Het klinkt krankzinnig, maar het was een geur die me herinnerde aan een bezoek aan een abattoir, in mijn studietijd.'

'Kortsluiting ergens in je hoofd? Of zaait maculadegeneratie zich uit naar andere organen? Wees gerust, in zo'n stank zou ik geen oog dicht hebben gedaan.'

'Het zal wel aan mij liggen. Vergeet het.'

Ze reageert niet, loopt zwijgend verder.

Op het eerste gezicht, hoe beperkt ook voor mij, heeft het dramatische vervolg op de verdwijning van het jongetje weinig invloed gehad op de aankleding van het restaurant. De tafels zijn feestelijk gedekt. Middenin speelt een sfeerverhogend strijkje en de bediendes hollen nog gedienstiger heen en weer dan anders. Pijnlijk ben ik me ervan bewust dat ik van de feestelijke outfit van de dames niet zal kunnen genieten en andere visuele genoegens die een avond als deze extra glans geven zal moeten missen. Ik onderdruk de neiging tot zelfbeklag. Niet vergeten een foto van Kristina te maken, prent ik mezelf in.

Achteloos neemt ze de complimenten in ontvangst van Carl, Sue en het Engelse tweetal, en strooit er zelf ook wat om zich heen. Daarna komt het gesprek onvermijdelijk op het laatste nieuws over het verdwenen kind. Ann heeft gehoord dat er een rechercheur van Interpol aan boord is gekomen om de mensen van Security bij te staan. Hij zou het schip nogmaals aan een nauwgezet onderzoek hebben onderworpen, tot in de vriesruimtes onderin aan toe. Het personeel dat de hutten schoonhoudt heeft de opdracht gekregen om met extra aandacht onder de bedden te kijken, weet Sue nog te vertellen.

'Dat heeft niet veel zin. Iedereen bergt daar zijn lege koffer op. Die zouden dan allemaal moeten worden opengemaakt,' zegt Carl.

'Stel je voor dat iemand het kind in een ervan heeft opgesloten en dat het is gestikt,' gruwt Sue.

Uit flarden van gesprekken aan tafels om ons heen maak ik op dat er ook daar maar één gespreksonderwerp is. Intussen laat iedereen zich de geserveerde gerechten goed smaken. Zo zit het leven blijkbaar in elkaar.

Uiteindelijk komt het gesprek toch nog op onze toeristische activiteiten. Ann en Samantha blijken net als wij muntjes in de

Trevifontein te hebben gegooid. Carl pronkt met een Cartier-horloge, dat hij in een mondaine winkelstraat heeft gekocht.

Na het diner overrompelt Kristina me met de mededeling dat ze pas wil gaan slapen nadat we hebben gedanst. Ze is geen danstype, maar op een gala-avond hoort dat er echt bij, vindt ze. Mijn verweer dat ik een hekel heb aan ritmisch geschuifel binnen een dwangbuis van vaste patronen die ik nauwelijks beheers, wuift ze weg.

'Laten we dansend die ellende met dat kind en andere nare dingen alsjeblieft even vergeten,' dringt ze aan.

Ze troont me mee naar de Crystalroom, een danszaal bezaaid met twinkelende lichtjes. Op het podium staat een zangeres die wordt begeleid door een onzichtbare band. De melancholieke klank van Norah Jones, vage, ritmisch bewegende dansparen onder de sterrenhemel, in een soort *dance macabre*.

'Wil je echt dat ik mijn houterige lijf hiertussen stort?'

'Eerst champagne, dan gaat het vanzelf. Verderop is nog een tafeltje vrij.'

Ik geef me over. Na een paar glazen trekt ze me de dansvloer op, slaat onverwachts haar armen om mijn hals en vlijt haar wang tegen de mijne. Ik word weer puber op een schoolfeest, onwennig en onhandig met het meisje van mijn dromen, gespitst op ieder signaal dat een spannend vervolg belooft.

Na het laatste glas champagne en het 'welterusten iedereen' van de zangeres lopen we met de armen om elkaar heengeslagen zwalkend terug naar mijn suite. Kristina is flink aangeschoten en giechelt overdreven als we voor de zoveelste keer tegen de wand botsen.

In de suite schuift ze meteen de balkondeur open. Zilte zeelucht stroomt naar binnen. Het eentonige geruis van de golven klinkt rustgevend, slaapverwekkend zelfs. Als ik naar buiten wil gaan, houdt ze me tegen en draait me haar rug toe.

'Ik krijg de rits van mijn jurk niet naar beneden.' Een kirrend lachje. Ze wiebelt op haar hoge hakken.

De verleiding is te groot. Als ik haar rits met de nodige moeite omlaag heb gekregen, schuif ik haar schouderbandjes naar beneden. Haar jurk glijdt op de grond, mijn handen zoeken haar borsten. Ze draait zich om, slaat haar armen om mijn nek, kust me heftig. De smaak van champagne. Met maculadegeneratie houdt het leven nog niet op.

'Ben jij ook zo zweterig van het dansen?' Haar stem klinkt zwoel en lijzig. 'Zullen we samen in bad gaan? Jij laat het vollopen, ik schenk nog wat in.' Ze giechelt. 'Whisky met ijs. Jij ook?'

'Lekker.'

Ik draai de badkraan open en ga op het balkon zitten. Achter me hoor ik haar met glazen rammelen. De koelkast gaat open en dicht. Dan staat ze naast me en zet twee glazen op tafel. Al is mijn waarnemingsvermogen beperkt, haar verschijning beneemt me de adem. Ze is naakt. Als een aanhalige poes nestelt ze zich op mijn schoot en daagt me speels uit iedere centimeter van haar heerlijke lijf met mijn handen te bekijken. Haar zachte, soepele huid, de ronding van haar borsten, haar heupen, haar licht welvende buik. Mijn handen glijden erlangs, mijn ogen genieten. Zo zou een schilder zijn model moeten aftasten, om niets te missen, om haar volmaaktheid te kunnen weergeven. Ze stoeit zich van me los als mijn handen wat al te vrijpostig worden. Met een paar grote teugen drinkt ze haar glas leeg. De ijsblokjes rinkelen als ze het terugzet. Ze smaakt naar een mix van whisky en champagne.

'Wacht nog even voor je achter me aankomt,' prevelt ze als ze haar lippen weer losmaakt van de mijne. 'Dan kun je je glas leegdrinken voordat alle ijsblokjes zijn gesmolten.'

Een speelse tik op haar billen terwijl ze langs me heen naar binnen loopt, ontlokt haar een gilletje.

Ze is de spreekwoordelijke engel-na-de-drank, en ik ben een benevelde, hitsige faun.

In de badkamer heeft ze zich onder een laag schuim verstopt. Het lukt me om me er tegenover haar in te laten zakken zonder dat het water over de rand golft. Armen en benen glijden als vanzelf onder en over elkaar heen. Haar voeten naast mijn heupen; de mijne op de rand naast haar hoofd; mijn grote teen die in haar nek kriebelt. Ik geef me over aan een gelukzalig gevoel van loomheid, blijf zelfs nog even liggen als ze uit het water stapt en zich met ongecoördineerde bewegingen afdroogt.

'Ik haal mijn eigen bed niet meer. Ik mag zeker wel bij jou blijven slapen?' zegt ze met dikke tong.

Het eerste wat de volgende ochtend mijn aandacht trekt zijn sterke lichtfluctuaties rond de gordijnen, in een traag, regelmatig ritme. Ik heb het gevoel dat mijn lichaam deint, al zit Kristina niet meer boven op me. Voordat ik in die herinnering kan wegdromen neemt de realiteit mijn bewustzijn over.

Kristina… Ik strek mijn arm uit. De plek naast me is leeg. Alleen haar zwoele, zoetige geur is er nog. Rechtop zittend in mijn bed concentreer ik me op geluiden. Ze is niet in de badkamer. Op het balkon is ze ook niet. De gordijnen zijn nog dicht. Ze lichten sterk op omdat de zon erop schijnt. Alweer mooi weer.

Als ik wil opstaan gaat de tussendeur open.

'Goedemorgen, Daniel. Eindelijk wakker?' Het klinkt afstandelijk.

'Eindelijk?'

'Het is al half tien geweest. Je was niet wakker te krijgen.'

Ze praat alsof er niets is gebeurd.

'Ik heb al gedoucht.'

Ze trekt de gordijnen open maar komt niet naar me toe. Het stelt me teleur; ik had me het begin van deze dag heel anders voorgesteld. Op het balkon wacht ze tot ik ben opgestaan. Ik trek mijn badjas aan en loop naar buiten.

We liggen voor anker in een baai, zie ik als ik naast haar tegen de reling leun.

'Heb je lekker geslapen?' vraag ik maar.

'Ik was halfdood. Jij?'

'Hetzelfde. Lekker gedroomd ook?'

Ze draait haar gezicht naar me toe. 'Jij zeker wel, hè? Is het vannacht erg uit de hand gelopen?'

'Zo voel ik het niet, en zo wil ik het ook niet voelen.'

'Wat zeg je dat serieus. Ik kan niet zo goed tegen drank en weet om eerlijk te zijn niet goed meer wat ik heb gedaan of gezegd. Ik werd naast je wakker. Een verrassing.'

'Heb je spijt?'

'Waarvan?'

Ik staar voor me uit over het water. Waarom doet ze zo?

'Moet ik dat echt voor je spellen?'

'Ik schaam me als ik me heb laten gaan.'

'Dan zou ik dat ook moeten doen.'

'Bij mannen ligt dat anders. Kijk alsjeblieft niet zo sip.'

'Ach…'

'Haal je niets in je hoofd, Daniel. Ik was mezelf niet, ik wist niet wat ik deed en wat jij deed, anders waren dingen heel anders gelopen.'

Ik heb genoeg van het gesprek, wil ook niet meer weten wat ze met dat laatste bedoelt.

'Zullen we hier alsjeblieft over ophouden?'

29

Zachtjes opent Puška de deur en loopt op zijn tenen naar binnen. Esma ligt op bed, diep in slaap. Voor even is de gekwelde uitdrukking van haar gezicht verdwenen, oogt ze weer als een paar dagen geleden, toen ze met Milan aan haar hand op het vliegveld op hem af kwam hollen.

Met trage bewegingen trekt hij zijn vochtige shirt uit. In de badkamer haalt hij een washandje met koud water langs zijn bezwete bovenlijf en wrijft zich met een handdoek droog. Zonder geluid te maken gaat hij terug de hut in, pakt een schoon T-shirt uit de klerenkast en trekt het over zijn hoofd. Wanneer hij zich omdraait om naar de deur te lopen, ziet hij de envelop liggen, een alledaagse, witte envelop. Hij is niet dichtgeplakt, de driehoekige flap staat wat omhoog, waardoor een strookje lichtblauwe stof zichtbaar is.

Als in trance blijft hij ernaar staren, niet in staat om hem onmiddellijk op te rapen, uit angst voor de verschrikkelijke boodschap die erin kan zitten. Als hij zich er uiteindelijk toe zet om zich voorover te bukken, voelt hij zijn maag omhoogkomen. Het zuur brandt in zijn keel.

Zijn vingers trillen terwijl hij het stukje textiel uit de envelop trekt. Weer een stukje van Milans pyjama, met in het midden een tijgerprint. Er zit dit keer ook een briefje in de envelop, de letters zijn geknipt uit de informatiefolder die alle passagiers dagelijks krijgen. Het is aan één kant bedrukt en aan de andere kant beschreven, met hanepoterige blokletters, in zijn moedertaal.

MILAN WACHT OP JE, IN DE KLEEDRUIMTE ACHTER HET THEATER, OM DRIE UUR VANNACHT. GEEN SECURITY, GEEN POLITIE, ANDERS MAAK IK HEM AF.
DARIJA

De letters worden wazig en beginnen te dansen. Het papiertje en het stukje textiel glippen uit zijn vingers en dwarrelen naar de grond. Uit zijn mond ontsnapt een onbeheerste, rauwe kreet. Wanhopig bonkt hij met zijn vuisten op de deur.

' Puška... Puška.' Een zachte, ongeruste stem, een hand op zijn schouder. Esma is wakker geschrokken en uit haar bed gesprongen.

De uitbarsting ebt weg. Snel haalt hij een hand langs zijn ogen. Ze mag zijn tranen niet zien, een van hen beiden moet de sterkste zijn. Hij draait zich om, ze valt in zijn armen. Hij voelt hoe ze over haar hele lijf trilt.

'Wat staat erop?' fluistert ze. 'Leeft hij nog?'

Ze heeft het briefje al gezien, hij kan het niet meer wegmoffelen om haar in bescherming te nemen.

'Waarschijnlijk wel.'

'Waarschijnlijk?'

Voordat hij haar kan tegenhouden heeft ze het briefje opgeraapt. Haar ogen schieten over de regels en vullen zich met tranen.

'Zie je wel. We hadden gelijk. Ik wist het gewoon. Als we niet aan boord waren gebleven, hadden we dit nooit gekregen. Milan ergens hier op het schip en wij thuis maar wachten...' Ze laat zich weer in zijn armen vallen.

'Achteraf heel goed dat je niet weg wilde.'

'Ik ben doodsbang dat hem op het laatste moment nog iets overkomt, Puška. Laten we alsjeblieft doen wat ze zeggen.'

Hij duwt haar terug naar haar bed en dwingt haar zachtjes om op de rand te gaan zitten.

'Ik pak nog een kalmeringspil voor je en een glas water.'

Terwijl ze de pil doorslikt, gaat hij naast haar zitten en pakt haar hand vast. Met zijn andere hand veegt hij een pluk haar van haar voorhoofd. Zacht streelt hij haar wangen. Hij voelt zich er rustiger door worden. De ergste schok is voorbij. Opeens maken verdriet en wanhoop plaats voor woede, ontembare woede. *Geen Security, geen politie, anders maak ik hem af.* Dat risico zal hij niet nemen. Hij kan zijn zaakjes zelf wel regelen, beter misschien dan welke politie dan ook.

'Wie is Darija, Puška?'

Haar stem klinkt rustiger dan zo-even. Ook zij lijkt de eerste emotionele schok te boven.

'Waarom denk je dat ik dat weet?'

'Dat briefje moet aan jou zijn gericht, Ik ken geen Darija.' Ze kijkt hem onderzoekend aan, met een zweem achterdocht.

Snel wendt hij zijn gezicht af, bang voor een herinnering die hij diep had begraven, maar die door het briefje weer springlevend is geworden.

'Waarom zeg je niets?'

Hij zucht. 'Omdat ik moet nadenken. Weet jij wel zeker dat je niemand kent die Darija heet?'

'Ja, absoluut zeker. Is er soms iets wat ik niet weet of niet mag weten? Vertel het me dan, Puška. We mogen geen geheimen hebben voor elkaar, zeker nu niet.'

'Ik heb wel een Darija gekend, lang voordat ik jou ontmoette.' Hij haalt zijn schouders op. 'Maar dat is van geen belang meer. Zij kan hier niets mee te maken hebben.'

Hij overtuigt haar niet, integendeel, hij wakkert haar achterdocht aan. Die naam maakt hem onrustig en dat voelt ze blijkbaar aan.

'Je kende dus wel een Darija. Hoe weet je zo zeker dat zij hier niets mee te maken heeft?'

'Het is al zo lang geleden. Ik heb haar nooit meer teruggezien.'

'Nooit meer teruggezien? Na wat?'

'Na die vervloekte oorlog.'

Het blijft lang stil. Esma staat op, pakt het stukje stof van Milans pyjama, dat vanaf de vloer om aandacht ligt te schreeuwen, en legt het tegen haar wang.

'Je hebt me nooit verteld dat je tijdens de oorlog een vriendin had.'

'Hoe kom je erbij dat ze mijn vriendin was?' zegt hij iets te fel.

'Ik vroeg het me alleen af. Waarom hou je dingen voor me achter, Puška? Je had me toch kunnen vertellen dat je een vriendin hebt gehad die Darija heette, of ga je dat nog ontkennen?'

Hij plant zijn ellebogen op zijn knieën en laat zijn hoofd in zijn handen zakken. 'Wat heeft dit voor zin, Esma? We willen ons kind terugvinden. Dan ga je me toch geen verwijten maken over dingen die al zo lang geleden zijn gebeurd?'

'Er is dus ook iets gebeurd. Wat, Puška? Kan het iets met Milan te maken hebben?'

Ze heeft zich erin vastgebeten en maakt niet de indruk los te laten voordat hij haar tevreden heeft gesteld.

'Darija was al een paar jaar dood toen wij elkaar ontmoetten. Het is me een raadsel waarom haar naam onder dat briefje staat.'

'Een paar jaar voor wij elkaar ontmoetten, zeg je? Dan moet ze tijdens de oorlog zijn omgekomen. Is er soms iets met haar gebeurd wat het daglicht niet kan verdragen, zoals met zo veel vrouwen in die tijd? En weet je wel zeker dat ze dood is?'

Ze heeft er geen idee van dat ze een litteken op zijn ziel aan het openrijten is.

187

'Hou op. Dit slaat helemaal nergens op.' Zijn stem klinkt ge-smoord. 'Je draait door, Esma. Je bent jezelf niet. We hebben wel wat anders om ons druk over te maken. Probeer alsjeblieft nog wat te slapen.'

'Denk je echt dat ik nu kan slapen? Ik wil weten wat je voor me achterhoudt, of dat iets met Milan te maken kan hebben. Die brief is niet toevallig aan jou gericht en ondertekend met de naam Darija. Waarom wil je niets zeggen, Puška? Het gaat wel om mijn kind.'

'Ons kind. Geloof me. Er valt me helemaal niets te verwijten.'

'O nee? Wie heeft Milan dan de gang op gestuurd omdat hij weer zo nodig moest?'

Ze raakt hem bewust onder de gordel. Hij knijpt zijn ogen stijf dicht en balt zijn vuisten.

'Wat een rotopmerking!' brengt hij met moeite uit. 'Ben je al-weer vergeten hoe hitsig je zelf was? Waarom heb je me dan niet tegengehouden?' Hij moet zich geweld aandoen om zijn opge-kropte woede in toom te houden.

'Jij kunt je nooit beheersen. Had Milan dan moeten toekijken hoe zijn vader…'

Er breekt iets bij hem. Zijn rechterhand haalt uit en raakt haar hard in het gezicht. 'Je bent hysterisch. Ik zal de scheepsarts vra-gen of ze je een tijdje kan platspuiten.' Met een ruk staat hij op, haar verbijsterde blik ontwijkend. 'En denk erom dat je niemand iets over dit briefje vertelt, als je Milan tenminste levend terug wilt zien.' Terwijl hij de deur achter zich dichttrekt, hoort hij hoe ze zich snikkend op bed laat vallen.

30

Met opeengeperste lippen kijkt ze de taxi na. Hoe kun je zo achteloos zijn? D-day, alles tot in de kleinste details overdacht en voorbereid. En dan dit...

Ze klemt haar handen om de reling. Dat er een geur zou blijven hangen die een normaal mens niet zou opmerken, had ze niet kunnen voorzien. Niet iets om je druk over te maken, toch? Ze schudt geërgerd haar hoofd. Was het maar waar. Geur... Speurhond. Zij kreeg die ingeving ook, dus waarom Security niet? Hutten worden om de dag grondig schoongemaakt, maar een vreemde lucht kan blijven hangen.

Op de kade beneden haar stopt een bus. In de verte draait de taxi een brede weg op, vlak voor een blauwe bestelbus die moet afremmen en luid toetert. In een reflex knijpt ze haar ogen dicht. Blauwe bestelauto's roepen het euforische gevoel weer op dat ze kreeg toen ze zelf in zo'n ding reed en vol gas over Goran heen denderde, en de opluchting die ze voelde toen ze daarna kans zag om zonder op te vallen uit Vukovar weg te komen.

Een diepe zucht. Ze trekt er de aandacht mee van een passagier die wat verderop over Napels staat uit te kijken. De stad is nauwelijks zichtbaar door een nevel van zinderende hitte en uitlaatgassen die eroverheen hangt. Ze glimlacht naar hem. Dan volgen haar ogen weer het voortdenderende verkeer langs de haven.

Geen risico's. Een tweede fout kan fataal zijn, een tweede lijk niet. Dat schept juist verwarring. Ze zullen op zoek gaan naar een verband, een overeenkomst, maar niets vinden. Mits er zich geen nieuwe getuige heeft gemeld.

Op haar gezicht verschijnt een grimmig lachje. De geschiedenis gaat zich herhalen. Toch een overeenkomst, al zal het even duren voor ze die link hebben gelegd. Dezelfde verdachte, geen bewijzen, wel een alibi. Een kwestie van uitdenken en plannen.

Ze bijt op haar lippen, knijpt haar ogen even dicht tegen het felle licht. Bijna twee uur, ziet ze op haar horloge. Ze werpt nog één misprijzende blik in de richting waarin de taxi zojuist is verdwenen. Dan draait ze zich om en loopt naar binnen.

De hitte valt als een loodzware deken op ons als we uit onze airconditioned taxi stappen. Op aanraden van Kristina heb ik ervoor gekozen om Herculaneum te bezoeken in plaats van Pompeï. Het opgravingscomplex ligt op nauwelijks een kwartier rijden en is veel kleiner en overzichtelijker.

Ze drukt me een fles water in de hand en geeft me een nogal stevige arm.

'De weg is erg onregelmatig. Ik kan je beter goed vasthouden.'

Het klinkt als een verontschuldiging. Ze voorkomt er niet mee dat ik word overvallen door een wat triest gevoel van hulpbehoevendheid.

'Pas op, een kuil. Iets naar links.'

Terwijl ze toegangskaartjes koopt, neem ik een paar slokken water. Drinken als je dorst krijgt is te laat. Ik had touringcars vol toeristen verwacht, maar bij de kassa staat geen rij en ze is zo klaar.

'Hiervandaan kijk je uit over het hele complex. Verderop ligt Ercolano. De bewoners willen niet dat daar verder wordt gegraven,' vertelt ze.

Wandelend door de smalle straatjes komen we af en toe toeristen tegen, meestal in kleine groepjes, onder leiding van een enthousiast pratende gids. Ze lopen net zo te puffen van de hitte als wij. Slechts een klein aantal overdekte ruimtes biedt schaduw, wat ze een populariteit bezorgt die niet in overeenstemming is met wat er valt te zien.

Af en toe leest Kristina voor uit het gidsje dat ze bij de kassa heeft gekregen. Het klinkt plichtmatig, alsof ze met haar gedachten heel ergens anders zit. Mijn verbeelding produceert met wat moeite beelden van een pottenbakker aan het werk, van mensen in een badhuis, van een binnenplaats met een weelderige tuin en van het leven in een huis met twee verdiepingen en een balkon op stenen zuilen dat boven de straat hangt.

'Ik hoef hier niet nog uren rond te slenteren,' zeg ik. 'Ik heb een indruk gekregen, daar ging het mij om. Is er nog iets wat we per se gezien moeten hebben?'

Ze bladert even. 'Fresco's, in het "Heiligdom van de Augustaliërs", en een atrium met prachtige mozaïeken.'

De fresco's zijn aangebracht op een tweetal tegenover elkaar staande muren van een ruime hal. Zelfs ik kan zien dat de kleuren wonderbaarlijk goed bewaard zijn gebleven.

'Kun je die twee naakte mannen een beetje zien? Dat zijn Hercules en de Etruskische god Acheloo. Je lijkt wel een beetje op hem, Daniel. Hij heeft alleen een baard.' Ze grinnikt.

'Dat ik helemaal hierheen moet reizen om eindelijk te horen dat ik eruitzie als een god. Maak er maar een foto van.'

Tijdens de terugrit in de taxi is Kristina opvallend stil. Geen verhalen over wat ze vorige keren hier heeft beleefd, geen voorstellen voor morgen als we de hele dag op zee zullen doorbrengen. Afgelopen nacht heeft onze relatie geen goed gedaan.

'Is de foto van die god goed gelukt?' vraag ik.

'Ja hoor.'

Geen toelichting, geen piepgeluid van de camera die wordt aangezet om de foto op het schermpje te controleren.

'Is er iets, Kristina?'

'Nee. Ik voel me alleen niet zo lekker.'

'Een late kater? Heb je hoofdpijn, ben je misselijk?'

'Allebei een beetje, maar het heeft een andere oorzaak, je weet wel.'

'O. Vervelend voor je.'

Ze vervalt in zwijgzaamheid en volhardt daarin tot we op de kade bij het schip worden afgezet.

'Vind je het erg om vanavond alleen te dineren, Daniel? Ik voel me echt beroerd,' vraagt ze als we naar onze hutten lopen.

'Vanavond is er weer een pianoconcert. Wil je daar dan niet heen?'

'Ik ga liever rustig op bed liggen, misschien wat tv kijken. Ik breng je na het diner wel naar het theater en kom je ook weer ophalen, oké? Tussendoor wil ik even op mezelf zijn. Ik zal nu meteen kleren voor je uit de kast pakken, dan hoef je die straks niet te zoeken.'

In vergelijking met het eerste concert valt het tweede wat tegen. Een potpourri van populaire filmmuziek en een uitgeklede versie van Tjaikovski's eerste pianoconcert worden op de automatische piloot afgewerkt. Ik vermoed dat het enorme niveauverschil tussen de pianist en het orkest hem zijn motivatie ontneemt.

Kristina heeft me begeleid naar een stoel vooraan op het balkon, aan de rechterkant van het podium, zodat ik de pianist enigszins kan zien in de periferie van mijn gezichtsveld. Had ik achteraan in het theater gezeten, dan was ik voortijdig vertrokken. Nu zit ik het concert tot het einde toe uit.

Na een lauw applaus stroomt het theater leeg. Ik blijf zitten.

Kristina zal zo wel komen. Lopen is hier lastig, zelfs voor iemand met een optimaal gezichtsvermogen. Overal zitten treetjes en opstapjes, die in het halfduister nauwelijks waarneembaar zijn.

Op het podium verschijnen twee mannen die de piano wegrijden. De toneelverlichting floept uit, de laatste toeschouwers verlaten het theater. Zij kunnen nog zien waar ze lopen; voor mij staat het resterende licht bijna gelijk aan complete duisternis.

Waar blijft Kristina? Ze weet toch hoe laat het concert is afgelopen?

Met driftige slokken drink ik mijn nog halfvolle bierglas leeg. Om me heen heerst stilte. Als ik me omdraai naar de toegangsdeuren, ontdek ik alleen wat vage strepen licht. De deuren zijn dicht! Niemand lijkt mij te hebben opgemerkt.

Opeens hoor ik voetstappen, zachte, sluipende voetstappen, rechts van me, op de trap die omlaaggaat naar een deur naast het podium.

'Is daar iemand?'

Met ingehouden adem luister ik. Stilte.

Onbeweeglijk blijf ik zitten, al mijn zintuigen gespitst. Het angstzweet breekt me uit. Schuin achter me verschuift iets. Razendsnel keer ik me om. Niets, wel een vage geur, die ik eerder heb geroken maar niet meteen kan thuisbrengen. Een lichte trilling van de vloer. Daar is iemand, iemand die niet in dezelfde duisternis kijkt als ik. Ik vervloek opnieuw mijn handicap.

'Wie is daar?'

Achter me een snelle ademhaling, heel dichtbij opeens. Angstig schiet ik overeind. Ik schreeuw als iets pijnlijk in mijn bovenarm steekt. In paniek hol ik in de richting van de lichtstrepen. Een traptrede die ik uiteraard niet zie. Ik val en krabbel weer op, de pijn verbijtend.

Met een schreeuw struikel ik opnieuw, mijn hoofd knalt ergens tegenaan. De lichtstrepen bij de deuren veranderen in een groot,

licht vlak. Ik hoor een mannenstem. Dan verlies ik het bewustzijn.

Om me heen klinken stemmen. Soms komen ze dichtbij en vang
ik flarden van woorden op, dan weer dwarrelen ze weg, als in de
wind fluisterende bladeren. Opeens is er één heel dichtbij.

Ik doe mijn ogen open, maar zie alleen een grote donkere vlek.
Met mijn handen probeer ik hem weg te vegen, maar hij blijft
hardnekkig zitten.

'Daniel.' Iemand pakt mijn handen. 'Daniel!'

Een bekende stem haalt me terug naar de werkelijkheid.

'Daniel, heb je pijn?'

Ik sper mijn ogen wijd open. Rond de vlek verschijnt wat licht.
Contouren van een ruimte zonder ramen, van twee mensen, van
wie er één vlak naast het bed staat waarop ik lig, worden zichtbaar.

'Kunt u gaan zitten?' Armen trekken me overeind, een kussen
wordt achter mijn rug gestopt.

'Waar ben ik?' De woorden klinken belachelijk. Toch weet ik
het antwoord werkelijk niet.

'In de ziekenboeg van het schip.'

Kristina's stem.

'Ik ben zo blij dat het goed is afgelopen.'

'Goed afgelopen? Ik lig in een ziekenboeg, sterf van de koppijn
en ik heb pijn in mijn bovenarm.'

Met bonkend hoofd ga ik rechtop zitten en voel aan de pijnlijke plek bij mijn wenkbrauw, waar een grote pleister op zit.

'Ik heb er vier hechtingen in moeten aanbrengen. Hebt u veel
pijn?'

Ik draai mijn hoofd zodat ik de vrouw enigszins kan zien. 'Behoorlijk. U bent de scheepsarts, neem ik aan?'

'Klopt. U bent met uw hoofd tegen een tafeltje gevallen, hebt een wenkbrauw gescheurd en een wond in uw bovenarm opgelopen. Het heeft flink gebloed, maar het zag er erger uit dan het was.'

'Is meneer in staat om een verklaring af te leggen?' vraagt een onbekende mannenstem.

Iemand komt overeind van een stoel die buiten mijn gezichtsveld staat.

'Als u het kort houdt.'

'Dat zal ik doen. Andrews, hoofd Security,' stelt de man zich voor. Een stevige hand drukt de mijne. 'Een van mijn mannen heeft u gevonden. Gelukkig kwam uw…' Hij aarzelt even. 'Kwam uw vriendin op het juiste moment aansnellen om te vertellen wie u bent. Ze zou u komen ophalen in verband met uw visuele handicap, maar ze heeft zich blijkbaar in de tijd vergist, heeft ze zojuist verklaard. Wat herinnert u zich van het gebeurde, meneer Du Mont?'

Ik wrijf met mijn handen over mijn gezicht en voel nog een keer aan de wenkbrauw, die pijnlijk steekt.

'Wat ik me herinner… Ik wachtte op mijn vriendin, zoals u al weet. Onverwachts werden de toegangsdeuren gesloten en gingen de lichten uit. Voor mij complete duisternis. Ik kon geen kant meer op.'

'U besloot dus op uw vriendin te wachten?'

'Ik kon niet anders. Opeens hoorde ik voetstappen, vrij zacht, alsof iemand naderbij sloop. Ik heb twee keer gevraagd of er iemand was, maar ik kreeg geen antwoord. Vlak bij me hoorde ik iemand hijgen. Plotseling kreeg ik een steek in mijn arm. Toen ben ik gaan rennen.'

'Begrijpelijk dat u zich bedreigd voelde. Niemand weet nog wat er met dat kind is gebeurd en er kan altijd een verband zijn. Dacht u dat ook?'

'Nee. Ik werd bang en dacht niet na over iets anders.'

'Logisch. Is er verder nog iets wat u zich herinnert?'

'Ik rook een geur die me bekend voorkwam, maar die ik niet kon thuisbrengen.'

'Van een eerder bezoek aan het theater misschien?'

'Nee. Ik rook hem pas toen die onbekende dicht bij me was.'

'Ik hoop hem snel op te pakken.' Andrews steekt zijn hand weer naar me uit. 'Ik wens u beterschap, meneer Du Mont. Als u nog iets te binnen schiet, laat u het me dan alstublieft weten?'

Ik zak onderuit op mijn kussen. Het gesprek heeft me vermoeid en mijn hoofd bonkt weer.

'Het spijt me heel erg dat ik te laat was, Daniel.' Kristina is op de rand van mijn bed gaan zitten. 'Ik snap niet waarom ik niet op tijd was. Toen ik bij het theater kwam, was je al gevonden door een man van Security. Hij had je gelukkig horen schreeuwen.'

'U kunt nu beter gaan slapen,' zegt de arts. 'U mag dat hier doen, maar u mag wat mij betreft ook terug naar uw hut. Ik laat u er dan heen rijden in een rolstoel. Lopen mag u morgen weer. Dan hebt u al veel minder last van uw hoofd, denk ik. Zo niet, dan moet u mij waarschuwen.'

'Ik ga het liefst terug.'

'Goed. Ik zal u een slaapmiddel meegeven.'

31

Al een tijdje ligt hij te luisteren naar het gelijkmatige geluid van Esma's ademhaling. Verder is het stil.

Voorzichtig stapt hij uit bed, pakt zijn broek van het stapelbed boven hem en trekt hem aan. Veel kans dat Esma uit zichzelf wakker wordt is er niet. Hij heeft beloofd haar te waarschuwen als hij weggaat, maar dat doet hij uiteraard niet. Ze zit onder de tranquillizers. Tot het laatste moment is hij bang geweest dat ze Security of de rechercheur aan boord toch zou inlichten over het briefje. Onnodig, gelukkig. Ze is als de dood dat Milan daardoor iets overkomt en dat zou ze zichzelf nooit vergeven.

Zijn hand gaat onder de matras op zoek naar het mes dat hij er heeft verstopt, een vlijmscherp mes, in een onbewaakt ogenblik ontvreemd uit de keuken. Hij stopt het weg, op zijn heup, tussen zijn riem en zijn broeksband. Zijn shirt laat hij er los overheen hangen. Hij krijgt een gevoel dat hij zich herinnert van jaren geleden, toen hij aan een heel andere missie begon.

Na een laatste blik op zijn vrouw loopt hij naar de deur en opent hem geluidloos. De gang is verlaten, zoals alle gangen op dit moment van de nacht. Het schip vaart zo te voelen dwars op de deining, want af en toe moet hij naar zijn evenwicht zoeken.

Voordat hij de centrale hal in loopt, luistert hij nog een keer scherp. Daarna sluipt hij de trappen op, vier schijnbaar eindeloze trappen. Dan is hij op het entertainmentdek. Vanaf de foto naast de lift kijkt Milan hem vol trots aan omdat zijn papa dit voor hem durft te doen, zonder hulp van de politie. Hij onderdrukt een snik. Niet toegeven aan emoties, hij moet meedogenloos te werk gaan.

Voorbij de trap, die omhooggaat naar de toegangsdeuren van het theater, duikt hij een smal, donker gangetje in, licht voorover gebogen, sluipend als een kat, al zijn spieren en zintuigen gespannen. Degene die deze plek heeft uitgezocht moet hier goed bekend zijn. Na de laatste voorstelling, wanneer de artiesten zich hebben verkleed en zich van hun make-up hebben ontdaan, komt hier normaal gesproken niemand meer tot de middagvoorstelling van de volgende dag.

Aan het eind van het gangetje blijft hij staan. Een tweetal deuren geeft toegang tot de kleedruimtes. Omdat ze zich vlak achter het podium bevinden, zijn ze van extra geluidsisolatie voorzien. Hij houdt zijn adem in. Er is alleen stilte.

Welke van de twee deuren moet hij hebben? Daarover stond niets in het briefje. Voordat hij de klink van de rechterdeur vastpakt, grijpt hij het mes. Een vijandelijke ruimte betreden zonder rugdekking is voor militairen bijna een doodzonde. Deze keer heeft hij geen keuze. Zodra hij binnen is zal hij zijn rug tegen de muur drukken.

De deurklink piept als hij hem omlaagdrukt. Verkeerde deur: hij zit op slot. Nu weet hij zeker waar zijn tegenstander zich bevindt. De andere deur geeft onmiddellijk mee. Hij duwt hem op een kier. Erachter schemert licht. Langzaam zet hij de deur een stukje verder open. Op de vloer staat een dubbele rij brandende kaarsen, in de standaards die overal in de restaurants van het schip op de tafels staan. Zijn ogen glijden erlangs, alsof het een spoor is. Aan het eind ervan ontwaart hij een gestalte, net buiten het licht. Hij knijpt zijn ogen tot spleetjes om beter te kunnen zien. Zijn hand klemt zich om het mes, dat hij op buikhoogte houdt, de punt naar voren. Een vrouw? Ze staat half van hem afgewend en heeft hem blijkbaar nog niet opgemerkt.

Voorzichtig doet hij de deur wat verder open. Ze heeft hem gehoord, want ze draait zich naar hem toe.

'Puška...'

Een wat hese, melodieuze stem, die hij uit duizenden zou herkennen.

'Puška...'

Ze doet een stap in zijn richting en steekt haar hand naar hem uit. Nu ze uit het duister is gekomen en tussen de kaarsen staat, kan hij haar wat beter zien. Ze draagt het rode leren jack met de witte bontkraag, waar ze zo'n ruzie over hebben gemaakt. Hij is niet in staat zich te verroeren, kan alleen maar naar haar staren.

'Darija...' weet hij ten slotte uit te brengen.

'Wat kijk je geschrokken, Puška. Ben je opeens bang voor mij? Had je me hier soms niet verwacht?'

Dit is volslagen onwerkelijk. Rustig blijven, nuchter nadenken. Er gaat geen dreiging van haar uit. Zijn hand met het mes erin ontspant zich.

'Wat heb je met Milan gedaan? Waar is hij?' Zijn stem verraadt toch emotie. Het ergert hem.

'Een rotgevoel, hè, Puška, om niet te weten wat er met je kind is gebeurd? Dat doet wat met je. Heb je daar wel eens aan gedacht toen jij en je vrienden jullie vuile oorlog voerden, mensen vermoordden en vrouwen en meisjes verkrachtten?'

Een vloek ontsnapt hem. 'Wat heeft Milan daarmee te maken?' Woedend loopt hij op haar af, zich niet meer van gevaar bewust. Voordat hij bij haar is, raakt iets hem hard op zijn achterhoofd en klapt hij voorover.

32

Ik word wakker omdat er een hand over mijn voorhoofd aait. Kristina's gezicht hangt vlak boven het mijne.

'Voel je je weer wat beter?'

Mijn vlucht uit het theater, de val, een gescheurde wenkbrauw, de steek in mijn arm. Even is de angst die ik voelde terug.

'Daar lijkt het wel op.' Het lukt me te glimlachen. 'Heb je hier geslapen?'

'Ja.'

'Omdat je me zielig vond?'

'Ik was zelf zielig. Ik voelde me niet lekker, en ook schuldig, omdat ik te laat was.'

Haar stem klinkt anders dan ik gewend ben, een beetje gespannen. Ik ruik zweet. Haar vertrouwde geur, een mengeling van zeep, deodorant en een lekker luchtje, is naar de achtergrond verdreven. Ze kruipt tegen me aan en legt haar hoofd op mijn schouder.

'Voel je je echt schuldig? Alsof jij het kunt helpen dat een gek me in het theater de stuipen op het lijf joeg.'

'Je bent lief, Daniel, misschien wel een beetje te lief, in ieder geval voor mij.'

'Je bent niet de eerste die dat zegt. De vorige vrouw die dat tegen me zei is niet lang daarna overleden,' zeg ik een beetje treurig door de herinnering.

'Wil je daarover vertellen?'

'Het is al zo lang geleden. Ik was een paar jaar ouder dan jij nu. Met die computerspelletjes had ik net een smak geld verdiend.'

Ik pauzeer nogal lang. Ze zegt niets. Had ze het wel gedaan, dan had ik mijn verhaal waarschijnlijk niet afgemaakt.

'Tijdens een feest in een nachtclub in Amsterdam ontmoette ik een actrice, een mooie vrouw, bekend van film en tv. Het streelde mijn ego dat ze op mij viel. Samen bezochten we feesten van andere artiesten. Van een lijntje coke keek niemand op in die kringen. Ik betaalde dat spul voor haar omdat ze blut was, tijdelijk, tot ze een nieuwe rol kreeg, dacht ze. Ze snoof haar frustraties weg zolang die rol uitbleef en ze slikte daarbij ook xtc. Op een dag trof ik haar dood op bed aan. Hartstilstand. Ze had flink gesnoven en een overdosis pillen geslikt.'

'Het was háár verantwoordelijkheid, niet de jouwe. Jij hebt daar geen schuld aan, ook al voel je dat misschien zo. Om welke actrice gaat het eigenlijk? Kan ik haar wel eens hebben gezien?'

'Het is meer dan twintig jaar geleden. Jij was nog een kleuter.'

'Een grappige gedachte dat jij een vrouw had met wie je al heftige dingen beleefde, terwijl ik nog met poppen speelde. Je was er zeker helemaal kapot van?'

'Natuurlijk! Ik ben daardoor heel anders tegen alles aan gaan kijken. Daarvoor was de wereld een speeltuin vol frivoliteiten, waar ik onbekommerd in ronddartelde. Als dit niet was gebeurd, had ik me misschien nooit met mijn vader verzoend en had ik zijn boekhandel ook niet overgenomen.'

'Slechte ervaringen hebben soms positieve gevolgen.' Ze zucht. 'Heb je nog gemerkt dat ik vannacht bij je ben gekropen?'

'Nee. Van een slaappil ben je kennelijk behoorlijk van de wereld. Ik had het ook niet verwacht, na wat je gisteren zei.'

'Och.' Ze komt overeind. 'Half tien. Zullen we opstaan?'

Ze staat al naast het bed, pakt een badjas en trekt die aan.

'Hebben we haast dan? We zitten de hele dag op zee, en ik moet het rustig aan doen van de scheepsarts.'

'Wel zonde van het mooie weer.'

Ze trekt het gordijn opzij en schuift de deur naar het balkon open. Ik hoor de zee bruisen en golven breken tegen de scheepswand.

Ik sta op, doe mijn badjas aan, ga naast haar op het balkon staan en rek me uit. 'Zullen we Ahmad het ontbijt hier laten brengen? Ik heb even geen zin in verhalen van Sue of Carl of van wie dan ook.'

'Ik ook niet.' Ze wrijft zacht over mijn pijnlijke arm en loopt naar binnen om roomservice te bellen.

Ahmad is er al voor ik me heb kunnen scheren. Hij is opvallend stil en er kan nauwelijks een lachje af. Tot mijn verbazing vraagt hij zelfs niet waarom ik zo'n grote pleister op mijn wenkbrauw heb.

'Is er iets, Ahmad? Je bent zo stil vandaag.'

'Soms gebeuren er dingen waarover ik moet zwijgen tegen de passagiers, sir.'

'Wacht even, Ahmad,' zeg ik als hij wil weglopen. 'Heeft het iets met dat jongetje te maken?'

'Er is ons gevraagd om niets te vertellen. U hoort het straks wel.'

'Als we het straks toch te horen krijgen, dan kun je het net zo goed meteen vertellen. Tot die tijd houden wij onze mond en weten we van niets.'

'Is het zo ernstig, Ahmad?' vraagt Kristina. 'Is er soms ergens een dode gevonden?'

Een vreemde vraag. Waarom zegt ze 'gevonden'?

Ahmad zet het dienblad terug op tafel. Als we zweren dat we, tot er een officiële mededeling komt, zullen zwijgen als het graf, wil hij er wel iets over kwijt.

Er is inderdaad een dode gevonden, vanochtend vroeg, om een uur of zes. Het is een collega van hem en de vader van het verdwenen jongetje. Aan Ahmads stem is te horen dat hij erg aangeslagen is.

'Hij is gevonden door een vrouw,' vervolgt hij. 'Ze ging iets halen uit een bergruimte voor schoonmaakspullen. De deur ertegenover stond open en dat vond ze vreemd. Dus heeft ze even naar binnen gekeken. Dat had ze beter niet kunnen doen.' Hij huivert. 'Nu vergeet ze haar hele leven niet meer wat ze zag. Er stonden allemaal kaarsen op de vloer, in een dubbele rij. De meeste brandden nog. Ernaast lag het lichaam van een man in een plas bloed. Ze is keihard gaan gillen. Collega's in de buurt zijn naar haar toe gerend. Een van hen heeft Security gewaarschuwd.'

'Een afschuwelijk verhaal, Ahmad.'

Zo had ik ook aan mijn einde kunnen komen. Ik houd het voor me. Niet nog een verhaal voor de scheepstamtam.

'Ik voel me hier niet veilig meer, sir. Als ze de moordenaar niet pakken, ga ik in Nice van boord. Dat jochie heeft hij misschien ook al vermoord. Ik wil niet de volgende zijn.'

'Wie wel? We houden ons aan onze belofte, Ahmad.' Ik leg mijn vinger tegen mijn lippen.

Kristina bevestigt het. Voor zover ik kan zien staart ze uit over de diepblauwe zee, waarop hier en daar een witte streep te zien is.

'Waarschijnlijk heb ik geluk gehad omdat ik op tijd ben gevonden,' zeg ik als Ahmad is vertrokken.

Ik voel dat ze me onderzoekend opneemt. 'Je bedoelt: ik had ook dood kunnen zijn?'

'Ja. Of er loopt hier een psychopaat rond met moordneigingen en was ik gisteren op het verkeerde moment op de verkeerde plek, of iemand had het bewust op mij voorzien.'

'Waarom in vredesnaam?'

Ik hoor opnieuw spanning. Het lijkt wel of ze nerveus is.

'Geen flauw idee.'

'Een psychopaat dus?'

'Dan wil ik ook van het schip af, zodra het kan.'

'Ik geloof niet in een psychopaat,' zegt ze beslist. 'Wel in: verkeerde plek, verkeerd moment. Gewoon logisch denken. Eerst verdwijnt er een jongetje, dan wordt zijn vader vermoord. Dat is geen toeval. Een psychopaat werkt niet volgens een plan.'

'Heb je daar verstand van dan?'

'Dat niet. Het lijkt me gewoon zo. Volgens mij hoef je niet meer bang te zijn. Je hebt niet twee keer achter elkaar dezelfde pech.'

'Dan hoef jij je dus ook niet ongerust te maken.'

'Waarom denk je dat ik ongerust ben?'

'Ik vind je zo gespannen.'

Ze streelt met haar hand over mijn rug. 'Je bent lief, Daniel, te lief. Weet je wat ik ga doen? Mijn bikini aantrekken en naar het zonnedek, alsof er helemaal niets aan de hand is op dit schip.' Ze kust me vluchtig op mijn wang en verdwijnt in haar hut.

Waarschijnlijk wil ze net weggaan als Ahmad een brief van de kapitein afgeeft met het verzoek om hem direct te lezen.

'Twee kantjes maar liefst,' zegt ze verbaasd. 'Ik zal hem helemaal voorlezen.'

We zijn niet meer op weg naar Nice, maar naar Barcelona, waar we morgenochtend zullen afmeren. Dat is tevens het einde van deze cruise. Het spijt de kapitein zeer dat hij daartoe heeft moeten besluiten. De situatie laat hem geen andere keuze. Vannacht is aan boord iemand op gruwelijke wijze vermoord. Van de dader, of daders, is geen enkel spoor. De kapitein gaat ervan uit dat niet alleen hijzelf en zijn staf, maar ook de passagiers de cruise onder de gegeven omstandigheden niet willen voortzetten.

De keuze om naar Barcelona te gaan is pas genomen na een aantal zorgvuldige afwegingen. Hoewel hij in de huidige situatie het recht heeft om zijn passagiers te verbieden het schip te verlaten, zal hij daar, na overleg met politie, justitie en de cruisemaatschappij, geen gebruik van maken. Het ziet er namelijk niet naar uit dat de verschrikkelijke misdaden onmiddellijk zullen worden opgelost. Naast het grote aantal praktische problemen waarvoor hij en zijn staf bij een langdurige gijzeling van de passagiers zouden komen te staan, zou zijn maatschappij ook te maken krijgen met een stortvloed van protesten en schadeclaims. Interpol heeft de beschikking over de persoonsgegevens van alle passagiers. Na ontscheping in Barcelona zal die organisatie het onderzoek voortzetten.

Er is voor Barcelona gekozen omdat er veel Spaanse passagiers aan boord zijn, voor wie dus geen thuisvlucht hoeft te worden geregeld. De andere passagiers hebben de keuze om, desgewenst met bemiddeling van de maatschappij, hun vlucht om te boeken of de resterende dagen in Barcelona te blijven en dan van de reeds geboekte retourvlucht gebruik te maken. Alles zal in elk geval veel soepeler verlopen dan bij een ontscheping in Nice. Daar zou zowel het vinden van accommodatie als het reserveren van vliegtuigstoelen op korte termijn voor meer dan duizend passagiers grote problemen opleveren.

Ons wordt vriendelijk doch dringend verzocht om morgenochtend al te ontschepen. De maatschappij heeft extra personeel ingezet om iedereen waar nodig te assisteren. In Barcelona zijn al de nodige hotelkamers gereserveerd.

Over vergoeding van gemiste vakantiedagen of andere schadeclaims wil de kapitein geen uitspraken doen. Er is duidelijk sprake van overmacht. Hij raadt ons aan om de maatschappij waarbij wij onze reisverzekering hebben afgesloten in kennis te stellen. De deskundigen zullen ongetwijfeld tot een voor allen bevredigende regeling komen.

Tijdens de terugvaart zullen de mensen van Security hun

uiterste best doen om ieders veiligheid te waarborgen.

Met: 'Ik wens u een goede terugreis toe en spreek de hoop uit dat de dader of daders snel zullen worden gearresteerd en berecht,' sluit de brief af.

'Morgen in Barcelona. Weet je Kristina, ik vind het ontzettend jammer, maar ik voel me ook opgelucht dat ik snel van boord kan.'

'Zal ik proberen om onze vlucht om te boeken, of wil je nog een paar dagen in Barcelona blijven?'

'Dank je wel. Ik heb gekozen voor een cruisevakantie, niet voor een stedentrip.'

33

Kristina heeft haar plan om te gaan zonnen toch maar laten varen. We besluiten om samen op het achterdek thee te gaan drinken. Nog niet de helft van de ligbedden is bezet, zien we als we langs het zwembad lopen.

We vinden een tafeltje onder een parasol met uitzicht op het witblauwe kielzog. Onze thee staat er nog maar net als Carl me op de schouder tikt.

'Wat een brief, hè?'

'Ja, vreselijk. Kom erbij zitten. Onze laatste dag op zee.'

'Zo, een flinke pleister Daniel. Gestoten?' vraagt Sue.

'Nee, gevallen. Vier hechtingen.'

'Vervelend.' Ze raakt mijn arm even aan maar vraagt niet door. 'Weten jullie al dat het om de vader van dat kind gaat?'

'Ik heb zoiets opgevangen. Hoe weet jij dat?'

'Onze butler, hè. De vrouw die het lijk heeft gevonden komt, net als hij, uit Zuid-Afrika. Hij heeft haar kort gesproken. Ze was in shock.'

'Het moet er gruwelijk hebben uitgezien,' zegt Carl. 'Ze hebben die man gewoon afgemaakt, met een mes en een schaar.'

'In zijn bloed stonden kaarsen te branden.' Sue gruwt. 'Wat zijn arme vrouw nu moet doormaken... Kind kwijt, man vermoord...'

'Vliegen jullie morgen meteen terug?' schakelt Kristina abrupt over.

'Dat weten we nog niet. Misschien kunnen we ons een paar dagen in Barcelona vermaken. Anders zijn we dat hele eind vanuit de VS hierheen gevlogen voor maar een paar dagen cruisevakantie.'

'De kapitein heeft trouwens wel een juiste beslissing genomen,' zegt Sue.

Een Amerikaan aan het tafeltje naast ons denkt daar heel anders over. 'Achteraf was ik liever in Napels van boord gegaan voor een vakantie in Italië. Ze hadden ons de keuze moeten laten.'

Een andere Amerikaan valt hem bij. Hij heeft geen zin om na zo'n lange vliegreis de vakantie af te breken. Natuurlijk is het verschrikkelijk wat er is gebeurd, vooral voor die vrouw. Maar persoonlijk heeft hij er niets mee te maken. Hoe triest ook, er worden zo veel mensen vermoord op de wereld. Daarvoor breekt hij zijn vakantie toch niet af?

Aan andere tafeltjes klinken net zulke geluiden. Dat we nog een dag en een nacht aan boord zijn van een schip waarop een kidnapper en een moordenaar vrij rondloopt of rondlopen, lijkt niet relevant.

Als we terugkomen ligt er in Kristina's hut een briefje. Of ze telefonisch contact wil opnemen met het hoofd van Security om wat vragen te beantwoorden.

Ze lijkt erdoor van haar stuk te zijn. Weer iets waar ik niet veel van begrijp.

'Kunnen ze me daartoe verplichten, denk je?' vraagt ze nerveus.

'Geen idee. Maar wat maakt het uit? Ga gewoon luisteren naar wat ze te vragen hebben.'

'Vrouw van vijfentwintig met een man van eenenvijftig... Die heeft zeker een rijke man aan de haak geslagen. Ik zie hun afkeurende blikken al voor me. Daar heb ik helemaal geen trek in.'

Ik haal mijn schouders op. 'Sorry, ik vind dat nergens op slaan. Een kind weg, de vader vermoord... Alsof ze voor zoiets belangstelling zouden hebben.'

'Misschien heb je gelijk.' Ze pakt de telefoon en toetst het nummer in.

Mijn nieuwsgierigheid onderdrukkend loop ik naar het balkon. Ze mag niet de indruk krijgen dat ik haar sta af te luisteren.

'Of ik onmiddellijk kan komen. Ik ben blijkbaar opeens heel belangrijk.'

'Zeiden ze waar het over ging?'

'Dat zou ik daar wel horen.'

Ze is net weg als er op de deur wordt geklopt. Ahmad met een schaaltje borrelhapjes. Hij vraagt of hij iets te drinken voor me kan halen.

'Een biertje graag, Ahmad.'

'Heb je nog nieuws over die moord?' vraag ik als hij terugkomt. Niets. Interpol en Security lijken volledig in het duister te tasten.

Ik had verwacht dat Kristina snel terug zou zijn. Het duurt tot mijn verbazing bijna drie kwartier. Ze komt binnenvallen met een humeur als een donderwolk.

'"Wat vragen beantwoorden",' barst ze los. 'Het leek er meer op dat ze mij van ontvoering en moord verdenken.'

'Ga even rustig zitten; kalmeer een beetje.' Ik duw haar in een stoel. 'Wat wilden ze precies weten?'

'Eerst de dingen die je verwacht: naam, leeftijd, waar ik vandaan kom. Daarna moest ik heel precies vertellen waar ik de afgelopen avonden en nachten op het schip ben geweest en wat ik heb gedaan. Waar slaat dat op?'

'Je kon ze dat toch gerust vertellen?'

'Dacht je dat? Uit de administratie van het schip hadden ze opgediept dat de hut op mijn naam staat, maar dat jij hem hebt betaald. Ze wilden weten of we bij elkaar sliepen of apart, en nog wat vragen over onze relatie. Zo onbeschoft! En het smoel dat die vent erbij trok. Wat een stel miezerige sukkels. Ik haat zulke lui!' briest ze.

'Rustig alsjeblieft. Zal ik Ahmad vragen om je wat te drinken te brengen?'

'Ik neem wel water.'

'Wat heb je geantwoord?' vraag ik als ik een glas voor haar heb volgeschonken.

'Dat we altijd bij elkaar slapen, om ervan af te zijn.'

'En dat mag ik dan zeker bevestigen. Zijn ze nog wel zo vriendelijk geweest om je uit te leggen waarom ze al die dingen van je wilden weten?'

'Je gelooft het gewoon niet,' zegt ze bitter. 'Het slachtoffer is een Serviër, net als dat kind. Ze kwamen uit Kroatië. Nu heb ik toevallig ook een Kroatisch paspoort. Dus zal ik er wel wat mee te maken hebben, ook al hebben we misschien duizend kilometer bij elkaar vandaan gewoond. Of ik die man kende, of familie van hem. Of iemand van mijn familie hem kende. Of ik hier aan boord nog met dat jongetje heb gepraat; of ik zeker weet dat ik geen ijsje met hem ben gaan halen. Hoe komen ze erop dat ik met dat kind een ijsje ben gaan eten?'

Ze windt zich enorm op en ruikt ook weer anders. Transpiratie met een vleugje agressie, bedenk ik cynisch. Net als een parfumeur zou ik mijn reukvermogen verder moeten gaan ontwikkelen. Specialisatie: menselijke emoties. Ter compensatie van mijn handicap.

Ik ga naast haar staan en leg mijn arm om haar heen. 'Trek het je niet aan. Die lui weten ook niet waar ze moeten zoeken.'

De telefoon rinkelt. 'Misschien ben ik nu aan de beurt.' Het is nog waar ook. Uiterst beleefd vraagt de rechercheur van Interpol of het me uitkomt om een paar vragen te komen beantwoorden. Meteen, wat mij betreft, dan ben ik er maar van af.

'Zet je schrap, Daniel. Ik ben benieuwd wat ze jou zullen vragen over onze relatie en op welke manier. Wat zeg jij trouwens als ze willen weten of we bij elkaar slapen?'

'Dat je inderdaad een aantal nachten bij mij hebt doorgebracht.'

'Dan gaan ze doorvragen. Welke nachten precies, meneer Du Mont? Dat herinnert u zich vast nog wel.'

'Maakt het je wat uit?' vraag ik verwonderd.

'Dan heb ik maar de halve waarheid verteld. Doe me een plezier, Daniel. Zeg alsjeblieft ook dat ik iedere nacht bij je heb geslapen. Dan ben ik van een hoop gezeur af en heb alle tijd om onze thuisreis te regelen.'

'Dat klinkt als chantage.'

'Je moet het zelf weten.'

Dat moet ik vooral niet, hoor ik aan haar stem.

'Het was echt niet leuk, hoor, zoals die twee me ondervroegen. Dat wil ik niet nog een keer, en jij kunt me dat besparen. Alsjeblieft?' dringt ze aan.

'Ik kijk wel hoe het loopt.'

Vijf minuten later zit ik in een comfortabele stoel tegenover het hoofd van Security, Andrews, en een rechercheur in burgerkleding. De rechercheur bladert in de papieren die voor hem op tafel liggen en begint, na zich te hebben voorgesteld, het gesprek met het controleren van mijn persoonsgegevens. Andrews lijkt het vervolg van het gesprek voor zijn rekening te nemen.

'Hoe voelt u zich na gisteravond, meneer Du Mont?'

'Naar omstandigheden goed. Ik heb er alleen dit aan overgehouden.' Ik wijs op de opvallend grote pleister die mijn wenkbrauw bedekt. 'En wat pijn in mijn bovenarm.'

'U doet er nogal luchtig over. Beseft u dat u waarschijnlijk veel geluk hebt gehad?'

'Daar ben ik me van bewust. Zo luchtig denk ik er niet over.'

'U gaf die indruk. Herinnert u zich al wat meer over de geur die u rook? Visueel gehandicapten ontwikkelen een beter reukvermogen dan anderen, heb ik begrepen.'

'Dat klopt wel, ja. Het spijt me, ik kan hem nog niet thuisbrengen.'

'Was het een veel voorkomende geur, dat u weet?'

'Dat niet.'

'Uw vriendin, heeft zij een speciale geur?'

Het klinkt suggestief. Kristina had gelijk. Dit is inderdaad een vervelende manier van ondervragen.

'Die herken ik wel, hoor,' zeg ik geïrriteerd.

'Haar kunnen we dus uitsluiten?'

'Moet ik daar werkelijk antwoord op geven?'

Of hij zijn collega iets inseint of een gebaar maakt, kan ik niet zien. In ieder geval negeert hij mijn vraag en stapt over op iets anders, nogal plompverloren.

'Uw vriendin beweert dat ze de afgelopen nachten in uw suite heeft geslapen. Klopt dat?'

'Waarom zou ze daarover liegen?' zeg ik kortaf. 'En mag ik nu weten waar dit voor nodig is? Volgens mij hebt u met ons privéleven niets te maken.'

'Slaapt u diep, meneer Du Mont?' gaat Andrews onverstoorbaar verder.

'Redelijk. Maar ik word echt wel wakker als iemand mijn bed in of uit stapt, of mijn hut in of uit loopt, als u dat bedoelt.'

'Onze scheepsarts heeft u gisteravond een slaappil meegegeven. Hebt u die ook geslikt?'

'Ja.'

'Zou u dan nog steeds hebben gemerkt of uw vriendin uw suite verliet?'

'Ik zou het niet weten en het interesseert me ook niet. 's Ochtends lag ze naast me. Waar slaat dit op? Verdenkt u haar van moord of van ontvoering van een kind?' zeg ik voor mijn doen behoorlijk agressief.

'We verdenken nog niemand, meneer. We onderzoeken alleen zaken die verband met elkaar kunnen houden. De aanslag op u in het theater is daar een van. Daarom wil ik u wel vertellen dat uw vriendin een landgenoot was van het slachtoffer, in dezelfde stad woonde en mogelijkerwijs een keer met dat jongetje heeft gesproken. Dat joch verstond geen Engels, kon met niemand ook maar een woord wisselen. Totdat een aardige, blonde vrouw hem op-eens aansprak in zijn taal. Dat heeft hij nog aan zijn moeder ver-teld, de dag voor hij verdween.'

Hij geeft me rustig de tijd om zijn mededeling te laten door-dringen.

'Dit was voorlopig alles, meneer Du Mont. Dank u voor uw medewerking en nog een prettige dag verder.'

Ze schudden me allebei de hand.

'Kunt u alleen de weg terugvinden?'

'Dat lukt wel, ja,' zeg ik, wat verbouwereerd over het abrupte einde van het gesprek.

34

Leegte, mistige leegte, met op de achtergrond wollige geluiden. Opeens doemt Puška eruit op. Zijn gezicht staat ernstig. 'Geloof niet wat ze zeggen, Esma. Ik ben nog lang niet dood. Niemand neemt mij zomaar te pakken.' Hij lacht zelfverzekerd. 'Ik breng Milan bij je terug, lieve schat, dat heb ik je toch beloofd? Nog even geduld.' Zijn verschijning lost op in de mist.

Even verderop speelt een jongen met een bal, een nieuwe, leren bal. 'Dank je wel, mama,' roept hij. Op zijn rug wipt een groen rugzakje op en neer. 'Mag ik mijn bal meenemen op reis, om mee te spelen als jullie me wegsturen?'

Esma spert haar ogen open en slaakt een kreet. Met een ruk gooit ze zich op haar andere zij.

'Gaat het wel met u? Wacht, ik help u even overeind.'

Met een wazige blik kijkt ze in de bezorgde ogen van de verpleegkundige die haar helpt te gaan zitten.

'Wilt u wat drinken?'

Ze pakt het glas aan dat de vrouw haar geeft en drinkt het in een paar teugen leeg.

'U lijkt me in elk geval weer een beetje aanspreekbaar,' stelt de verpleegkundige vast.

'Ik wil hem zien. Kan ik naar hem toe?'

'Dat zal niet gaan, mevrouw. Het spijt me heel erg.'

'Ik geloof het pas als ik hem heb gezien,' houdt ze vol. 'Jullie kunnen je toch vergissen?'

'Heel veel mensen aan boord kenden uw man, mevrouw. Ik vind het meer dan verschrikkelijk wat u moet doormaken, maar een vergissing is uitgesloten.'

'Ik wil het zelf vaststellen.' Ze slaat de deken terug en zwaait haar benen uit bed. 'Waar is hij?'

'Mevrouw, alstublieft!' De verpleegkundige pakt haar bij een schouder en probeert haar terug te duwen.

'Laat me los! Laat me los! Hij is helemaal niet dood. Waarom liegen jullie tegen me?'

De scheepsarts komt aangesneld. Samen duwen ze haar terug in bed.

'Waarom mag ik hem niet zien?'

'Omdat het geen prettig gezicht is, mevrouw. Het is beter dat u eerst wat tot rust komt, na alles wat u hebt meegemaakt. Ik zal u nog wat kalmerends geven.'

'Ik ben toch kalm?'

'Dat vindt u zelf misschien. We willen voorkomen dat u opnieuw wordt geconfronteerd met iets schokkends. Er is wel iets anders wat u mag doen, als u dat wilt althans. De rechercheur die aan boord is gekomen en het hoofd van Security zouden u graag spreken.'

'Ze zoeken nog steeds naar Milan, hè? Hij leeft, dat weet ik zeker.'

'Dat zou geweldig nieuws zijn. Zal ik de heren zeggen dat u ze nu te woord wilt staan?'

'Puška wilde niet dat ik met Security praatte. Ze zouden Milan iets kunnen aandoen als ze erachter kwamen. Dat stond in de brief.'

'Brief?' vraagt de arts verbaasd. 'U kunt met ze afspreken dat wat u vertelt geheim blijft. Zal ik ze vragen nu hierheen te komen?'

Esma knikt. Puška heeft zo-even wel beloofd dat hij Milan snel zou terugbrengen, maar niet alles wat hij belooft gebeurt ook. En stel nou dat hij toch dood is, dan moeten die mannen Milan terugbrengen.

Ze rilt. Haar gedachten dwalen af naar het verschrikkelijke moment waarop ze wakker werd in haar hut. De plek naast haar was leeg. Puška was toch weggegaan, zonder haar te waarschuwen. Voor ze zich er boos over kon maken, besefte ze dat ze niet alleen was. Er stonden twee mensen naar haar te kijken, een onbekende man en de scheepsarts. De man kuchte: 'Mevrouw Praskalo?' vroeg hij. Ze weet nog dat ze op de rand van haar bed ging zitten en dat de arts naast haar kwam zitten en haar hand vastpakte. Ze voelde onmiddellijk onraad. Milan! was haar eerste gedachte. Tot zijn grote spijt moest hij vertellen dat haar echtgenoot niet meer leefde, zei de man. Een alles verpletterende klap in haar gezicht. Het enige wat ze zich herinnert is dat ze naar de ziekenboeg is gebracht door mensen die haar stevig vasthielden, heel aardig tegen haar waren en aldoor sussende woorden spraken.

De scheepsarts komt weer binnen, in gezelschap van de man die haar heeft verteld dat Puška niet meer leefde, en een onbekende.

'Wij hebben elkaar al gesproken, mevrouw Praskalo. Wie ik ben is toen misschien niet goed tot u doorgedrongen. Andrews, hoofd Security.'

Hij geeft haar vluchtig een hand. 'Nogmaals mijn condoleances. We leven allemaal erg met u mee. Dit is mijn collega van Interpol die het onderzoek voortzet als iedereen in Barcelona is ontscheept.'

'Hoe weet u zo zeker dat Puška niet meer leeft?'

'Hij is geïdentificeerd door een aantal van zijn collega's, mevrouw, kort nadat hij was gevonden.'

Dat kan toch niet. Ze hebben hém wel gevonden, maar Milan niet? Milan zou op hem wachten.

'Waar hebben ze hem dan gevonden?'

'Achter het theater, in de kleedruimte.'

'Achter het theater… Dat stond in de brief. Milan zou daar op hem wachten.'

'Een brief? Weet u nog wat er verder in stond?'

'We mochten Security niet waarschuwen, anders werd Milan afgemaakt.' Haar stem trilt.

'U hebt dus uw mond gehouden en uw man is onmiddellijk naar die plek gegaan?'

Ze schudt haar hoofd. 'Nee, om drie uur 's nachts pas. Dat stond ook in de brief.'

Andrews kijkt afkeurend. 'Jammer dat jullie geen vertrouwen in ons hadden, mevrouw Praskalo. Hebt u die brief nog in uw bezit?'

'Puška heeft hem bij zich gestoken.'

'Nogmaals zijn kleding doorzoeken,' zegt Andrews tegen zijn collega. 'Stond er een afzender onder?'

'Darija.'

'Sorry?'

'De afzender, Darija. Puška kende haar maar wilde niet vertellen waarvan.'

'Een vrouw dus.' Andrews neemt peinzend zijn oorlelletje tussen duim en wijsvinger en masseert het. 'U verklaarde eerder dat uw zoontje aan boord met een vrouw heeft gesproken in zijn moedertaal. Dat zou die Darija geweest kunnen zijn.'

'Nee. Puška kende haar voor hij mij ontmoette. Ze leeft niet meer, zei hij.'

'U zegt het alsof u hem niet geloofde.'

'Ik weet het niet, ik weet echt niet meer wie ik wel en wie ik niet moet geloven.' In haar hoofd begint het te gonzen. In een reflex drukt ze er beide handen tegenaan.

'Wilt u dit alstublieft afronden, heren?' vraagt de arts.

'Nog één vraagje. Zat er een bewijs bij het briefje dat Milan nog in leven zou kunnen zijn?'

De vraag geeft haar een schok. Natuurlijk leeft Milan nog. 'Er zat weer een stukje van zijn pyjama in de envelop.'

'Hebt u dat ergens?'

'In de hut waarschijnlijk.'

'Dan gaan we er daar naar zoeken.'

Ze knikt. 'En daarna gaan jullie Milan weer zoeken, hè?'

'We doen alles wat in ons vermogen ligt, mevrouw Praskalo. Dank u voor uw medewerking en veel sterkte.'

Als iedereen weg is, laat ze zich uitgeput achterover in de kussens zakken en sluit haar ogen. Daar is Puška weer. 'Waarom geloof je me niet?' vraagt hij ontstemd. 'Als ik zeg dat Darija dood is, dan is dat ook zo.'

'Een dode die een brief schrijft? Niets voor jou om daarin te geloven, Puška. Heb je zelf vastgesteld dat ze dood was? Ik geloof ook pas dat jij niet meer leeft als ik je lijk met eigen ogen heb gezien, als ik je zelf heb begraven.'

'Je moet niet alles willen zien om het te geloven, Esma, net zoals je niet alles wat je ziet moet geloven.' Hij lacht zijn brede, ontwapenende lach die haar altijd zo vertedert. Dan is hij weg. Leegte, alleen maar leegte, waar niemand meer uit opdoemt.

Elsbeth bevestigt een versiering met plakband op het cadeaupapier en overhandigt het feestelijk verpakte boek aan een vrouw. Haar eerste klant van vandaag. Ze bedankt vriendelijk.

'Heb je dit al gelezen?' vraagt Bert. De ochtendkrant wordt op de toonbank gelegd. 'Ik dacht dat een cruisevakantie de meest ontspannen manier van reizen was. Dat beweerde Daniel toch?'

'Dat heeft zijn hulpje hem wijsgemaakt, ja.' Iets te abrupt, beseft ze.

Bert neemt haar bevreemd op.

'Wat moet ik precies lezen?'

'Hier, een van die korte berichtjes aan de zijkant.' Hij legt er zijn vinger bij.

CRUISESCHIP BREEKT REIS AF
van onze correspondent

Nadat kort geleden de cruisewereld werd opgeschrikt omdat een schip in de golven bij het Griekse eiland Santorini verdween en een ander schip lek sloeg bij Antartica, doet zich opnieuw een incident voor met een cruiseschip. Italiaanse media melden dat de politie een onderzoek is gestart naar moord en kidnapping op een schip van een Amerikaanse rederij. Er zouden meerdere slachtoffers te betreuren zijn, maar de politie wil daar geen mededelingen over doen. Het onderzoek is in handen van Interpol. Inmiddels is het schip op de terugweg naar Barcelona.

Als ze het heeft gelezen blijft Elsbeth naar het artikel staren.

'Is er wat, Elsbeth?' vraagt Bert.

'Het is niet onmogelijk dat Daniel met dat schip reist.'

'Dat zou pech voor hem zijn,' zegt Bert nuchter. 'Wat zal die balen, zeg, als zijn vakantie zo wordt afgebroken.'

'Als hij nog wat te balen heeft,' laat ze zich ontvallen.

Bert vat het niet serieus op, denkt zelfs dat ze grappig probeert te zijn.

'Ja, zo ga je fluitend met vakantie en zo word je horizontaal weer retour gezonden,' grinnikt hij.

'Niet leuk, Bert.' Met driftige passen loopt ze naar het kantoortje, zijn verbaasde blik negerend. Ze kan hem moeilijk uitleggen waarom ze zich ongerust maakt. Waarom heeft Daniel nog steeds niet op haar bericht gereageerd? Ze brengt het niet op om nog langer te wachten. Haar tas, kaartje met telefoonnummer, nummer intoetsen. Twee mislukte pogingen, dan de stem van een telefoniste, vervormd en met een rare echo. Ze wordt doorverbonden met Daniels suite. Gespannen luistert ze naar de beltoon, die vijf, zes keer achter elkaar overgaat.

'Er wordt niet opgenomen, mevrouw. Wilt u een boodschap inspreken?' vraagt een telefoniste.

'Dat heb ik al eerder gedaan, maar er wordt niet op gereageerd. Ik probeer het over een uur nog een keer.'

'Ik hoop dat u dan meer geluk hebt.'

Het betekent niets. Daniel zit niet de hele dag in zijn hut.

Ze loopt naar de koffieautomaat in de leeshoek, plaatst een bekertje en drukt op de knop voor cappuccino. Bijna loopt ze met het bekertje in haar hand door de winkel, maar ze corrigeert zichzelf nog juist op tijd. Het is haar eigen regel dat personeel koffiebekers uit het zicht van de klanten moet houden. Iemand te woord staan met koffie in je hand geeft geen pas, vindt ze. Het zal wel ouderwets zijn, een generatieding, zoals ze de stagiaire bij toeval heeft horen zeggen.

Haastiger dan gewoonlijk drinkt ze haar koffie op, iets heter dan goed is voor haar slokdarm. Daarna herschikt ze de tijdschriften: de klanten maken er altijd een rommeltje van.

Het uur is nog niet om als ze voor de tweede keer met het schip belt. Het duurt lang, eindeloos lang. Pas na zeven pogingen krijgt ze de telefoniste weer aan de lijn.

'Ik zal het nog een keer proberen, mevrouw.'

Opnieuw wachten en luisteren, opnieuw de telefoniste die meldt dat er niet wordt opgenomen en haar adviseert een boodschap in te spreken als het zeer dringend is. Mocht dat niet zo zijn, dan kan ze beter wachten. Zowel de centrale als het voicemailcentrum dreigen overbelast te raken. Heel veel passagiers zoeken namelijk contact met familie of vrienden om vervoer of andere zaken te regelen.

Elsbeths ademhaling versnelt.

'Waarom is dat dan nodig?'

'U weet nog van niets, begrijp ik. Er is een misdrijf gepleegd. De cruise wordt afgebroken. We gaan terug naar Barcelona, waar we morgenochtend arriveren. Wilt u een boodschap inspreken, of wilt u wachten tot er contact met u wordt opgenomen?'

'Het laatste. Dank u wel.' Haar hand trilt als ze de telefoon terugzet in zijn houder. Als Daniel maar niet het slachtoffer is.

Niet direct van het ergste uitgaan. Als het meezit met het boeken van een terugvlucht, dan is Daniel morgen al weer thuis. Dan kan ze hem eindelijk vertellen wat ze aan de weet is gekomen.

Kan ze hem trouwens wel alles vertellen? Dat ze in Ivana's kamer heeft ingebroken, in haar e-mailbestanden heeft gesnuffeld, dat ze er kopieën van heeft gemaakt en dat ze in haar fotoalbums heeft gekeken? Haar speurtocht verdient geen schoonheidsprijs. Daniel zou het haar wel eens erg kwalijk kunnen nemen.

Achter haar gaat de deur van het kantoortje open.

'Is er wat, Elsbeth?' vraagt Bert.

'Nee, hoezo?'

'Je staart al minstens een kwartier als een standbeeld voor je uit.'

35

De volgende ochtend varen we de haven van Barcelona binnen. Leunend tegen de reling kijk ik naar vervormde hijskranen, vage containerschepen en in de zon oplichtende loodsen. Als we naar een ligplaats langs de kade worden gemanoeuvreerd, overvalt me een triest gevoel dat alle mooie herinneringen van de afgelopen dagen naar de achtergrond dringt.

Tijdens het diner gisteravond, normaal gesproken een feestelijke afsluiting, heerste er al net zo'n treurige stemming. De verdwijning van het jongetje en de moord op zijn vader hingen als een bijna tastbare schaduw over de tafels, waarop de brandende kaarsen opeens een lugubere betekenis hadden gekregen. Vergeleken met wat de moeder van het kind, die nu ook nog haar man had verloren, doormaakte, was ons ongemak *peanuts*, kon Sue niet nalaten op te merken.

Na het diner hielp ik Kristina met grote tegenzin om mijn koffer in te pakken. Ondanks alles had ik er de pest over in dat mijn vakantie voortijdig werd beëindigd.

We zijn pas vijf dagen van huis. Al die moeite van inpakken, vervoer en vliegreis voor slechts vijf dagen! Het enige lichtpuntje is dat Kristina gisteren nog twee businessclasstickets heeft kunnen regelen op de KLM-vlucht van tien over vier. Vanavond ben ik weer thuis.

Vroeger, wanneer ik na een vakantie terugkeerde in mijn vertrouwde omgeving, werd ik steevast overvallen door gevoelens van weemoed, van spijt zelfs. Waarom was ik niet op mijn vakantiebestemming gebleven? Waarom schakelde ik uit vrije wil over op vaste, dagelijkse patronen, die mijn leven geen meerwaarde gaven? De volgende ochtend wachtte dan de weerzin om op een te vroeg tijdstip uit bed te komen en me te storten op beslommeringen waarvan ik de afgelopen weken was gaan inzien dat het belang ervan heel betrekkelijk is. Het waren naweeën die aan een geslaagde vakantie extra charme gaven.

Deze keer blijven wat voor gevoelens dan ook uit. We worden, na een reis zonder vertraging of ander ongemak, even na acht uur door een taxi bij mijn appartement afgezet. Als ik weer voor het raam sta en de contouren van de grachtenhuizen aan de overkant zie, lijkt het of ik nooit weg ben geweest. Achter me hoor ik Kristina met koffers zeulen. Ze is erg zwijgzaam.

'Wil je koffie?' komt ze na een tijdje vragen.

'Ben je de koffers al aan het uitpakken?'

'Daar wil ik wel mee beginnen, in elk geval de dingen die we meteen nodig hebben.'

'Ga je gang. Ik zet zelf wel koffie.'

Ze komt naast me staan, maar raakt me niet aan.

'Je gelooft het misschien niet, maar ik had bijna weer meneer Du Mont tegen je gezegd.'

'Hé, doe niet zo raar.' Ik sla een arm om haar heen, voel onmiddellijk weerstand.

'Het ligt niet aan jou, Daniel. Op het cruiseschip was alles zo anders. Hier is het net of de klok is teruggezet. Ik voel me er niet prettig bij.'

Ze draait haar gezicht mijn kant op. 'Ik denk erover om terug te gaan naar Dubrovnic.'

Mijn lichaam verstrakt. Het duurt even voordat ik redelijk beheerst kan uitbrengen: 'Meen je dat werkelijk?' Opnieuw een advertentie, domme brieven, iemand die niet in Kristina's schaduw kan staan. Dan liever een vrouw die soms een raadsel voor me is, maar die wel aan één woord genoeg heeft.

'Ik heb gisteren met mijn moeder gebeld. Het gaat niet goed met mijn vader, geestelijk dan. Ze vroeg het niet met zo veel woorden, maar ik begreep dat het haar goed zou doen als we elkaar weer eens zouden zien. Af en toe hebben ze wat extra steun nodig, en dan wil ik er voor hen zijn, begrijp je?'

Ik ontspan weer wat. Dit lijkt geen aankondiging van een definitief afscheid.

'Hoe lang wil je daar blijven?'

'Zolang ze me nodig hebben. Ik wil mijn vader spreken. Nu praat ik alleen met mijn moeder. Ik weet uit ervaring dat de communicatie tussen die twee niet al te best is, zeker niet als mijn vader zich weer in zichzelf heeft opgesloten.'

'Is dat nu zo?'

'Volgens mijn moeder wel, ja.'

'Peperdure gesprekken dus met je mobiel. Zolang je nog hier bent, kun je de vaste telefoon gebruiken.'

'Graag. Dank je. Niet zo sip kijken, hoor.'

'Je komt toch wel terug?'

Ze raakt mijn arm even aan, maar geeft geen antwoord.

'Ik zorg dat je koelkast en je vriezer vol zitten, en dat je vakantiekleren gewassen en gestreken zijn.'

'Een paar weken houd ik het wel uit. Heb je voldoende geld voor een vliegticket?'

'Dat heb ik nog op mijn rekening staan.'

'Goed. Ga die koffers maar uitpakken, dan zet ik koffie.'

'Wil je de post al doornemen?'

'Ben je gek. Dat komt morgen wel.'

Ik word wakker van de telefoon. Lekker laten rinkelen. Gisteren was vermoeiend genoeg, vandaag een beetje uitslapen. Als het geluid verstomt, keer ik me loom op mijn andere zij.

Voor ik kan wegzakken, begint het ding opnieuw. Ik hoor een deur opengaan. Gestommel op de gang, daarna de stem van Kristina. Als het gesprek is afgelopen, komt ze naar mijn kamer.

'Ben je wakker, Daniel?'

'Ja,' brom ik. 'Wie moest me zo dringend spreken?'

'Elsbeth. Ze heeft al eerder geprobeerd je te bereiken. Ze wist dat we teruggingen naar Barcelona.'

'Iets bijzonders op de zaak soms?'

'Dat zei ze niet. Ze was vooral bezorgd om jou en niet echt aardig tegen mij.'

'Hoezo niet echt aardig?'

'Laat maar. Of je vanochtend naar de winkel wilt komen, en of je anders wilt opbellen.'

'Ik ben net terug.'

'Als je wilt breng ik je voordat ik boodschappen ga doen. We hebben niet veel meer in huis, dus ik moet er toch uit.'

'Goed,' zeg ik zuchtend.

'Kom je zo ontbijten?'

Voordat ik kan antwoorden, heeft ze de deur alweer gesloten.

Een paar uur later zet Kristina me af bij de boekwinkel. Ze gaat niet mee naar binnen.

'Als je Elsbeth hebt gesproken, begrijp je wel waarom.'

De ontvangst door mijn personeel is nogal uitbundig. De manier waarop Elsbeth me omhelst, de opluchting in haar stem, de bezorgdheid waarmee ze vraagt wat er met mijn voorhoofd is gebeurd. Waarom zo overdreven? Zelfs Evelien, onze andere verkoopster, en Marjolein, een stagiaire, geven me een zoen.

'Ik heb die pleister dus niet voor niets laten zitten,' zeg ik grinnikend. 'Ik ben met mijn hoofd tegen een tafeltje gevallen, dat is alles. Morgen ga ik langs de huisarts om de hechtingen eruit te laten halen.'

'Je hebt dus op dat schip van die moord gevaren,' begint Bert.

'Hoe wisten jullie dat?'

'Uit de krant. We kwamen erachter dat jij daar op zat toen Elsbeth probeerde je te bellen.'

'De telefoniste zei dat jullie op de terugweg waren naar Barcelona. Ik had je al eerder gebeld, Daniel, en iets ingesproken. Waarom heb je niet teruggebeld?'

'Heb je al eerder gebeld? Daar weet ik niets van.'

'Heb je je voicemail dan niet afgeluisterd?'

'Ik heb één bericht gehad. Kristina heeft dat beluisterd, een uitnodiging voor een borrel met de kapitein, geloof ik.'

'Kristina?' Elsbeth kreunt. 'Stom dat ik daar geen rekening mee heb gehouden.'

'Waar heb je het over?'

'Dat vertel ik je straks wel.'

'Heb je wel een leuke vakantie gehad, voordat dat drama begon?' vraagt Evelien.

'Laten we in de koffiehoek gaan zitten,' snoert Elsbeth haar de mond. 'Dan kun jij verslag doen en kunnen wij een oogje houden op klanten die willen afrekenen. Daarna moet ik je iets vertellen waarvoor je je flink schrap moet zetten.'

Een half uur later troont ze me mee naar het kantoor. 'We willen niet worden gestoord,' zegt ze tegen de anderen.

'Ik weet werkelijk niet waar ik moet beginnen, Daniel,' verzucht ze als we tegenover elkaar zitten. 'Het is niet leuk wat ik je ga vertellen, maar ik moet het toch doen.'

'Waar gaat het over, Elsbeth?'

'Over Kristina, zoals jij haar noemt.'

'Wat bedoel je?' vraag ik vermoeid.

'Vat het alsjeblieft niet verkeerd op, Daniel. Maar als je achteraf te horen krijgt wat ik nu weet, is het ook niet goed.'

'Vertel me alsjeblieft snel wat je op je lever hebt. "Kristina, zoals jij haar noemt." Waar slaat dat op?'

'Ze heeft een valse naam opgegeven. Ze is heel iemand anders. Het spijt me, maar het is nu eenmaal zo.'

Ik sta op, loop een paar keer heen en weer en ga dan weer zitten. 'Oké, leg maar uit.'

'Ik heb contact gehad met haar vroegere mentor, dezelfde man die jij hebt gesproken toen je haar referentie natrok.'

'Ben je niet goed wijs? Heb jij die man opgebeld? Om te controleren of wat hij mij heeft verteld wel klopte?'

'Wind je toch niet zo op. Ik had daar een reden voor, en niet ten onrechte, dat zul je straks moeten toegeven. Kristina heet in werkelijkheid Ivana, Ivana Plavic.'

'En wat voor duistere reden had ze om die andere naam aan te nemen?'

'Omdat die van een voorbeeldige leerlinge is die met hoge cijfers haar einddiploma haalde, daarna ging studeren in Amsterdam en die vooral een goede referentie opleverde.'

Ik zwijg. Dit gaat wel erg ver.

'Kristina vertelde toch dat ze in Dubrovnic studeerde? Dat klopte niet. Daarom heb ik nog een keer gebeld. Ivana is een meisje dat jarenlang onder psychiatrische behandeling heeft gestaan, dat nooit voor haar ouders heeft gezorgd in een asielzoekerscentrum en dat werd verdacht van moord op een leraar, met wie ze een relatie zou hebben gehad, een man die ongeveer twee keer zo oud was als zij.'

'Hoe weet je zo zeker dat ze heeft gelogen over haar ouders?' zeg ik met onvaste stem.

'Haar mentor, die haar vijf jaar lang heeft begeleid, vertelde dat haar vader was omgekomen tijdens de oorlog in Joegoslavië, net als haar zus. Ivana is alleen met haar moeder naar Nederland gevlucht. Haar moeder overleed hier na een paar maanden. Dat zielige verhaal over haar getraumatiseerde ouders en asieladvocaten die zij te woord moest staan, is dus gelogen.'

'De dood van haar ouders verzonnen? Gisteren heeft ze nog met haar moeder gebeld. Ze moet terug naar Dubrovnic om haar ouders te steunen. Dit klinkt me allemaal wel erg vreemd in de oren. En ook nog verdacht van een moord…'

'Ze is in de nacht van de moord bij het huis van het slachtoffer gezien, maar kon niet worden veroordeeld omdat ze een sluitend alibi had. Toch wees alles in haar richting.'

'Wat kan een meisje als Kristina in vredesnaam voor motief hebben gehad om haar leraar om zeep te helpen? Haar valse naam en dat liegen over haar ouders is foute boel, maar om haar ook van betrokkenheid bij een moord te verdenken, lijkt me absurd.'

'Foute boel? Is dat niet wat erg zacht uitgedrukt? Zou de reactie "Ik ontsla haar daarvoor op staande voet" niet logischer zijn?'

'Je overvalt me hier wel heel erg mee. Ik moet dit eerst verwerken. Daarna confronteer ik haar met wat jij me allemaal hebt verteld.'

'Ik nam aan dat je haar op staande voet zou ontslaan,' houdt ze vol.

Elsbeth lijkt zich op te winden. Ik ruik haar transpiratie vermengd met agressie. Emoties hebben toch een eigen geur, niet persoonsgebonden.

Lukraak pak ik een paar enveloppen van een stapel en leg ze op mijn leestafel. Elsbeth verlaat zwijgend het kantoor.

Het duurt nog bijna een half uur voordat Kristina me ophaalt. Ze komt niet naar binnen, maar wacht me op bij de deur.

'Je weet het, hè?' zegt ze als ik naast haar in de auto zit. 'Vanmorgen noemde Elsbeth me door de telefoon al Ivana. Heeft ze ook meteen de rest van mijn verleden aan je doorgebriefd?'

'Waarom?'

'Doet dat er nog toe? Ik ga over een paar dagen weg. Laten we het in de tussentijd zo leuk mogelijk houden, tenzij je van plan bent me meteen weg te sturen.'

'Is het zo moeilijk om me uit te leggen waarom je jezelf Kristina noemt terwijl je Ivana heet?'

Een zucht, gevolgd door een pijnlijk lang zwijgen.

'Omdat ik voor jou Kristina ben, Daniel, blijf me alsjeblieft zo noemen. Ivana kun je beter niet leren kennen. Dat wil je niet eens. Ivana heeft namelijk haar zwarte kanten. Die ken ikzelf niet eens allemaal. Zullen we het hierbij laten, alsjeblieft?'

Het klinkt bijna smekend.

'Nee. Zo gemakkelijk kom je er niet mee weg. Ik wil er thuis verder over praten.'

36

Met een verstoord gezicht haalt rechercheur Nico de Hond het nicotinekauwgumpje uit zijn mond en gooit het met een boogje in de prullenbak. Welke dwaas heeft bedacht dat die rommel in staat moet zijn om de smaak van een goede sigaret te vervangen? Rokers zijn rokers, en geen herkauwers. Misschien dat een acupunctuurbehandeling soelaas kan bieden. Zo niet, dan blijft een deel van zijn leven zich afspelen op stoepen bij tochtige ingangen en onder afzuigkappen in speciale *smoking areas*. Ook thuis is sinds kort een rookverbod van kracht, op democratische wijze ingesteld door zijn vrouw, kinderen en kleinkinderen, die geen van allen ooit de weldadige rustgevendheid van prikkelende inhalaties hebben ervaren, die er geen weet van hebben dat die in zijn stressvolle werk soms een middel is om te overleven.

Chagrijnig komt hij achter zijn bureau vandaan, laveert zijn omvangrijke gestalte tussen andere bureaus door het kantoor uit en loopt via de trap naar de hoofdingang van het gebouw. Buiten steekt hij een sigaret op en inhaleert diep.

Roken is dodelijk. Roken schaadt uw gezondheid en die van anderen. Zijn oudste kleinzoon Tommy heeft van verschillende waarschuwingen op pakjes een collage gemaakt en hem die cadeau gegeven voor zijn zestigste verjaardag, de wens uitsprekend dat hij, ondanks zijn aanhoudende zelfmoordpogingen, toch nog vele jaren onder hen zou blijven. Het heeft hem zo geraakt dat hij zijn nicotinekauwgumafkickactie is begonnen, zij het tot nu toe zonder succes.

Het heeft alles te maken met de werkdruk. Sinds het Nederlands Nationaal Centraal Bureau Interpol, waar hij jarenlang heeft gewerkt, is ondergebracht bij de Dienst Internationale Politie Samenwerking, is die alleen maar toegenomen. De mogelijkheid tot gegevensuitwisseling is aanzienlijk groter geworden en door de automatisering veel sneller, zo snel dat hij het af en toe niet meer kan bijbenen. Op zijn bureau ligt een uitvoerig rapport over een moord en een verdwijning aan boord van een cruiseschip, terwijl de feiten zich pas een paar dagen geleden hebben afgespeeld. Vroeger – wat is vroeger? – had daar meer dan een week tussen gezeten.

Na een laatste teug teeraanslag – een van de leuke woordvondsten van Tommy – loopt hij zuchtend terug naar zijn kantoor. Hij neemt de trap in plaats van de lift, beweging heeft hij dan tenminste gehad.

Hij wurmt zich weer achter zijn bureau en verdiept zich in het dossier. Als hij alle papieren heeft doorgenomen blijft hij voor zich uit staren. Behoorlijk dramatisch. Kind verdwenen, vader op gruwelijke wijze omgebracht, moeder totaal ingestort. Misdaden waarbij kleine kinderen slachtoffer zijn blijven hem raken, ook al heeft hij nog zo veel gruwelijke zaken gehad.

Een korte lijst met namen en adressen van passagiers en bemanningsleden die in het bezit waren van een Nederlands paspoort. Twee vrouwen met een dubbel paspoort over wie informatie moet worden ingewonnen. Ivana Plavic en Anna Dijana Peric, landgenotes van de vermoorde man. Peric werkte aan boord als serveerster. Beide vrouwen zouden met het verdwenen jongetje gesproken kunnen hebben, beide ontkennen. Ze kunnen allebei een briefje in het Kroatisch hebben gestuurd, met een stukje stof van de pyjama van het kind. Criminaliteit waarbij inwoners uit het voormalige Joegoslavië betrokken zijn, wordt wel vaker gekenmerkt door extreme wreedheid. In dit geval ook op het psychische vlak.

Anna Dijana Peric en Ivana Plavic. Eerst maar eens nagaan of een van die namen matcht met een vroegere of lopende zaak in Nederland. Nauwgezet tikt hij de codes in om toegang te krijgen tot Blue View, de database van de Nationale Recherche. Terwijl het systeem de zoekactie uitvoert, steekt hij zijn hand op naar zijn collega Ingrid, die nogal gehaast binnenkomt en op een stoel aan het bureau tegenover hem ploft.

'De cruisemoord?' vraagt ze. Met de bovenkant van haar hand veegt ze het zweet van haar voorhoofd en neemt een paar slokken water uit het flesje dat naast haar computer staat.

'Ja.'

'Ik heb er vanochtend snel doorheen gebladerd. Een boeiende zaak. Lijkt me gecompliceerder dan je in eerste instantie denkt. Wil je hem alleen doen?'

'Heb je suggesties?'

'Ik zou de doopceel van die twee vrouwen lichten, in elk geval over de periode waarin ze in Nederland verbleven.'

'Ga je gang.'

'Als ik hiermee klaar ben.'

Wat dat 'hiermee' inhoudt vertelt ze er niet bij en hij vraagt het ook niet. Wat op het beeldscherm verschijnt, is veel interessanter.

Een match met de naam Ivana Plavic! Na wat muisklikken verschijnt het rapport over een moordzaak van vijf jaar geleden, een cold case, nooit opgelost, met Ivana Plavic als hoofdverdachte.

Vluchtig neemt hij het proces-verbaal door. DNA-sporen op het lijk, waaronder dat van haar. Het kon niet als bewijs dienen. Ze had, samen met anderen, de avond voor de moord in het huis van het slachtoffer doorgebracht. Er kon al lichamelijk contact zijn geweest. Bovendien had ze een sluitend alibi.

De Hond leunt achterover en trommelt met zijn vingers op het bureau.

'*Brainwave?*' vraagt Ingrid.

'Nee, stroomversnelling. De naam Ivana Plavic matcht met een cold case, compleet met DNA-profielen, waaronder het hare.'

Ingrid lacht breed. 'Een meevaller! Ik zal zo met het onderzoek naar die twee vrouwen beginnen. Die Plavic krijgt prioriteit.'

'En ik stuur haar DNA-profiel alvast naar het lab in Lyon. Ze zullen DNA-sporen op het lijk van die Serviër toch wel snel in kaart hebben gebracht.'

'Nog zo'n verrassende match en de zaak is opgelost,' zegt Ingrid tevreden.

37

Twijfel is een gezwel dat, eenmaal uitgezaaid, verderwoekert. Alleen vroegtijdig ingrijpen kan uitzaaiing voorkomen. Maar hoe moet die ingreep plaatsvinden?

Het beeld dat ik van Kristina in haar jeugd had, van een dapper meisje dat de zorg droeg voor haar getraumatiseerde ouders, is weggevaagd, terwijl ook het beeld van de Kristina van nu de nodige vragen oproept.

Ik zit op de bank, staar voor me uit en vraag me af hoe dit verder moet.

Kristina ruimt de boodschappen op. Dan komt ze naar de woonkamer en gaat tegenover me zitten.

'Ik had dit liever overgeslagen, Daniel.'

'Waarom, Kristina, of kan ik beter Ivana zeggen? Ik heb je mijn vertrouwen geschonken. Hoe denk je dat ik me nu voel?'

'Beroerd, net als ik. Probeer me te begrijpen, Daniel. Wat zou je hebben gedaan als je informatie had gekregen over Ivana? Je sollicitante was vroeger een psychiatrisch patiënte en werd ook nog eens verdacht van moord. Ik neem aan dat Elsbeth met iemand van mijn vroegere school heeft gebeld en je dit heeft verteld.'

'Klopt. Dat was dus leugen nummer één. Maar nummer twee neem ik je veel meer kwalijk. Je zei dat je in het asielzoekerscentrum voor je hulpbehoevende en getraumatiseerde ouders

hebt moeten zorgen. Je beweert zelfs dat je ze binnenkort gaat opzoeken in Dubrovnic. De manier waarop je over ze praat, over
ouders die je niet blijkt te hebben, vind ik weerzinwekkend.'

Het blijft lang stil. Ik hoor haar ademhaling. Ze komt overeind,
loopt heen en weer, en gaat weer zitten.

'Dit is heel pijnlijk, Daniel,' zegt ze zacht. 'Over mijn ouders
heb ik namelijk niet gelogen.'

Wat gaat er nu weer komen? 'Leg het me dan uit, zonder iets
achter te houden deze keer.'

'Ik ben met mijn moeder naar Nederland gekomen, samen
met onze vroegere buren. Mijn buurmeisje was mijn vriendin. Ik
had mijn vader en mijn zus al verloren tijdens de oorlog. Mijn
moeder stierf van verdriet toen we hier een paar maanden waren.'

'Had me dat dan meteen verteld.' Nogal bot, besef ik.

'Het deed er niet toe.'

'O nee? De verzorging van je getraumatiseerde ouders deed er
wel degelijk toe. Je had ervaring die bij mij van pas zou komen.'

'Het was geen leugen, Daniel. Of heb je liever dat ik weer
"meneer Du Mont" zeg?'

'Leg eerst maar uit wat je bedoelt.'

Een diepe zucht. 'Toen mijn moeder was overleden, hebben
mijn vroegere buren mij in hun gezin opgenomen. Ik werd hun
tweede dochter. Meneer en mevrouw Peric zijn mijn ouders
geworden. Ze hebben me geholpen om alles wat daarvóór is gebeurd te verwerken. Ik lieg niet dat ik met mijn moeder heb gebeld, en het is niet weerzinwekkend. Ik vind het heel erg dat je
zoiets zegt.'

Ik slik iets weg. Een beschuldiging pareren met verwijten.
Hierop was ik niet voorbereid.

'Het spijt me dan dat ik dat heb gezegd. Ik ging ervan uit dat
Elsbeths informatie klopte, en feitelijk was dat ook zo.'

'Soms blijken dingen heel anders in elkaar te zitten dan aan de oppervlakte lijkt.' Ze staat op en loopt de kamer uit.

Meer dan ooit haat ik mijn handicap, die mij belet haar gezicht te zien. Is ze geëmotioneerd of verontwaardigd, of allebei? Ik ruik geen specifieke geur, ik kan er alleen maar naar raden.

Na een paar minuten komt ze terug.

'Zeg maar wat ik moet doen, Daniel. Meteen mijn koffer pakken en een hotel zoeken voor de komende dagen?' vraagt ze zonder omwegen.

Ik schud mijn hoofd. 'Als het verhaal over je ouders was verzonnen wel. Nu zal ik je er niet zomaar uitgooien.'

'Dank je. Kan ik dan iets voor je doen? Wil je iets eten of drinken?'

'Nee. Ga weer zitten en vertel over die moord waarvan je werd verdacht.'

'Wat wil je horen? Dat ik die moord heb gepleegd, maar iedereen te slim af was? Moet ik soms zweren dat ik het niet heb gedaan, zodat jij straks rustig kunt gaan slapen?'

'Alle sporen wezen in jouw richting, je bent zelfs 's nachts bij zijn huis gezien, maar je werd vrijgesproken op grond van een sluitend alibi. Klopt dat?'

'Je weet alles al. Wat moet ik er nog aan toevoegen? Dat ik gelukkig was met die man en dat ik na zijn dood het leven helemaal niet meer zag zitten? Dat ik er niets van begreep toen ik werd gearresteerd? Ik had al genoeg meegemaakt in mijn korte leven, dacht ik. Dus niet. Ik had iemand vermoord op wie ik erg gesteld was, al begrepen ze niet waarom, net zomin als ze geloofden dat ik op het tijdstip van de moord in mijn bed lag.'

'In je bed lag? Iemand heeft verklaard dat je op dat moment in bed lag? Dat komt me erg bekend voor.'

'Ga je nu het onderzoek van die rechercheur op het cruiseschip erbij halen? Ik ben daar bij je in bed gekropen om er te zijn als je me nodig had. Zo is het en niet anders. Of denk je echt dat ik even weg ben geweest om een moord te plegen? En met de dood van Gerard, die leraar, had ik ook niets te maken. Ik was er kapot van, dat is de waarheid.'

'Waar je het niet altijd nauw mee neemt. Daardoor creëer je zelf problemen.'

'Geloof me alsjeblieft.'

'Dat je geen moordenares of kidnapper van een kind bent, wil ik graag geloven. Daar lijk je me het type niet voor.'

'Zet het dan allemaal uit je hoofd.'

Alsof ik alles zo gemakkelijk uit mijn hoofd kan zetten en met haar over alledaagse dingen kan gaan keuvelen.

'Dat moet dan maar, hè? Weet je al wanneer je naar Dubrovnic vliegt?'

'Ik ga morgen uitzoeken voor welke data er nog tickets te krijgen zijn. Kan ik nog iets voor je doen?'

Ik haal mijn schouders op. 'Wat mij betreft niet.'

'Misschien dat ik iets heb om je gedachten te verzetten, als je dat wilt.'

'Graag.'

Ze loopt naar haar kamer en komt na korte tijd terug.

'Ik heb vandaag de foto's laten afdrukken, bij de één-uurservice, als verrassing. Ik zal ze op je leestafel leggen.'

Een voor een schuif ik even later de foto's onder de loep en bekijk ze aandachtig. Kristina heeft niets te veel gezegd: een verrassing.

Ze brengen me terug naar Rome en Herculaneum. Beelden uit mijn herinnering worden aangevuld met details, heel onverwachte soms, zoals bij het fresco van de Etruskische god. De vergelijking die Kristina maakte tussen hem en mij gaat heel erg mank. Een goedbedoeld leugentje.

Lang staar ik naar de foto van Kristina in avondjurk. Ze heeft haar haar opgestoken. In haar decolleté flonkert een ketting van steentjes, die ik mij niet herinner.

Het idee dat ik naar een moordenares zou kijken is volslagen ridicuul. Een psychiatrisch patiënte dan, die onverwachts door het lint kan gaan en dan slachtoffers maakt? Ik weet niets van psychiatrie. Natuurlijk, schijn bedriegt. Ik zie op die foto ook niet dat ze staalhard kan liegen als dat haar uitkomt, tegen de rechercheurs op het schip, tegen mij, over geluiden die uit haar hut kwamen.

Daar ga ik weer. Ik wilde mijn zinnen verzetten met die foto's. Twijfel is inderdaad een hardnekkig gezwel, de uitzaaiingen ervan zien kans zich overal tussen te wrikken.

38

Met zijn kin op zijn hand gesteund bladert rechercheur De Hond door het coldcasedossier, dat hij zojuist heeft geprint. Hij moet zoiets op papier voor zich hebben, er aantekeningen op kunnen maken. Tekst op een beeldscherm is niet tastbaar, die neemt hij onvoldoende in zich op.

DNA van Ivana Plavic op het lichaam van het slachtoffer; een blonde vrouw – waarschijnlijk zij – bij zijn huis gesignaleerd rond het tijdstip van de moord. Ze had vermoedelijk een relatie met het slachtoffer. Zou beëindiging daarvan een motief kunnen zijn? Plavic was wellicht ontoerekeningsvatbaar, blijkt uit een psychiatrisch rapport. Geen sluitend bewijs, wel een sluitend alibi.

Twee mannen vermoord, bij beide de keel doorgesneden en steekwonden op het lichaam. Identieke misdaden op bijna tweeduizend kilometer afstand van elkaar. Het is wel heel toevallig dat Ivana Plavic beide keren in de buurt was. Beide keren wijst een spoor in haar richting. En laat ze nou beide keren een perfect alibi hebben!

Hij slaat een blad om. Op het cruiseschip net geen derde slachtoffer, een zekere Du Mont, ternauwernood ontkomen aan een moordaanslag, volgens zijn collega van Interpol.

Zou die nog zijn nagegaan of Plavic op het moment van de aanslag in de buurt was? Had ze soms weer een alibi? Nee, hoe is het mogelijk? Dat had hij niet eens kunnen verzinnen! Plavic is de vriendin van Du Mont. Ze lag de nacht van de moord bij hem in bed.

Hij schudt zijn hoofd en rolt zijn stoel naar achteren. Tijd om buiten aan zijn verslaving toe te geven.

'Voor je gaat schoorstenen, Nico... Dit is wel weer heel toevallig,' zegt Ingrid.

Ze is een groot deel van de dag bezig geweest met het vullen van het Plavic/Peric-dossier en heeft tot nu toe alleen verteld dat ze is terechtgekomen in de schimmige wereld van de vreemdelingendienst, asieldossiers en hulpverleners. Hij zou het geduld niet hebben opgebracht om bij ieder telefoontje van het spreekwoordelijke kastje naar een ongenaakbare muur te worden gestuurd.

'Wat heb je gevonden?' Hij laat zich weer op zijn stoel ploffen, drukt een nicotinekauwgumpje uit een strip en stopt het in zijn mond.

'Plavic en Peric kenden elkaar, heel goed zelfs, maar daarover staat niets in het rapport van Interpol.'

'Schieten we daar dan wat mee op?'

'Je weet maar nooit. Ik zet het kort voor je op een rijtje. Ivana Plavic en Anna Dijana Peric zijn tegelijk naar Nederland gekomen, in 1991, en zijn in het asielzoekerscentrum in Wolvega ondergebracht. Daar stierf de moeder van Ivana, die daarna werd opgenomen in het gezin van de familie Peric. Anna Dijana en Ivana zijn dus zo ongeveer stiefzusjes van elkaar. Diezelfde Anna Dijana werkte op het schip waarmee Ivana en haar vriend, Du Mont, een cruise maakten. Lijkt me eerlijk gezegd niet helemaal toevallig.'

Ze kijkt naar hem op, wacht op een reactie, op een complimentje misschien, omdat ze dit zo snel heeft ontdekt.

'Goed gedaan, Ingrid,' bromt hij. 'Maar nogmaals: hebben we er iets aan?'

240

'Misschien. Je zou eens kunnen kijken in dat coldcasedossier wie Plavic haar alibi heeft verschaft.'

Ze produceert een grijns, die hij herkent van eerdere *brainwaves* en trefzekere conclusies, die zij wel trok en hij niet.

Met een overdreven zucht rolt hij zijn stoel naar voren en slaat het dossier open.

'Het alibi is verstrekt door Anna Dijana Peric, vierentwintig jaar oud, met wie Ivana Plavic een slaapkamer deelde,' zegt hij na enig gezoek. 'Jij vermoedde dat zeker al.'

Ingrid knikt, kijkt iets te zelfingenomen naar zijn zin. 'In een asielzoekerscentrum heb je echt geen privékamer, dus deel je er een met je vriendin of je stiefzus.'

'Nog meer conclusies getrokken?'

'Dat er opmerkelijk veel overeenkomsten zitten tussen de coldcase- en de cruisemoord. Plavic blijft voor mij verdachte nummer één. Als ze de dader is en we pakken haar niet, dan is het wachten op het volgende slachtoffer, reken daar maar op.'

'Waar baseer je dat op?'

'Er is geen motief. Ik denk dat bij dat mens ergens een steekje los zit. Ze is onberekenbaar.'

'Als ze de dader is, en dat is nog maar de vraag. Oké, ik ga morgen naar Amsterdam om een praatje te maken met haar en Du Mont.'

'Eerst met die man. Zij zou er wel eens veel meer op gespitst kunnen zijn om zich niet te verspreken.'

'Goed chef. Nog meer instructies?'

Haar blauwe ogen weerspiegelen binnenpret. Ze heeft maar een fractie van zijn ervaring en toch heeft hij er geen probleem mee om naar haar te luisteren en haar adviezen op te volgen. Logisch, ze is gewoon goed, de beste collega die hij tot nu toe heeft gehad.

'Auto laten staan, de trein nemen en zo veel mogelijk lopen.'

'Heb je soms opdracht gekregen van mijn familie?' Het lukt hem er een lachje uit te persen. 'Voor en na het schoorstenen neem ik de trap. Verdien ik dan punten?'

'Een jaartje extra pensioen misschien,' antwoordt ze, iets te serieus.

39

Ik heb een zeer onrustige nacht gehad, gevuld met bizarre dromen.

Kristina als feeks, compleet met lange nagels, haarslierten en roofvogelneus, die met een groot mes een jongetje fileert en zijn mals gebraden vlees opdient aan de ouders. Als ze het hebben gegeten en vragen waar dat zalige vlees vandaan komt, krijgen ze de waarheid te horen. Voor ze zich op Kristina kunnen storten, verandert ze in een verleidelijke sirene, die heupwiegend voor de vader uit loopt, rechtstreeks naar de rand van een diepe kloof. Of hij erin valt kan ik niet zien, want ze staat alweer in de Trevifontein, naakt, genietend van de aandacht van honderden toeristen, die onafgebroken foto's van haar maken.

'Die sturen ze allemaal naar je op, Daniel,' roept ze lachend, 'zodat je me overal in huis kunt ophangen als ik naar de gevangenis moet.' Even later zit ze daar, in haar eentje, in een lege cel, met beklede wanden, nog steeds naakt. Een man en een vrouw komen binnen en vragen haar iets. Ze knikt gelaten. De vrouw geeft haar een lang wit hemd, dat ze over haar hoofd laat glijden. Gedwee volgt ze de twee de cel uit. Buiten verandert ze op slag in een gewelddadige furie, die met haar lange nagels de bewakers de keel doorsnijdt.

Dan is ze weer Kristina, die lief naar me lacht. 'Jij zorgt er wel voor dat ik hier niet meer terechtkom, hè Daniel? Dat verdien ik toch niet?' vraagt ze pruilend. 'En je wilt toch niet dat jou ook iets overkomt? Zeg dus geen verkeerde dingen tegen de politie.' Ze trekt het hemd uit, zodat ik mijn ogen over haar onweerstaanbare lijf kan laten dwalen. 'Als beloning kom ik vannacht bij je slapen.' Ze knipoogt. Opeens heeft ze haar avondjurk weer aan, met de ketting van steentjes die glinsteren tussen haar borsten. Als een vorstin kijkt ze om zich heen. Elsbeth staat tussen haar bewonderaars, met afkeurende, jaloerse blik. Kristina maakt een gebaar met haar vingers en wijst naar Elsbeth. Twee mannen in middeleeuwse kledij grijpen haar, slepen haar het podium op en dwingen haar voor Kristina op de knieën. Kristina steekt haar hand uit. Een van de mannen legt er zijn zwaard in. Met een gracieus gebaar slaat ze Elsbeths hoofd eraf en schopt het lachend het podium af.

Drijfnat van het zweet word ik wakker en lig nog tijden te woelen en te piekeren voordat ik weer wegzak.

De volgende ochtend kom ik laat mijn bed uit. Kristina heeft al ontbeten en alles voor me laten staan. Ik hoor gestommel in haar kamer. Ze komt niet naar buiten om even goedemorgen te zeggen.

Rustig van mijn ontbijt genieten is er ook al niet bij. Ik heb de eerste hap nog niet genomen of de telefoon gaat. Kristina blijft onzichtbaar. Zuchtend kom ik overeind en neem op.

'Du Mont.'

Een zakelijk klinkende mannenstem vraagt of ik een moment van mijn tijd kan afstaan. Dat hangt ervan af waarvoor. De man werkt voor DINPOL, de Dienst Internationale Politie Samenwerking. Hij doet het onderzoek naar de moord en de verdwijning tijdens mijn cruisevakantie en hij zou mij graag een keer persoonlijk willen ontmoeten om een paar belangrijke vragen te stellen. Uiteraard beschikt hij over een verslag van mijn gesprek met de rechercheur van Interpol aan boord van het schip, verzekert hij me als ik daarnaar vraag.

Of mevrouw Ivana Plavic nog steeds op hetzelfde adres woont als ik? Blijkbaar heeft ze wel onder haar echte naam gereisd. Ik verbaas me er maar niet meer over. Zou het mij op korte termijn schikken om hem te woord te staan?

Ik houd niet van uitstel. Bovendien ben ik benieuwd naar wat hij voor belangrijks te vragen heeft wat niet per telefoon kan. Daarom spreek ik om drie uur 's middags met hem af.

'Is mevrouw Plavic er dan ook?'

'Dat zou ik moeten vragen.'

'Doet u dat alstublieft. Het zou me goed uitkomen.'

'Kristina!' roep ik als ik het gesprek heb beëindigd.

Het duurt opvallend lang voordat ze opduikt.

'Is er iets?'

'Het telefoontje net… Dat was iemand van Interpol.'

'Ja, en?' vraagt ze op een toon alsof ze dat volkomen normaal vindt.

'Hij wil me nog het een en ander vragen over onze cruise. Rond een uur of drie is hij hier. En hij vroeg of jij nog bij mij woonde.'

Ik hoor haar zuchten. 'Hij moet mij zeker ook spreken?'

'Of je dan thuis was, ja.'

'Had hij zo'n haast dat hij onmiddellijk wilde komen?'

'Dat was mijn voorstel. Dan ben ik er meteen vanaf.'

'Rond een uur of drie, zeg je? Ik zal mijn best doen. Ik ga straks de stad in om wat spullen te kopen die ik wil meenemen voor mijn ouders.'

Zojuist is er aangebeld. De Hond, DINPOL, meldde een somber klinkende mannenstem via de intercom. Het blijkt een forsgebouwde kerel te zijn, een kop groter dan ik, met een slappe, handdruk, die het imposante van zijn uiterlijke verschijning tenietdoet. Ik ga hem voor naar de woonkamer en bied hem een kop koffie aan. Hij bedankt met de mededeling dat te veel koffie slecht is voor zijn maag. Daarna laat hij zich op de bank zakken. Eerst wat inleidend gekeuvel over het uitzicht. Dan komt hij ter zake. DINPOL wil de moord en de verdwijning op het cruiseschip zo snel mogelijk hebben opgelost voor er een volgend slachtoffer valt. In nauwe samenwerking met de recherche van landen waar getuigen of mogelijke verdachten ingezetenen zijn, is een intensief onderzoek van start gegaan.

Zijn formele toon en zijn woordkeuze maken me ongeduldig. Ik moet me inhouden om hem niet te verzoeken de belangrijke vragen die hij wil stellen direct op tafel te leggen.

'Mevrouw Plavic woont dus nog steeds op dit adres?' luidt de eerste, overbodige vraag.

'Dat heb ik u al verteld.'

'Ik moet dat formeel vaststellen.'

'Ze zal zo wel thuiskomen. Ze zou tenminste haar best doen om op tijd te zijn.'

'Mag ik weten hoe u elkaar hebt leren kennen?'

Ik aarzel. Het gaat hem niet aan, maar ik ben waarschijnlijk van veel gezeur af als ik het vertel.

'Ze heeft gereageerd op een advertentie, een maand of vier geleden.'

'Een contactadvertentie?' vraagt hij verbaasd.

'Ik lijd aan een oogziekte die me in korte tijd nogal hulpbehoevend maakte. Daarom zocht ik iemand die mijn huishouden kon runnen, die mijn chauffeur kon zijn en die me met andere dingen kon helpen als dat nodig was.'

'Een personeelsadvertentie dus. En Ivana Plavic was de meest geschikte kandidate? Ik neem aan dat u haar personalia hebt gecontroleerd en haar hebt gevraagd naar haar verblijfsstatus en werkvergunning?'

'Ik heb haar referentie nagetrokken en heb daarvoor telefonisch contact gehad met een vroegere leraar.'

'Mevrouw Plavic kwam dus bij u in dienst zonder dat u veel controleerde,' stelt hij nuchter vast. 'Volgens het rapport van mijn Italiaanse collega zou ze uw vriendin zijn. Dan heeft er zich binnen enkele maanden een aangename verandering in de relatie tussen u beiden voltrokken.'

Hij wacht op een reactie. Pech voor hem, maar ik ga niet vertellen dat die relatie aan sterke fluctuaties onderhevig is.

'Hoe staat ze tegenover uw handicap? Maakt dat haar niet uit, evenmin als het verschil in leeftijd?' vervolgt hij dan.

'Pardon? Dit betreft privéaangelegenheden. Ik hoef hier geen antwoord op te geven,' zeg ik kwaad. 'Wat heeft dit in vredesnaam te maken met de misdaden op het cruiseschip? Daarvoor bent u toch hier, dacht ik?'

'Zeker. Ik probeer een zo volledig mogelijk beeld te krijgen van uw vriendin, en uw relatie tot haar behoort daartoe, begrijpt u?'

'Nee. Ik vroeg wat uw vragen te maken hebben met de misdaden op het cruiseschip.'

'U zou ook kunnen vragen of uw vriendin daar misschien iets mee te maken heeft.'

'Omdat ze van Kroatische afkomst is? U redeneert al net zo kortzichtig als uw Italiaanse collega.'

'Dat is uw mening. Is het u bekend dat ze een groot deel van haar jeugd in een asielzoekerscentrum heeft doorgebracht?'

Ik knik. 'Ze heeft haar familie verloren tijdens de Balkanoorlog. Hier is ze opgenomen door een ander gezin uit Kroatië.'

'Ze heeft u dus het een en ander verteld. Van wie was trouwens het idee afkomstig om samen op cruisevakantie te gaan, meneer Du Mont?'

'Van haar. Voor iemand met mijn oogziekte was het een ideale manier van reizen, zei ze.'

'Hebt u zelf uitgezocht met welk schip u de cruise wilde maken? Heeft zij u er wellicht van overtuigd dat de trip vanuit Barcelona de beste keuze was?'

'Ik heb alles aan haar overgelaten. Zij is bekend in de cruisewereld en weet bijvoorbeeld welk type hut voor mij het beste is.'

'U liet dus zowel de keuze van het schip als de vertrekdatum aan haar over. Zij en haar vriendin, min of meer haar zus, zullen u daar erg dankbaar voor zijn geweest.'

Waarschijnlijk zit ik hem als een zombie aan te staren.

'Haar vriendin, min of meer haar zus? Waar hebt u het over?'

'Ik neem aan dat u aan haar bent voorgesteld en dat jullie een keer gezellig met z'n drieën ergens hebben gegeten, als familie onder elkaar zogezegd.'

Zijn ironische, wat meewarige toon stoort me mateloos.

'Ik weet absoluut niet over wie u het hebt,' zeg ik redelijk beheerst.

'Over Anna Dijana Peric, meneer Du Mont. Die naam moet u toch iets zeggen.'

'Het spijt me.'

'Dat spijt mij ook. Het vreemde is dat u wel weet dat uw vriendin, toen ze wees werd, door een Kroatisch gezin is opgevangen, maar niet dat er in het gezin Peric al een dochter was. Ze heet Anna Dijana. Ivana werd dus min of meer haar zusje. De familie Peric heeft haar echter nooit officieel geadopteerd. Laat diezelfde Anna Dijana nou op het cruiseschip werken waarmee u hebt gevaren en waar u op een haar na een moordaanslag hebt overleefd.'

Het klinkt bijna triomfantelijk. Zou hij me nu observeren, in de hoop me op een leugen te betrappen?

'Wat u vertelt is compleet nieuw voor me.'

'Tja… U hebt alles betreffende de cruise aan Ivana overgelaten, zei u, zelfs de hutkeuze. Uw suite en haar hut lagen naast elkaar. Op het huttenplan van het schip is te zien dat daar een tussendeur zat. Ze sliep bij u, dus ik neem aan dat die tussendeur niet afgesloten was.'

'Dat denk ik, ja.'

'Dat denkt u? Zoiets weet u toch, meneer Du Mont? Ik stel het aan de orde omdat het niet is uitgesloten dat er in haar hut dingen gebeurden waar u, ik bedoel het niet cru, geen zicht op had.'

Zal ik hem vertellen over de stemmen en de vreemde geur? Dat geeft alleen maar ellende. De moord wordt er niet mee opgelost. Dus waarom zou ik? Tot mijn opluchting gaat hij er niet verder op door.

'Dan iets heel anders, meneer Du Mont. Wist, behalve uw vriendin, nog iemand dat u in het theater op haar zou wachten?'

'U bent goed op de hoogte.'

'Het staat in het dossier dat ik heb ontvangen. Klopt het niet?'

'Jawel. Volgens mij was er niemand anders op de hoogte.'

'Ik vraag het maar rechtstreeks, meneer Du Mont. Zou u iets kunnen bedenken waarvoor uw vriendin u uit de weg zou willen ruimen?'

'Dit slaat echt helemaal nergens op,' zeg ik hoofdschuddend.

'Volgens mij wilt u niet beseffen dat, als niemand u had horen schreeuwen, u hier wellicht niet meer had gezeten.'

'Bij mijn beste weten wil niemand mij uit de weg ruimen.'

'Ik begrijp u niet, meneer Du Mont. Als mij zoiets was overkomen en ik had Ivana Plavic als vriendin gehad, dan zou dat me aan het denken hebben gezet. Ik onderzoek een moord op de vader van een klein kind dat is verdwenen en van wie nog steeds geen spoor is gevonden. Ivana Plavic zou daar iets mee te maken kunnen hebben, ze is al eerder van moord verdacht.'

'Op haar leraar, bedoelt u? Ze heeft me daar alles over verteld.'

'Alles? Prettig voor u dat ze zo openhartig is. Heeft ze ook verteld dat een alibi haar vrijpleitte? U hebt haar ook een alibi verschaft.'

Niet laten merken dat hij iets aanroert waar ik mee zit.

'Uw collega vroeg me of ze bij me sliep. Ik heb daar alleen antwoord op gegeven.'

'En u weet zeker dat ze 's nachts niet wat langer weg is geweest dan om naar het toilet te gaan?'

'Niet dat ik weet. Die vraag heb ik al gehad. Het antwoord moet in uw dossier staan.'

Het duurt lang voordat hij reageert. 'Als u niet meewerkt, meneer Du Mont, maakt u het moeilijker voor me om voor uw veiligheid in te staan. Er is nog een ding wat ik me afvraag. U verklaarde zojuist dat u mevrouw Plavic in dienst nam nadat u een advertentie had geplaatst. Waren er meer sollicitanten?'

'Een aantal, ja.'

'Waarom hebt u voor haar gekozen?'

'Zij begreep onmiddellijk met welke beperkingen ik moest leven, leek daar goed op in te kunnen spelen. Wat haar werk betreft heb ik geen moment spijt gehad van die keuze.'

'Heeft ze een motivatie gegeven voor haar sollicitatie? Laten we eerlijk zijn: voor iemand met haar opleiding moet dit een baantje onder haar niveau zijn.'

'Daar dacht zij gelukkig heel anders over. Ze had op dat moment geen dak boven haar hoofd, woonde tijdelijk in een jeugdhotel omdat ze niemand in Amsterdam kende.'

'De baan kwam voor haar dus als een geschenk uit de hemel. Laten we het daarop houden. Dan had ik nu met mevrouw Plavic willen spreken.'

'Ze zit waarschijnlijk vast in het verkeer.'

'Niet onmogelijk.' Hij lijkt niet overtuigd. 'Helaas heb ik geen tijd om op haar te wachten. Morgen neem ik contact met haar op, zegt u dat maar. Tot zover dank voor uw hulp.'

Hij geeft me weer een week handje, dat tot mijn afgrijzen wat plakkerig aanvoelt.

'Het zou me niets verbazen als we elkaar snel weer spreken. Alstublieft, mijn kaartje.'

Hij duwt een stukje karton in mijn hand.

'Belt u mij als u zich bedreigd voelt of als u uw verklaring wilt wijzigen.'

Ik haal mijn schouders op en stop het kaartje in mijn broekzak.

Als Kristina thuiskomt, bijna een uur later, verdwijnt ze zonder iets te zeggen naar haar kamer. Ik hoor haar praten, vrij luid af en toe, in haar moedertaal neem ik aan, want ik kan niet verstaan wat ze zegt. Pas als het gesprek is afgelopen komt ze naar de huiskamer.

'Telefoneer je nog steeds met je mobiel?'

'Soms. Vanochtend heb ik wel met jouw telefoon gebeld. Ik ga iets te drinken inschenken. Wil jij ook wat?'

'Een biertje graag.'

'Ik heb weer met mijn moeder gebeld,' zegt ze als ze terugkomt uit de keuken. Ze zet een glas bier en een flesje op de salontafel. 'Mijn moeder zegt nogal snel dat er niets aan de hand is, terwijl je proeft dat er meer speelt dan ze prijsgeeft, zoals vandaag. Ik maak me ongerust en wil zo snel mogelijk naar huis, morgen of overmorgen al.'

'Kun je op zo'n korte termijn wel een vliegticket krijgen?'

'Lijnvluchten naar Dubrovnic zijn niet altijd volgeboekt. Soms wordt een reservering op het laatste moment geannuleerd. Ik wil straks proberen om via internet een vlucht te boeken.'

'Ik hoor het wel. Die rechercheur die hier vanmiddag was heeft je trouwens gemist.'

'Jammer voor hem. Ik was de afspraak om eerlijk te zijn vergeten.'

'Hij is jou niet vergeten. Morgen neemt hij contact op, moest ik zeggen.'

'Hij doet maar. Wat wilde hij eigenlijk van je weten?'

'Van alles. Waarom ik jou in dienst heb genomen, of ik het boeken van de cruise aan jou heb overgelaten en of je bij mij in bed hebt geslapen.'

'Misschien kicken die lui op zulke informatie,' zegt ze onverschillig. 'Voor de zekerheid ga ik straks alvast wat spullen inpakken. Voor een lastminuteticket moet je je soms binnen een paar uur op Schiphol melden.'

Ze verdwijnt naar haar kamer voordat ik kan beginnen over haar 'min of meer'-zus. Hoe zal ze zich daaruit weten te praten? Ik ben ervan overtuigd dat ze daar een verklaring voor heeft. Naïef, zal De Hond ongetwijfeld zeggen. Zijn suggestie dat ze gevaarlijk voor me zou kunnen zijn was weinig subtiel. Het twijfelgezwel is wel weer aangegroeid, maar onvoldoende om het voordeel dat ik haar geef te overwoekeren.

40

Lieve Darija,

Het spijt me dat ik een tijdje niets van me heb laten horen.
Het lukte me gewoon niet om rustig te gaan zitten
schrijven, straks begrijp je wel waarom.
Alles is voorbij; de wraakgodinnen hebben feest met me
gevierd. Ik had verwacht dat ik me opgelucht zou voelen,
bevrijd van de loodzware last van ons verleden, maar dat
gevoel blijft teleurstellend genoeg uit.
Je hebt geen idee waar ik het over heb, hè? Nu het is
volbracht, durf ik je er wel iets over te vertellen, maar niet
alles in één keer, zodat je tijd hebt om het te verwerken.
Heb jij ook wel eens iets gruwelijks meegemaakt zonder dat
je er iets bij voelde? Wij zijn zussen, dus het zou in onze
genen kunnen zitten. Ik herinner me nog goed dat jij je er
niet druk over maakte toen we een keer zagen hoe Andja
kikkertjes ving en ze levend in tweeën knipte met een
schaar. Kleine kinderen zijn soms wreed omdat ze niet
beseffen wat ze doen, zei je. Ik raakte er flink van overstuur,
wilde zelfs een tijdje niet met Andja spelen. Ze bleek het
namelijk ook te doen met sprinkhanen en wormen. Het
ging gelukkig na een paar jaar over. Totdat ik haar op de

middelbare school een keer betrapte toen ze een spin ving.
Ik heb erbij staan kijken toen ze eerst zijn pootjes afknipte
en daarna het lijf, dat nog probeerde zonder pootjes weg te
rennen, doormidden knipte. Het liet me koud. Wreder kon
bijna niet, maar het deed me niets.

Ik merkte dat ik was veranderd. Ergens in mijn hoofd was
de schakelaar die mijn gevoel regelde, omgezet. Het kostte
me moeite om medeleven met anderen te tonen. De
droevige of nare dingen die zij meemaakten, stonden nooit
in verhouding tot wat ik als kind had doorstaan. Logisch
dat ik er niet zo snel van onder de indruk raakte. Dat had
weinig te maken met een gebrek aan gevoel, dacht ik.

Sinds een paar dagen weet ik dat ik me daarin heb vergist.
Kinderen zijn toch onschuldig? Iemand die een kind iets
aandoet, moet zijn ziel aan de duivel hebben verkwanseld,
moet zelf een duivel zijn geworden. Zo heb ik altijd gedacht
over de soldaten die Andja en mij op smerige matrassen
smeten en ons wekenlang vasthielden en verkrachtten. Zo
moet ik nu ook over mezelf denken, vrees ik. Doctor
Faustus wist wat hij deed. Die verkocht zijn ziel bewust aan
de duivel. Van mij heeft de duivel hem gestolen, in mijn
jeugd al. De ervaringen met het jongetje hebben me
daarvan overtuigd.

Wacht eens, ik heb je nooit verteld dat Andja zwanger was
toen we naar Nederland vluchtten. Dat is ook een van die
dingen die ik heel diep heb weggestopt. Ik was pas elf,
Andja vijftien. Ze droeg het kind van een van haar
verkrachters. Nog voordat het geboren was, haatte ze het
al. De baby stierf een paar dagen na de geboorte, ik weet
niet waaraan. Wel herinner ik me Andja's opluchting. Ze
was blij dat het kind dood was. Of ik wilde of niet, ik was
degene bij wie ze haar hart uitstortte. Ik deelde in haar

vreugde en haatte dat kind bijna net zo erg als zij. Was het blijven leven, dan had ze het misschien zelf wat aangedaan. Als het ouder was geworden, dan zou het zeker trekken van zijn vader gaan vertonen en dan zou ze dagelijks met het beeld van een van haar verkrachters worden geconfronteerd. Zover had ze het nooit laten komen.

Na de dood van haar kind ontwikkelden zich bij Andja steeds meer wraakgevoelens. Als ze ooit een van die soldaten tegen het lijf zou lopen, dan stond ze niet voor zichzelf in, herhaalde ze steeds. Die klootzakken hadden haar leven verwoest. Dat gaf haar het recht om zich te wreken, om ook dat van hen te verwoesten.

Ken je Goran nog, die domme puistenkop met zijn varkensoogjes? Andja liep hem bij toeval tegen het lijf toen ze in Vukovar was omdat daar een massagraf zou worden geopend. Haar broer wordt nog steeds vermist en ze hoopt elke keer dat zijn lichaam wordt gevonden. Goran heeft ze dus afgemaakt, zoals ze me trots vertelde. Dat was de eerste. Het leek wel alsof ze daarna bezeten raakte van wraakzucht, alsof er geen ander doel meer in haar leven was. Het werd een obsessie. Puška moest de volgende zijn. Ze is ervan overtuigd dat hij de vader was van haar kind. We hadden gehoord dat hij was getrouwd en een nieuw leven had opgebouwd. Andja kwam erachter dat hij werkte als bediende op een cruiseschip van een Amerikaanse maatschappij. Wij hadden geld nodig en met onze opleiding was het niet moeilijk om werk te vinden bij dezelfde maatschappij. We kozen niet voor hetzelfde schip en lieten ons zo vaak mogelijk overplaatsen. Eens moest een van ons hem tegenkomen. Het werd Andja, kort nadat ik op staande voet was ontslagen. Een geluk bij een ongeluk achteraf, want juist daardoor kreeg ik de mogelijkheid om me bij haar te voegen.

Andja had niets overlegd. Opeens stond ze voor me met dat kind, een jongetje van een jaar of vijf. 'Dit is Puška's zoon,' zei ze. 'Voor hem doet hij alles, is hij zelfs bereid af te dalen naar de hel die wij voor hem in petto hebben.'

Daarna pakte ze het kind, dat vol vertrouwen met haar was meegekomen, stevig vast, stopte een zakdoek in zijn mond en bond met een veter zijn handen op zijn rug, zodat hij de prop er niet uit kon halen. Het jongetje spartelde wel tegen, maar het had geen schijn van kans. Zijn gezichtje liep rood aan omdat hij het benauwd kreeg, zijn doodsbange ogen puilden bijna uit hun kassen.

Eerst schrok ik. Toen zag ik de arrogante kop van zijn vader in zijn gezicht doorschemeren. Ik voelde niets meer. Geloof het of niet, ik heb toegekeken, onaangedaan. Ik had niet de minste neiging om in te grijpen toen Andja haar schaar pakte. Ze is nog meedogenlozer dan vroeger. Het geluidloze schreeuwen van het kind raakte me niet. Ik moest zelfs lachen, omdat Andja in haar vinger prikte toen ze een stuk uit zijn pyjama knipte. 'Wat bloed op die stof maakt extra indruk,' heb ik gezegd.

Leven is acteren, schreef ik in een vorige brief, en dat gaat me prima af. Er zou echter iets kunnen gebeuren waardoor ik uit mijn rol moet vallen om te voorkomen dat de waarheid aan het licht komt. Ik weet niet waartoe ik dan in staat ben. De gedachte dat ik de controle over mezelf kan verliezen, beangstigt me.

Wat er uiteindelijk met het jongetje is gebeurd, mag niemand ooit te weten komen, zelfs Puška's vrouw niet, al zou ik er geen probleem mee hebben gehad als ze er de rest van haar leven nachtmerries aan had overgehouden. Ze kan niet helemaal onnozel zijn geweest, Darija. Ze moet iets hebben gehoord over Puška's verleden, maar er haar ogen voor hebben gesloten. Dat liefde blind maakt is in haar geval geen excuus.

Was je geschokt toen je over Puška las? Ik wou dat ik je gezicht had kunnen zien. Je moet dit even verwerken, dat begrijp ik heel goed. Daarom sluit ik nu af. Ik beloof je dat ik je binnen een paar dagen de rest schrijf.

Liefs,

je zusje

41

's Avonds maakt ze eten voor me klaar, dekt de tafel en dient het op, alsof ze weer op het schip werkt. Zelf eet ze niet mee. Geen trek, ze voelt zich niet lekker. Als ze haar kamer weer in wil duiken, houd ik haar tegen.

'Ik zit ergens mee, Kristina. Waarom heb je me aan boord nooit voorgesteld aan je stiefzus, of hoe moet ik haar noemen?'

Het blijft lang stil. Ik ruik spanning.

'Je weet het van Andja? Die rechercheur doet zijn werk grondig. Goed, Daniel. Als je het per se wilt weten... Ik had je het volledige verhaal moeten vertellen, ook dat mijn echte naam Ivana Plavic is. Dat wilde ik je niet aandoen. Het zou je vakantie hebben verpest.'

'Had je er geen andere draai aan kunnen geven?' vraag ik zo neutraal mogelijk.

'Dat had gekund, ja, maar dat wilde ik niet. Voor straks, welterusten, Daniel.'

Voor ik in slaap val speel ik in mijn hoofd de film van onze cruisevakantie en de aanloop ernaartoe nog een keer af, op zoek naar dingen die ik misschien anders moet interpreteren dan ik tot nu toe deed.

Kristina heeft me ingepakt en me een rad voor ogen gedraaid, een onprettige gedachte om mee in slaap te vallen. Daarom probeer ik mezelf weer wijs te maken dat ik me vergis, maar dat lukt niet echt.

De volgende dag begint als de vorige, met alleen ontbijten, maar zonder telefoontje van rechercheur De Hond dit keer. Kristina is vandaag net zo zwijgzaam als gisteren. Het enige wat ze uit zichzelf zegt is dat het haar nog niet is gelukt om een vliegticket naar Dubrovnic te bemachtigen.

'Denk je eraan dat rechercheur De Hond je vandaag wil spreken?'

'Moet ík daaraan denken?' zegt ze laatdunkend. 'Als hij me wil spreken zal hij zijn best moeten doen om me te vinden. Zal ik je zo naar de zaak brengen?'

'Over een kwartiertje.'

In de auto lijkt onverwachts iets van de oude Kristina terug te komen en niet alleen de Kristina die de auto feilloos door het verkeer manoeuvreert.

'Ik vind dit voor jou heel vervelend, Daniel. Jij verdient dit gedoe niet. Je moet trouwens niet alles geloven wat die rechercheur beweert. Dingen zijn soms heel anders dan ze lijken.'

'Dat heb je al eens eerder gezegd.'

'Eens verdacht, altijd verdacht, zelfs als je onschuld is bewezen. Ik voel me doodongelukkig,' vervolgt ze na een kort zwijgen, 'omdat mij dit allemaal weer overkomt. Eenzaam voel ik me ook, omdat niemand me steunt. Laat jij me alsjeblieft niet vallen, Daniel, zodat er ten minste iemand is op wie ik kan vertrouwen.'

Is ze oprecht of probeert ze me weer in te pakken?

'Een paar maanden geleden had ik niet kunnen bedenken dat we ooit een gesprek als dit zouden voeren,' zeg ik ten slotte.

'Toen kende je alleen Kristina. Nu ook Ivana, met al haar problemen, die ik je had willen besparen.'

Er zijn niet veel klanten in de winkel, merk ik als ik binnenkom. Slechts één kassa wordt bemand, door Evelien, die niet veel te doen heeft. Bert is zo te zien boeken op de tafels aan het herschikken. Gelukkig kan ik nog voldoende waarnemen om zulke dingen vast te stellen. Elsbeth is volgens Evelien bezig met een tussentijdse inventarisatie omdat er vorige week een langdurige computerstoring is geweest. Ik loop door naar het kantoortje en hoor haar rommelen in de opslagruimte erachter.

'Hallo, Elsbeth. Gaat het een beetje?' vraag ik.

'Ha, Daniel. Dat kan ik beter aan jou vragen. Weet je al wanneer ze vertrekt?'

Typisch Elsbeth.

'Dat is nog niet duidelijk.' Iets in mijn stem verraadt blijkbaar dat ik meer kwijt wil.

'Laten we even een kop koffie gaan drinken, dan kun je je verhaal vertellen.'

'Ik weet het niet meer, Elsbeth,' geef ik toe als we samen met een kopje koffie in het kantoor zitten. 'Gisteren heb ik bezoek gehad van een rechercheur van DINPOL, de Dienst Internationale Politiesamenwerking.'

'Dat meen je niet.'

'Helaas wel. Na dat gesprek ging ik nog meer aan Kristina twijfelen. Ze deed ook nog eens heel afstandelijk en kortaf.'

'Je had haar al lang op straat moeten zetten.'

'Ik weet dat je er zo over denkt,' verzucht ik. 'Nee, dat wil ik nog niet. Probeer je eens in mij te verplaatsen. Ik ben haar dankbaar voor wat ze heeft gedaan om mij door een heel moeilijke periode heen te slepen. Zoiets schept een band en geeft verplichtingen.'

'Wat ben je toch naïef, Daniel. Je kunt haar niet vertrouwen, dat weet je nu toch wel? Nog een kop koffie?'

Zonder op mijn antwoord te wachten staat ze op en loopt naar de koffieautomaat.

'Weet je, ik had je hierover niets willen vertellen omdat het niet erg netjes is wat ik heb gedaan,' begint ze wat aarzelend als ze de koffiebekertjes op tafel zet. 'Maar ik ga het je toch opbiechten.

Om kort te zijn: ik heb in de spullen van Ivana gesnuffeld en mailtjes uit haar laptop gehaald.'

Ze staat weer op om haar tas te pakken. 'Dit zijn de vertalingen van die mailtjes. Ik kon ze niet lezen omdat ze in het Kroatisch waren.'

Ik kan mijn oren niet geloven.

'Ik weet niet wat je heeft bezield, maar dit kan niet.'

'Daar heb je gelijk in. En toch ben ik blij dat ik het heb gedaan. Laat me alsjeblieft vertellen wat erin staat.'

Ik zucht, een zwak teken van protest. Mijn nieuwsgierigheid is echter sterker dan morele bezwaren.

'Ivana heeft je gemanipuleerd, je heel berekenend de cruise van 16 september aangepraat. Ik zal je een paar mailtjes voorlezen waarin – niet toevallig – 16 september telkens terugkeert.'

'Allemachtig,' zeg ik als ze klaar is. 'Het moet toch niet gekker worden.'

Het klinkt wat zwakjes, stel ik zelf al vast. Elsbeth reageert er dan ook fel op.

'Ze heeft op een misselijke manier misbruik gemaakt van je vertrouwen, Daniel. Zo is het en niet anders. Wat denk je van dit citaat uit een mailtje dat ze ontving op 12 juli: "Soms moeten we gevoelens echter uitschakelen, anders hinderen ze ons om ons doel te bereiken." Welk doel, Daniel? Moest er soms een kind worden ontvoerd? Typisch iets om je gevoel bij uit te schakelen. Of zou er iemand om zeep moeten worden gebracht, iemand die van een bepaalde regeling gebruik maakt op 16 september?'

'Ik ben ervan overtuigd dat ze niets met die moord heeft te maken. Dat past totaal niet bij haar.'

'O nee? In haar kast ligt een fotoboek, in het tweede laatje van boven, onder haar ondergoed. Je kunt het zo controleren als je me niet gelooft. Achterin zijn krantenknipsels geplakt over de moord op haar leraar, vijf jaar geleden. Het laatste gaat over haar vrijlating vanwege gebrek aan bewijs. Ze heeft er een smiley bij gezet en een uitroepteken. Heel triomfantelijk en provocerend. Past dat dan wel bij haar?'

Ik sta op en begin door het kantoortje te lopen. 'Ik weet het niet meer.'

'Jij kunt haar ogen niet zien, haar gezichtsuitdrukking, haar arrogante onverschilligheid, haar lichaamstaal kun je niet waarnemen. Er gaat iets geslepens, iets dreigends van haar uit, Daniel. Daarom maakte ik me bezorgd om je.'

'Net zoals die rechercheur. Hij gaf me een kaartje met zijn telefoonnummer voor het geval ik me bedreigd zou gaan voelen of als ik iets aan mijn verklaring wilde veranderen of toevoegen.'

'Vind je het daar nu niet de hoogste tijd voor? Die man moet weten wat er in die mailtjes staat. Mag ik dat kaartje van je?'

42

'Geen spoor. Ze is gewoon verdwenen. Ik begin hier een heel slecht gevoel over te krijgen, Nico.'

Rechercheur De Hond kijkt over zijn beeldscherm naar Ingrid, die de telefoon nog in haar hand houdt.

'Anna Dijana Peric heeft dat schip verlaten op de dag waarop het in Barcelona afmeerde. Ze zou diezelfde dag nog naar Dubrovnic vliegen,' vervolgt ze. 'Haar arbeidscontract was na die cruise afgelopen. De cruisemaatschappij betaalt dan voor haar werknemers een vliegticket naar huis. Ze had al een nieuw contract op zak, dat in november zou ingaan. Een maand vakantie, dan weer zes maanden werken, een gebruikelijk patroon, heb ik me laten vertellen. Haar naam komt niet voor op de passagierslijsten van de vluchten van Barcelona naar Dubrovnic. Ze is daar ook niet bij familie, dat is door onze collega's ter plaatse gecontroleerd. Waar ben jij mee bezig?'

'Ik probeer al de halve dag telefonisch contact te krijgen met Ivana Plavic, maar dat lukt ook al niet. De telefoon bij Du Mont wordt niet opgenomen. Daar begin ik dus ook een rotgevoel over te krijgen.'

Routineus drukt hij een nicotinekauwgumpje uit een strip en gooit het in zijn mond. Honderd procent helder is hij vandaag niet. De verjaardagsvisite gisteravond bij een aangetrouwde nicht van

zijn vrouw, of iets anders onduidelijks in de sfeer van familierela-
ties, is hem slecht bekomen. Een kring oninteressante familieleden
die de wereldproblemen oplosten en en passant adviezen gaven
over misdaadbestrijding. Nog een glaasje, hij deed toch wel gezellig
mee, of was het waar dat politiemensen beroepsspelbrekers waren?
Ha, ha, ha. De paracetamol heeft zijn werk helaas onafdoende gedaan. Hij trommelt met zijn vingers op zijn bureau.

'Wat vind je, Ingrid, afwachten of actie ondernemen?'

'Wat voor actie? Een internationaal opsporings- en arrestatiebevel? We vermoeden dat Anna Dijana Peric informatie kan ver-
schaffen over moord en kidnapping?'

'Laat maar. Hetzelfde geldt voor Plavic, hoewel er in haar geval
meer verdenkingen zijn. Niet voldoende, helaas. Dat wordt dus
wachten op de uitslag van het DNA-onderzoek. Als er geen match
is komen we geen stap verder.'

'Misschien is het helemaal verkeerd om het onderzoek op de
beperkte groep Serviërs en Kroaten te richten, en moet het veel
breder.'

'Dat jongetje heeft aan boord contact gehad met een vrouw die
zijn taal sprak; het briefje was in het Kroatisch opgesteld.'

'Een opzettelijk dwaalspoor van een zeer intelligente moordenaar?'

'Die daarvoor een Kroatisch sprekende vrouw heeft inge-
huurd?'

'Punt voor jou.'

'Dus toch maar bij die Serviërs en Kroaten blijven zoeken?'
zegt hij wat vermoeid.

'Misschien.' Het klinkt nog niet honderd procent overtuigd.
'Als we andere opties maar openhouden. Voor je het weet raak je
verstrikt in een tunnelvisie.'

De Hond pakt de telefoon, die al een paar keer is overgegaan,
uit zijn houder.

'De Hond. Met wie zegt u?'

Hij luistert enige tijd zonder iets te zeggen. Dan verschijnt er een brede grijns op zijn gezicht. Gedachteloos pakt hij het stukje gom uit zijn mond, plakt het onder zijn bureau en steekt zijn duim op naar Ingrid.

'Hebt u daar de beschikking over een fax, mevrouw? Zou u die mailtjes dan onmiddellijk naar mij willen faxen? Mijn nummer is… Het zou van belang kunnen zijn, ja. Dank u in ieder geval voor de moeite.'

'Weer een meevaller, zo te horen,' zegt hij als hij de telefoon heeft neergelegd. 'Plavic en Peric blijken de datum van de cruise al meer dan een maand voor de boeking met elkaar te hebben besproken. Daarna heeft Plavic Du Mont naar die datum toe gepraat. Die was zo belangrijk omdat iemand dan gebruik zou maken van een bepaalde regeling.'

'Deze cruisemaatschappij heeft een aantal mooie regelingen, heb ik me vanochtend laten uitleggen, zo'n gratis ticket bijvoorbeeld. De aantrekkelijkste is dat iedereen die een aantal contracten heeft uitgediend zijn familie een keer gratis mag laten meevaren. Daar maakte het slachtoffer gebruik van.'

'Zouden die vrouwen dat in hun mailtjes hebben bedoeld?' De dufheid in zijn hoofd maakt plaats voor opwinding. Op slag kan hij weer helder denken.

'Hun mailtjes?' vraagt Ingrid.

'Ik had zojuist de bedrijfsleidster van Du Mont aan de telefoon. Hij is eigenaar van een boekwinkel in Amsterdam. Ze heeft kopieën gemaakt van mailtjes die heen en weer zijn gestuurd tussen Ivana Plavic en iemand die *aperic* in haar e-mailadres heeft staan.'

'Kopieën van mailtjes? Hoe komt ze daar dan aan?'

'Ingebroken in Plavic' computer omdat ze haar niet vertrouwde.'

'Daar hebben we dus niets aan. Onrechtmatig verkregen bewijs.'

'Wakker worden, Ingrid. Wíj hebben die mailtjes niet gejat, maar jij en ik weten toevallig wel wat erin staat, en dat zou ons over een dood punt kunnen helpen zodat we ander bewijsmateriaal kunnen vinden.'

Ingrid haalt haar schouders op. 'Volgens het boekje is het niet. We lezen ze, maar we stoppen ze niet in het dossier.'

'Precies. Ik ga ze ophalen van de fax en meteen even naar buiten om mijn zonden te overdenken.'

'Ja, ja,' zegt Ingrid terwijl haar vingers over het toetsenboord gaan. 'Wacht even, Nico,' roept ze als hij de deur opendoet. 'Misschien moet je nóg iets meenemen van de fax.'

Haar stem verraadt dat er iets bijzonders is. De Hond sluit de deur weer.

'Hier, een mailtje van ons lab in Lyon. Er is een DNA-match gevonden. Een DNA-spoor op het lichaam van die vermoorde coldcaseleraar komt overeen met DNA dat op die Serviër is aangetroffen. Het volledige rapport wordt ons zo snel mogelijk gefaxt, maar het leek ze van belang ons dit direct te laten weten,' ratelt Ingrid.

'Dus toch Plavic. *Yes!*' Hij balt in een triomfantelijk gebaar zijn vuist. 'In één keer twee moorden opgelost. Ik ren snel heen en weer naar de fax.'

'Niet te enthousiast, Nico. Dat kind hebben we nog niet terug.'

De centrale fax staat twee verdiepingen lager. Toch is hij er binnen een minuut omdat hij de trap met twee treden tegelijk neemt. Daarna naar buiten voor de absoluut noodzakelijke peuk. Daar leest hij de gefaxte mailtjes. De fax uit Lyon was er nog niet.

'Die Plavic moet onmiddellijk worden gearresteerd,' zegt hij als hij het kantoor weer binnenkomt.

Ingrid zit te bellen en steekt haar hand alleen even op. 'Waar denk je dat ik mee bezig ben?' vraagt ze als het gesprek is afgelopen.

'Met wie zat je te bellen?'

'Met een officier van justitie. Hij geeft een arrestatiebevel af op grond van die DNA-match. De Amsterdamse recherche zal haar zo snel mogelijk arresteren. Sorry, ik loop wel hard van stapel, hè?'

Ze had dat met hem moeten overleggen en hij had zijn fiat moeten geven. Hij haalt zijn schouders op en stapt eroverheen. Ingrid is te goed en te efficiënt. Dit is niet het geschikte moment voor competentiekwesties.

'Het is je vergeven. Ik heb de mailtjes net gelezen. Plavic en Peric hebben het erover dat ze hun gevoel moeten uitschakelen om hun doel te bereiken. Welk doel? De ontvoering van dat kind, de moord op zijn vader? Wat zou in hemelsnaam het motief zijn?'

'Daar zijn we snel genoeg achter als Plavic is opgepakt. Ga jij erheen?'

'Wíj gaan erheen, ja. Dit verhoor moesten we maar eens samen afnemen.'

Ingrid probeert een glimlach te verbergen. Hij doet alsof hij het niet ziet. Dit heeft ze verdiend. Over een paar jaar gaat hij met pensioen. Door haar bij zo veel mogelijk zaken te betrekken, bereidt hij haar erop voor om zijn functie over te nemen. Hij is overtuigd van haar kwaliteiten. Nu zijn superieur nog.

'Wanneer?'

'Nu meteen.' Hij werpt een blik op zijn horloge. 'We nemen een dienstauto. Vóór filetijd kunnen we in Amsterdam zijn. Heb je een telefoonnummer van de recherche daar zodat we weten waar ze haar naartoe brengen?'

'Ja. Ik zet het meteen in mijn mobiel. Moeten we Du Mont trouwens niet waarschuwen?'

'Zoals ik al zei, er wordt bij hem thuis niet opgenomen.'

'Hij zal toch wel een mobiel hebben? Probeer zijn boekhandel eens. Daar kennen ze dat nummer wel. Je hebt nummermelding op je toestel, met geheugen.'

Blijkbaar reageert hij te traag naar haar zin. Ze moet ook weer niet te bijdehand worden.

'Daar zou ik nou nooit op zijn gekomen,' reageert hij wat kregelig. 'Ik vraag me alleen af of het zinvol is om hem te informeren.'

'Dat mens is psychopathisch en gevaarlijk.'

'Maar ze is toch niet zo gek dat ze hem midden op de dag om zeep helpt?'

'Tenzij ze zich in het nauw gedreven voelt. Zulke mensen zijn onberekenbaar. We hebben nog geen idee van haar motief om haar leraar te mollen. Misschien sloegen er een paar stoppen door.'

'Oké, ik bel wel.'

Het is niet nodig om naar een mobiel nummer te vragen. Du Mont is in zijn zaak. Alles zit mee vandaag. Zelfs de naweeën van het verjaardagsfeestje houden het voor gezien.

'Vreemd,' zegt Du Mont als hij hem op de hoogte brengt van zijn vergeefse pogingen om Ivana Plavic te bereiken. 'Ik weet niet beter of ze is thuis. Zal ik het eens op haar gsm proberen?'

'Doet u dat maar niet. Waarschuwt u mij alstublieft onmiddellijk als ze opduikt of als ze contact met u opneemt.'

'U kunt haar misschien zelf op haar mobiele nummer bereiken. Ik zal het u geven.'

De Hond noteert het, ook al weet hij dat hij het niet zal bellen.

'Eh, meneer Du Mont, gisteren zei ik dat u voorzichtig met haar moest zijn. Ik wil u dat nogmaals op het hart drukken, voor uw eigen veiligheid. Ik overdrijf niet, zoals u gisteren suggereerde. Alstublieft, gelooft u mij.'

Het blijft even stil. Blijkbaar moet hij iets afwegen.

'We hebben afgesproken dat ze me hier om half vier komt ophalen,' zegt hij ten slotte. 'Ik ben toch wel van plan om me door haar naar huis te laten rijden.'

De Hond kan nauwelijks een vreugdesprongetje onderdrukken. Om half vier bij zijn boekwinkel. Dat was de informatie die hij nodig had.

'Waarom heb je hem niet gezegd dat de recherche op het punt staat om haar te arresteren op verdenking van moord en dat hij bij haar uit de buurt moet blijven?' vraagt Ingrid. 'Dit klonk nogal vrijblijvend.'

'Gisteren wilde hij haar niet afvallen. Ik moet er niet aan denken dat hij haar waarschuwt en dat ze ervandoor gaat.'

'Dat zo'n man helemaal niets doorheeft. Onbegrijpelijk.'

'Man van over de vijftig, een aantrekkelijke jonge vrouw die hem om haar vinger windt.'

'Dat bedoel ik niet. Hij moet toch iets aan haar hebben gemerkt. Vooral op het emotionele vlak, maar ook aan andere dingen.'

'Een uitgekookte tante waarschijnlijk, intelligent en berekenend.'

'Of met een persoonlijkheidsstoornis die moeilijk te herkennen is.'

'Wat dacht je van een combinatie van die twee?' De Hond haalt zijn schouders op. 'De menselijke geest is soms onpeilbaar en onvoorspelbaar. Wat wel te voorspellen is, is dat Ivana Plavic om half vier door onze collega's wordt gearresteerd in de boekhandel van Du Mont. Mag ik het telefoonnummer van je hebben dat je daarnet in je mobiel hebt gezet, dan zorg ik ervoor dat onze Amsterdamse vrienden dat zelf ook op tijd weten.'

De vragende blik van Ingrid bezorgt hem een binnenpretje. Zij weet niet wat Du Mont hem zo-even heeft verteld. Plavic hangt, de zaak is zo goed als opgelost, en dat binnen een paar dagen.

43

'Dat was De Hond,' zeg ik tegen Elsbeth, die naast me staat. 'Hij probeert al de hele ochtend Kristina te bereiken. Hij wil haar beslist spreken.'

'Ivana,' verbetert Elsbeth me. 'Vanwege die mailtjes? Zei hij dat niet?'

'Nee, alleen dat het heel dringend is. Het zou me niet verbazen als hij hier om half vier op de stoep staat.'

'Dan zal het wel heel belangrijk zijn. Hij moet ervoor uit Zoetermeer komen, want daar heb ik die mailtjes naartoe gefaxt.'

'We wachten het af. Ik wil nog even werken aan mijn leestafel. Mag ik van jou de gegevens die je tot nu toe hebt verzameld?'

'Dat was niet meer dan een tussentijdse controle, hoor, omdat we een computerstoring hebben gehad,' zegt ze verwonderd. 'Daar ga je je tijd toch niet aan besteden?'

'Waarom niet? Ik blijf ook tussentijds graag op de hoogte. Dat deed ik ook voordat mijn wereld op grijs sprong. En het houdt me alert.'

'Toen kostte het je wel minder moeite dan nu.'

Ik haal mijn schouders op.

'Ik kom ze je zo brengen.'

Even later schuif ik de papieren met aantallen ingekochte en verkochte titels heen en weer onder de loep. Ik voel me als een ambtenaar die met een goedgevulde dossiermap door een groot kantoor loopt om de indruk te wekken dat hij het erg druk heeft. Toch krijg ik ook een overzicht van de best verkochte en minder goed lopende titels. Het thrillergenre doet het nog steeds goed.

Dan dwalen mijn gedachten weer naar Kristina. Wat moet ik straks tegen haar zeggen? Over Elsbeths' schending van haar privacy durf ik niet te beginnen, uit plaatsvervangende schaamte vooral. Hoe moet ik haar dán met haar gemanipuleer confronteren?

Om ongeveer kwart over drie komt Elsbeth zeggen dat er twee mannen in de winkel staan die me willen spreken.

'Politie,' zegt ze zacht.

'Waarom laat je ze niet hier komen?'

'Ze gaven er de voorkeur aan om in de winkel te blijven. Ik heb ze koffie aangeboden in de leeshoek.'

Met een onaangenaam gevoel volg ik Elsbeth. De eerste man stelt zich voor met een naam die ik onmiddellijk vergeet. Hij voegt eraan toe dat hij van de recherche is en houdt iets voor me op dat ik wazig kan zien. Zijn identiteitsbewijs, vermoed ik.

'Meneer Du Mont is slechtziend,' zegt Elsbeth.

'Dat spijt me.'

Zo te horen weet hij er geen raad mee. Het valt me mee dat hij niet aan Elsbeth vraagt om het in mijn plaats te controleren.

'Vertelt u maar wat u komt doen,' zeg ik.

'O, zit je hier. Ik dacht dat je in je kantoor zou zijn, Daniel,' hoor ik Kristina opeens zeggen voordat de man kan antwoorden. 'Kom je alsjeblieft snel mee? De auto staat voor de deur dubbel geparkeerd omdat er nergens een parkeerplaats te vinden was.'

'Mevrouw Plavic?' vraagt de man die zich nog niet heeft voorgesteld.

Ze geeft geen antwoord. Elsbeth bevestigt het.

'Ik heb hier een bevel tot aanhouding. Wilt u met ons meekomen?' De rechercheur doet een stap in haar richting.

Wat er precies gebeurt kan ik niet goed zien. Ik hoor iets metalig rammelen. Boeien?

'Nee! Niet weer!' Kristina schreeuwt het uit.

Op een of andere manier ziet ze kans hem te ontwijken en het op een rennen te zetten. Ik zie haar schim door de uitgang verdwijnen. De rechercheurs vloeken en gaan haar achterna. Ik hoor boeken van tafels vallen, de buitendeur dichtslaan, gierende banden, geschreeuw op straat. Het is alsof ik midden in een hoorspel ben terechtgekomen.

'Ze is er met jouw auto vandoor, Daniel.' De ontnuchterende stem van Elsbeth.

Een van de rechercheurs komt weer binnen. 'Wat is het voor een type auto? En is het kenteken bekend?' vraagt hij hijgend.

'Het is een Lexus,' antwoordt Elsbeth. 'Ken jij je kenteken uit je hoofd, Daniel?'

Ik schud mijn hoofd.

De rechercheur rent de zaak weer uit. Ik hoor autoportieren dichtslaan en opnieuw gierende autobanden.

'Wildwest,' merkt Elsbeth cynisch op. 'Met jouw lieve Ivana als *outlaw*. Er is alleen nog niet geschoten.'

Ik sta nog steeds op dezelfde plek. Kristina's kreet is blijven hangen. Hij sneed me door de ziel. 'Laat jij me alsjeblieft niet vallen, zodat er ten minste iemand is op wie ik kan vertrouwen,' zei ze vanochtend in de auto. Die woorden galmden door in haar noodkreet.

'Wil je niet even gaan zitten?' vraagt Elsbeth.

Ik knik en loop naar het kantoor. 'Hoe gaat dit in hemelsnaam aflopen?'

'Ze wordt ergens klemgereden en alsnog gearresteerd,' antwoordt ze nuchter. 'Gelukkig maar. Probleem opgelost.'

Ik breng het niet op om te vertellen wat ik zo-even over Kristina dacht.

'Mijn problemen beginnen nu pas,' zeg ik terneergeslagen.

'Maak je geen zorgen. Ik breng je straks wel naar huis.'

De regen roffelt met toenemend geweld tegen de voorruit. De Hond schakelt de hoogste stand in van de ruitenwissers en neemt wat gas terug. Om hem heen doen andere automobilisten hetzelfde. Een vrachtwagen davert voorbij op de linkerweghelft. Het opspattende water ervan ontneemt hem even het zicht op de weg. Voor hem doemen opeens remlichten op. Zijn voet schiet naar het rempedaal, zijn blik naar de achteruitkijkspiegel. Nog zo'n mafkees van een vrachtwagenchauffeur, vlak achter hem, en hij dendert over hun auto heen als hij een noodstop moet maken. Als hij de wagen tot stilstand heeft gebracht, hoort hij Ingrid naast hem opgelucht uitademen.

'Dat was op het nippertje.'

'Waar zijn we precies? Heb jij daarop gelet?'

'Niet ver van Schiphol. Dat valt mee. Er komt beweging in.'

'Kun jij alvast uitzoeken waar ze Plavic heen hebben gebracht?' vraagt hij terwijl hij de versnelling in zijn één zet en langzaam optrekt.

'Doe ik.'

Optrekken, een paar meter rijden, stilstaan, optrekken… Hij heeft er een bloedhekel aan. Hoe brengen mensen het op om zich dagelijks urenlang ingeblikt te verplaatsen, om meter voor meter op te schuiven in de richting van hun werkplek?

'Dat weet u niet?' vraagt Ingrid verontwaardigd. 'Zou u het dan voor ons kunnen uitzoeken en ons terugbellen? We zitten vlak bij Schiphol. Over een half uur kunnen we er zijn, als het meezit.'

'Loopt niet soepeltjes,' stelt De Hond vast.

'Een understatement,' zucht Ingrid. 'Die lui hebben uiteraard niet iedere dag met DINPOL te maken, maar wat meer medewerking zou prettig zijn.'

273

'Ze voelen zich misschien in hun kuif gepikt. Zij krijgen de opdracht van justitie om iemand te arresteren, maar ze moeten het vervolg aan ons overlaten.'

Er komt wat meer vaart in de rij auto's. De Hond schakelt door naar de derde versnelling. Op de vluchtstrook staat een vrachtauto stil. De chauffeur is uitgestapt en sjort aan de banden van het afdekzeil.

'En zoiets blokkeert dus de doorstroming,' stelt Ingrid geïrriteerd vast. 'We mogen nog blij zijn dat die man zijn zoveeltonner niet op de rijbaan heeft geparkeerd.'

Haar mobiel begint een vrolijk deuntje te spelen. 'Ah, de communicatie is weer op gang gekomen. Met Ingrid Picauly, DINPOL,' zegt ze als ze het ding naar haar oor heeft gebracht.

Ze luistert lang, zonder degene die haar belt in de rede te vallen.

'U hebt alleen een bevel tot aanhouding gehad, ik begrijp het. Er had inderdaad overlegd moeten worden. Wij wisten overigens ook niet dat ze vluchtgevaarlijk was. We houden contact, ja. Nee, ik denk niet dat zoiets op dit moment zin heeft.'

Ze verbreekt de verbinding. 'Daar is de afslag Schiphol, Nico. Ik zou maar afslaan, dan kunnen we rechtsomkeert maken. Voorlopig is mevrouw Plavic niet aanspreekbaar, dus heeft het niet veel zin om verder te gaan.'

'Niet aanspreekbaar? Waar slaat dit op?'

'Iemand die aan slangetjes op de intensive care in een ziekenhuis ligt, is meestal niet erg aanspreekbaar,' zegt Ingrid droog. 'Je gelóóft het niet... stelletje amateurs. Ze hebben het gepresteerd om haar in een auto te laten springen en ervandoor te laten gaan. Daarna een wilde achtervolging, die eindigde toen Plavic met haar auto een gracht in reed. Ze is net op tijd uit het water gehaald.'

'Shit!' zegt De Hond. Hij neemt zonder het te merken wat gas terug. Achter hem wordt getoeterd. 'Hoe hebben ze het zo kunnen verpesten. Oké, we gaan terug.' Hij zet zijn richtingaanwijzer aan en draait de snelweg af. 'Zetten ze wel bewaking bij haar kamer?'

'Ze is met slangetjes aan allerlei apparatuur verbonden.'

'Maar ze is ook in staat tot onverwachte acties. Is ze bij bewustzijn?'

'Niet in levensgevaar. Meer kon die man niet vertellen. Dit geeft hoogstens wat vertraging, Nico. De zaak is toch vrijwel rond?'

'Ze kan ons misschien vertellen wat er met dat kind is gebeurd. Tot die tijd is er niets rond, behalve dit rondje sightseeing Schiphol. Hoe komen we hier uit?'

'Borden Rotterdam volgen,' stelt Ingrid voor.

'Weet je,' zegt De Hond als ze op de snelweg de andere kant op rijden, 'ik begrijp die Plavic niet. Ze moet toch slim genoeg zijn om te begrijpen dat iemand die in Amsterdam met een auto uit handen van de politie wil blijven, niet op de grachten moet rondtoeren.'

'Niet logisch, nee. Dus?'

'Ze raakte in paniek, wist niet goed wat ze deed, zoiets.'

'Dat klopt niet met het beeld dat we van haar hebben.'

'Precies. Hoe zit het dan?'

Tot zijn opluchting is de hoofdrijbaan naar Zoetermeer nog niet dichtgeslibd als ze van de A4 afslaan. Ruim voor half vijf parkeert hij de auto weer bij het kantoor waar DINPOL is gehuisvest.

'Jij gaat nu zeker naar je moeder?' vraagt hij terwijl ze uitstappen.

Ingrid knikt. Ze heeft hem zojuist verteld dat haar moeder gisteren plotseling in het ziekenhuis is opgenomen.

'Ze is de laatste tijd erg kortademig. De huisarts denkt dat ze vocht achter de longen heeft. Hopelijk is het niet ernstig. Ik pik mijn vader thuis op en ga door naar het Bronovo. Wat doe jij? Ga je naar huis?'

'Nog niet. Ik haal in elk geval die fax uit Lyon op. Wie weet staan er nog verrassingen in.'

'Oké, tot morgen.'

Hij haalt een sigaret tevoorschijn, steekt hem aan en kijkt haar na terwijl ze naar haar knalrode Mini loopt, energiek, zelfbewust. Ze moet zijn blik voelen, want voor ze instapt, steekt ze haar hand naar hem op. Hij doet hetzelfde. Ze zal zijn gestaar toch niet verkeerd uitleggen? In de paar jaar dat ze samenwerken heeft ze hem goed genoeg leren kennen om te weten dat hij zich niet aan haar uiterlijk staat te verlekkeren, al mag ze er natuurlijk wel wezen.

Hij inhaleert een keer diep, gooit zijn peuk in een met zand gevulde bak en gaat naar binnen. De trap op naar de eerste verdieping, rechtsaf naar de ruimte waar de centrale fax staat, bij hun postvakken.

Er staat maar één bericht op de rol, en dat is niet voor hem bestemd. Waarschijnlijk heeft iemand het er al afgescheurd en in zijn postvak gestopt, of nee, in dat van Ingrid natuurlijk. Ze vindt het vast niet erg als hij het eruit haalt. Het klopt. Een faxbericht van het centrale laboratorium in Lyon, drie kantjes maar liefst, in het Engels, gelukkig niet in het Frans.

Lezend loopt hij naar boven. Tussen de tweede en derde verdieping blijft hij met een ruk staan, zich afvragend of hij wel goed ziet wat er staat.

DNA-materiaal dat is gevonden op het lichaam van de vermoorde leraar in Wolvega, matcht met DNA-materiaal dat op het cruiseschip is aangetroffen op het lijk van de Serviër en op het stukje stof van de pyjama van het verdwenen kind. Dat was al bekend. Maar dan komt er iets wat hem tegelijk verrast en schokt.

Het DNA is niet van Ivana Plavic, maar van een onbekende! Hoe is dat mogelijk?

Verbijsterd en met zijn hoofd schuddend loopt hij door naar zijn kantoor. Hier staat dat Ivana Plavic met beide zaken wel eens níéts te maken zou kunnen hebben en dat ze, zolang er geen ander bewijs tegen haar wordt gevonden, onschuldig is.

Ze hebben hun conclusie te snel getrokken door hun tunnelvisie, een risico waar Ingrid nota bene nog voor heeft gewaarschuwd. Een enorme blunder, met een nog net niet fatale afloop. Slechts één keer eerder heeft hij een inschattingsfout gemaakt met zulke verregaande gevolgen. Die kostte een collega bijna het leven. Het heeft hem jaren achtervolgd, verlamd zelfs als hij in gelijksoortige situaties besluiten moest nemen. Het schuldgevoel dat is blijven knagen, speelt ook nu op.

Hij onderdrukt de neiging om Ingrid te bellen op haar mobiel. Ze heeft andere problemen. Hij gooit het rapport op zijn bureau en gaat ijsberen. Plavic onschuldig! Op wie moeten ze hun onderzoek dan richten? Op een van de andere Serviërs of Kroaten, op Anna Dijana Peric? Ze deelde een kamer met Ivana Plavic in hetzelfde asielzoekerscentrum, maar ze zat niet meer op school, kende die leraar niet en is de hele avond en nacht in het asielzoekerscentrum geweest. Hij mag ervan uitgaan dat die feiten onomstreden zijn, dat de recherche ze indertijd heeft nagetrokken. Hoe breit hij de voorbarige arrestatie van Ivana Plavic weer recht? Ze heeft misschien dingen gedaan waar vraagtekens bij gezet kunnen worden, maar ze lijkt niet de gevaarlijke vrouw voor wie hij Du Mont heeft gewaarschuwd. Hij moet dat die man laten weten en zich verontschuldigen. Een telefoontje is wel het minste wat hij kan doen.

Wat een dag! Wie had kunnen voorzien dat hij zo zou aflopen?

44

Na Kristina's ontsnapping troont Elsbeth me mee naar het kantoortje. Voor haar heeft ze afgedaan. Ik moet me er maar snel bij neerleggen dat ze uit mijn leven verdwijnt. Ze durft dat nog niet hardop te zeggen, maar ik kan het opmaken uit alles wat ze zegt en doet.

Ik stel me Kristina voor achter het stuur van de Lexus, met een verbeten gezicht in de achteruitkijkspiegel kijkend, plotseling afslaand als ze daar de achtervolgende politieauto in ziet verschijnen. Hoe lang houdt ze dat vol? Beseft ze niet dat ze kansloos is? Tenzij ze de auto ergens dropt en te voet verdergaat. Maar wat dan?

Ik sta op en loop de winkel in, doelloos en onrustig. Dat is altijd nog beter dan in mijn eentje thuis zitten kniezen. Er zijn meer klanten dan gebruikelijk op dit tijdstip. In de buurt zoemt ongetwijfeld rond dat er in boekhandel Montagne een spectaculaire ontsnapping heeft plaatsgevonden. Dat lokt nieuwsgierigen.

Om me heen gaan de gesprekken over niets anders. Er zal wel naar me worden gekeken, maar dat laat me koud. Naarmate de middag vordert, worden de verhalen smeuïger. Af en toe probeert iemand een gesprek met me aan te knopen, maar ik reageer ontwijkend. Zelfs mijn personeel weet niet goed raad met me. Wat zouden ze denken? De vriendin van de baas op de vlucht voor de

politie… Wat zou ze hebben uitgevreten? Zou ze hem hebben op-
gelicht? Zou hij al zijn geld aan haar hebben verspeeld, zodat het
voortbestaan van de winkel in gevaar komt en daarmee hun
baan?

Het is bijna vijf uur. Ik sta op het punt om Elsbeth te vragen of
ze een taxi voor me wil bellen als er telefoon voor me is. De stem
van de rechercheur die zich vanmiddag aan me heeft voorgesteld,
maar van wie ik onmiddellijk de naam ben vergeten.

'Ik heb niet zulk goed nieuws voor u, meneer Du Mont.'

Ik houd mijn adem in. Ga me niet vertellen dat Kristina iets
ernstigs is overkomen. Dat verdraag ik niet.

Het blijkt om mijn auto te gaan. Hij is zojuist uit de Herengracht getakeld. De vrouw die ze achtervolgden heeft hem daarin
gereden, deelt hij op zakelijke toon mee. Waarschijnlijk is hij total
loss. Of ik kan vertellen waar hij heen moet worden gebracht, anders gaat hij naar de dichtstbijzijnde garage.

Wat kan mij die auto nou schelen? Dat is maar blik. Ik wil weten hoe het met Kristina is.

Het blijkt naar omstandigheden redelijk met haar te gaan. Ze is
op tijd uit het voertuig gehaald en per ambulance afgevoerd naar
het Onze Lieve Vrouwe Gasthuis. Haar gezicht bloedde nogal. Hij
neemt aan dat ze ook wat kneuzingen en botbreuken heeft, want
ze droeg geen veiligheidsgordel. Ze was bij bewustzijn en leek niet
in levensgevaar te verkeren.

'Weet u toevallig waar ze woont? Ik moet haar familie inlichten.'

'Ze heeft hier geen familie. Ze woont bij mij in,' antwoord ik
kortaf.

'Dat was ons niet bekend. We moesten iemand aanhouden
over wie we weinig weten, snapt u. Nou ja, dan bent u op de hoogte.'

'En?' vraagt Elsbeth die het kantoor binnenkomt zodra ik de

telefoon heb neergelegd. 'Nieuws over Ivana?'

'Ze is met de auto de Herengracht in gereden en met een ambulance naar het ziekenhuis gebracht.'

'Wat zonde van je mooie auto. Voor dit soort situaties is hij volgens mij niet verzekerd. Dat gaat je veel geld kosten, Daniel. Was er nog iets heel aan?'

'Zou je niet eerst vragen of er nog iets heel is aan Kristina?' vraag ik zo beheerst mogelijk.

'Ivana dus. Ze heeft het overleefd, anders word je niet naar een ziekenhuis gebracht.'

'Ik weet niet of het ernstig is. En wil je nu alsjeblieft een taxi voor me bellen? Ik wil naar huis.'

'Sorry, Daniel. Ik kijk nu eenmaal anders tegen haar aan dan jij na wat ik te weten ben gekomen. Kun je je thuis wel redden nu je hulp plotseling is weggevallen? Weet je bijvoorbeeld of je eten in huis hebt en of je koelkast is gevuld? Als er boodschappen moeten worden gehaald, zal iemand dat toch voor je moeten doen. Ik wil je best naar huis brengen en kijken wat er moet worden aangevuld.'

Haar praktische toon confronteert me pijnlijk met mijn hulpbehoevendheid en met wat Kristina allemaal voor me heeft betekend.

'Als je me thuis wilt brengen, dan graag.'

'Was ze eigenlijk een goede chauffeur, Daniel?' vraagt ze als we in haar auto zitten.

'Niet een die zomaar een gracht in rijdt, als je dat bedoelt.'

'Ik had zo mijn twijfels, na dat gedoe met haar rijbewijs.'

'Ze wilde geen deuken in mijn mooie auto rijden, zei ze.'

'Niet wetend dat een deukje meer of minder al snel weinig meer zou uitmaken,' kan ze niet nalaten te zeggen.

Als we uit de lift naar de voordeur van mijn appartement lopen, bekruipt me het gevoel dat Elsbeth Kristina's plaats probeert in te nemen. Ze loopt voor me uit, opent de voordeur, pakt mijn jas aan en hangt hem voor me op, precies zoals Kristina meestal deed als we samen de stad in waren geweest of als ze me had opgehaald uit de winkel.

'Zal ik koffie voor je zetten? Of wil je eerst kijken wat er te eten is? Als je wilt kunnen we ook samen uit eten gaan.'

'Nee, dank je wel. Ik red me wel. Er staat vast nog wel een kant-en-klaarmaaltijd in de vriezer.'

'Wat je wilt.'

Ze is al op weg naar de keuken. Ik hoor haar de deur van de vriezer openen. Voordat ze verslag kan doen van de inhoud, gaat de telefoon.

'De Hond, DINPOL,' zegt een bekende stem. 'Eh… Bent u al op de hoogte gebracht van wat er vanmiddag is gebeurd, meneer Du Mont?'

'Dat ben ik, ja.'

'Tja… Het spijt me heel erg dat het zo is gelopen. Dit had nooit mogen gebeuren.'

'Wat had nooit mogen gebeuren?' vraag ik stomverbaasd.

'Het arrestatiebevel is abusievelijk uitgegaan, meneer Du Mont. We hebben, hoe zal ik het zeggen, een interpretatiefout gemaakt, waardoor Ivana Plavic schuldig leek aan ten minste twee moorden. Nogmaals, het spijt me dat het zo is gelopen.'

'Schuldig léék, zegt u? Ze zou gevaarlijk zijn, ik moest voor haar oppassen… Allemaal onzin dus.' Ik word op slag razend.

'We hebben een interpretatiefout gemaakt,' herhaalt hij. 'Vast staat in elk geval dat Ivana Plavic de moorden waar wij haar van verdachten, niet heeft gepleegd.'

'Ze is dus onschuldig. Wat vanmiddag is gebeurd, was niet nodig geweest als u uw werk goed had gedaan. Ze had dan nu niet in het ziekenhuis gelegen; ze was…'

'Probeert u kalm te blijven. Nogmaals, onze excuses. Ook

politiewerk is mensenwerk, er worden nu eenmaal fouten gemaakt, hoe spijtig ook. Ik heb overigens ook goed nieuws voor u uit het ziekenhuis. Voordat ik u belde heb ik contact gehad met een arts. Haar toestand is stabiel en de verwondingen vallen mee, gezien de omstandigheden. Ze wordt vanavond nog van de intensive care naar een gewone afdeling gebracht. Ik heb hier een telefoonnummer, dat u zelf kunt bellen als u meer wilt weten. Hebt u pen en papier in de buurt?'

'U bent wel erg snel vergeten dat ik slechtziend ben.'

Ik hoor hem zuchten. 'Ik heb mijn dag niet, meneer Du Mont.'

'Mijn bedrijfsleidster is toevallig hier. Geeft u het nummer maar aan haar door. Een moment alstublieft.'

'Kristina is volledig onschuldig,' zeg ik tegen Elsbeth voor ik de hoorn aan haar doorgeef. Ik zeg het rustig, hoewel ik de neiging heb het uit te schreeuwen.

'Onschuldig? Sorry, daar geloof ik geen barst van. Die mailtjes waren toch duidelijk, net als haar valse naam? Ze ging er niet voor niets vandoor in jouw auto.'

'Laat die rechercheur het je zelf maar uitleggen.' Ik geef haar de telefoon. 'Hij heeft een telefoonnummer van de afdeling waar men me meer kan vertellen over Kristina. Wil jij het voor me noteren?'

Ze maakt een hulpeloos gebaar. 'Waar vind ik pen en papier?'

'Op mijn leestafel. Ik haal het voor je.'

'Jullie hebben dus een fout gemaakt,' hoor ik haar zeggen als ik terugkom. 'Maar die mailtjes dan, die ik naar u heb gefaxt?'

Haar nagels tikken een ongeduldig ritme op het tafelblad.

'Die hebt u niet eenduidig kunnen interpreteren… Wat een formulering. En het is onrechtmatig verkregen bewijsmateriaal… Gelukkig maar dat er burgers zijn die zich niet altijd keurig aan de regeltjes houden, dan ontdekken ze nog eens wat… Ben ik buiten mijn boekje gegaan? Daar was ik me even niet van bewust,' vervolgt ze verbeten. 'Ja, ik heb inmiddels pen en papier. Zegt u het maar.'

Na het nummer te hebben opgeschreven, verbreekt ze met een kort 'dank u wel' de verbinding.

'Hoe lang zal het duren voordat hij terugbelt om te zeggen dat ze opnieuw een fout hebben gemaakt? Een interpretatiefout. Mooi excuus. Hoe nu verder, Daniel? Ga je haar in het ziekenhuis opzoeken, laat je haar weer bij je wonen als ze daaruit wordt ontslagen? Verwelkom je haar met een gebakje bij de koffie en een bord met WELKOM THUIS?'

'Je mag vaker iets voor me verzinnen,' zeg ik op dezelfde sarcastische toon.

'Haar leugens, haar valse naam, haar gemanipuleer… Dat laat je er verder bij zitten?'

'Dat heb ik niet gezegd, maar ik laat haar nu niet vallen. Wil je alsjeblieft meteen dat nummer voor me bellen?'

Even later heb ik iemand van de ic-afdeling van het Onze Lieve Vrouwe Gasthuis aan de lijn.

'Mevrouw Plavic ligt nog aan de beademing. Ze had nogal wat verontreinigd water in haar longen. Preventief krijgt ze daarvoor antibiotica toegediend. Doordat ze snel uit het water is gehaald is ze aan de verdrinkingsdood ontsnapt.'

Ik hoor het zwijgend aan, vraag dan naar haar andere verwondingen. Twee gebroken ribben en nogal wat kneuzingen. Morgen gaat ze waarschijnlijk naar zaal, waar ze nog zeker een dag ter observatie moet blijven. Interne bloedingen zijn bij dit soort crashes niet uitgesloten. Of ik voor kleren kan zorgen, een nachthemd of een pyjama, en ondergoed. Toiletartikelen zal ze ook wel willen hebben.

Ik beloof ervoor te zorgen. Na hem te hebben bedankt zet ik het toestel opgelucht in de houder en breng Elsbeth op de hoogte.

'Ik begrijp dat je er niet om staat te springen, maar zou jij die spullen in haar kamer bij elkaar willen zoeken? Ik heb daar wat moeite mee en jij kent de weg al.'

Het ontlokt haar gelukkig een lachje. 'Zo'n voordeel moet je uitbuiten, nietwaar, Daniel?' zegt ze wat wrang. 'Laten we het samen doen. Ik wil niet het risico lopen van onrechtmatig handelen te worden beschuldigd.'

Op Kristina's bed blijkt een geopende koffer te liggen, die voor een deel is ingepakt, vooral met kleren, volgens Elsbeth. Geen pyjama, nachthemd of iets wat daar voor door kan gaan, geen ondergoed.

'Laat ik dat nou weten te vinden.'

Ze opent de deur van de klerenkast. Ik kan vaag enkele kledingstukken zien hangen.

'Een tante met een dure smaak. Dit ding hing er de vorige keer niet, want dat had ik zeker onthouden.'

'Wat bedoel je?'

'Dit opvallende jack.' Ze pakt het uit de kast. 'Mooie kwaliteit leer, prachtig afgewerkt, een kraag van echt bont, als je het mij vraagt.'

Ik zie alleen een rode vlek met een vage, witte rand.

'Heb je toevallig ergens een weekendtas, Daniel, om haar spullen in te doen? Die koffer is nogal groot.'

'In de berging. We pakken hem zo wel. Kun je eerst de spullen die ze nodig heeft bij elkaar zoeken?'

'Goed hoor.'

Ze hangt het jack terug in de kast. 'Eerst haar ondergoed.'

Gerommel in een laatje.

'Hier ligt dat fotoalbum waar ik je over heb verteld.' Ze heeft het al in haar hand. 'Waarom neem je het niet mee naar je leestafel? Dan kun je zelf die krantenartikelen lezen.'

'Wat mij betreft leg je het weer terug.'

'Voel je niet bezwaard. Ik heb het ook helemaal doorgebladerd. De foto's van Ivana toen ze jong was wil je toch wel zien?'

Het ontgaat haar niet dat ik aarzel.

Ze slaat het boek open. Er glijden papieren uit die naar de grond dwarrelen. Ze bukt zich om ze op te rapen. 'Vreemd,' zegt ze. 'Dit lijken me brieven, allemaal aan een zekere Darija gericht. Die zaten er de vorige keer niet in. Ik hoop maar dat ik ze in de goede volgorde terugleg.'

45

Elsbeth is net weg als er wordt aangebeld.

'Hallo. Ik kom voor Ivana. Is ze thuis?'

Een zwoele stem met een Slavisch accent, die door de intercom sprekend op die van Kristina lijkt.

'Ze is er niet. Wie ben je?'

'Anna Dijana, Ivana's zus.'

Andja staat onaangekondigd beneden. Wat nu? Ik kan haar moeilijk wegsturen omdat Kristina niet thuis is.

'Weet je al dat Ivana in het ziekenhuis ligt?'

'Nee. Het is toch niet ernstig, hoop ik?' vraagt ze geschrokken.

'Het valt erg mee. Kom even boven, dan breng ik je op de hoogte. Met de lift naar de vierde etage, dan eerste deur links. '

Ongedurig drentel ik van de hal naar de kamer en terug. De zoveelste verrassing vandaag. Zou Kristina haar zus eerlijk hebben verteld waarom ze ons niet aan elkaar heeft voorgesteld? Voor de zekerheid stel ik me toch maar in op nog een onaangename verrassing.

De bel. Ik open de deur.

'Dag. Ik ben Anna Dijana.'

Voordat ik mijn hand kan uitsteken, loopt ze langs me heen naar binnen, me nog net niet opzij duwend. Enigszins overdonderd sluit ik de deur weer. Ik haal een keer diep adem. Dan blijf ik doodstil staan, snuif heel langzaam de geur op die met haar is meegekomen. Mijn nekharen gaan overeind staan, het zweet breekt me uit. De geur die ik in het theater rook! Daar was ze net zo dicht bij me als nu. Opeens weet ik waar ik die geur van herkende. Hij hing ook in Kristina's hut, vaag, weggedrukt door de nare, zurige geur van het abbattoir.

Ze staat achter me. De dreiging is bijna tastbaar. Ik heb de deurknop nog in mijn hand. In paniek trek ik de deur open. Voor ik naar de lift kan rennen, heeft ze al een arm te pakken. Met haar vrije hand drukt ze iets scherps tegen mijn keel, net onder mijn kaak. Een mes? Ik voel het staal in mijn vlees snijden. De ader eronder klopt als een bezetene.

'Daar moet je geen gewoonte van maken.'

Haar stem klinkt ijzig. Ze heeft een arm op mijn rug gedraaid.

'Rustig dichtdoen, die deur. En nu langzaam voor me uit lopen.'

Allerlei wilde plannen schieten door mijn hoofd. Me voorover bukken en keihard naar achteren trappen, de elleboog van mijn vrije arm in haar lichaam rammen. Met wat geluk schakel ik haar tijdelijk uit. Maar voor ik weg ben, heeft ze me waarschijnlijk alweer te pakken. Een slechtziende met blote handen is geen partij voor een jonge vrouw, gewapend met een mes. Ik kan het op een schreeuwen zetten, maar het complex is uitermate goed geïsoleerd. De kans dat iemand me hoort is hier echter kleiner dan op het cruiseschip. Me rustig houden dus, vooral niet in paniek raken! Erachter zien te komen wat ze van me wil.

We lopen de hal door, de kamer in. Daar dwingt ze me om op de bank te gaan zitten en laat mijn arm los. Op dat moment gaat de telefoon. Automatisch kom ik overeind, maar ik word hardhandig teruggeduwd.

'Doe geen rare dingen, daar krijg je spijt van.'

Ze staat achter me en ze drukt de scherpe punt weer tegen

mijn keel. Geduldig wacht ze tot de telefoon ophoudt over te gaan.

'Niet thuis, jammer! Zit er een voicemail op?'

'Ja.'

'Dan wordt er wel iets ingesproken. Als je meewerkt mag je die straks afluisteren.'

'Het kan het ziekenhuis zijn, met een bericht over Ivana.'

'Dat horen we dan wel. Armen naar achteren, over de rugleuning,' beveelt ze. Ze geeft een pijnlijke steek omdat ik niet snel genoeg reageer.

'Zo ja. Polsen tegen elkaar.'

'Dat doet pijn,' steun ik als ik heb gedaan wat me is opgedragen.

'Het wordt nog veel pijnlijker.'

De lamp die naast de bank staat valt op de grond. Even is de druk op mijn hals weg. Razendsnel wordt er iets om mijn polsen gebonden en aangetrokken. Ik schreeuw van de pijn. Mijn armen en mijn schouders worden zo ver naar achteren getrokken dat mijn schouderbladen elkaar bijna raken. Uit mijn ooghoek zie ik dat ze de lamp achter de bank trekt. Dan hoor ik het onmiskenbare geluid van een knippende schaar.

Ik probeer op te staan, maar ik word aan mijn armen naar beneden getrokken. De pijn schiet door mijn schouders. Ik schreeuw het uit.

Opnieuw gaat de telefoon.

'Je staat in de belangstelling. Heb je veel vrienden?'

Ik geef geen antwoord, pijnig mezelf met de vraag wie het kan zijn. Toch het ziekenhuis, Kristina zelf misschien?

Ze komt naast me op de bank zitten. De punt prikt weer in mijn hals.

'Nu heel rustig opstaan en naar de tafel lopen. Die weet je blindelings te vinden, toch?' Ze grinnikt. 'Heel goed. Deze stoel, armen eerst naar achteren, over de rugleuning heen. Goed zo.'

Ze staat naast me, bukt zich en haalt iets onder de zitting door. Met een snelle beweging wikkelt ze een snoer om mijn benen, trekt het aan en knoopt het vast. Ze doet een stap naar voren, zodat ik haar vaag kan zien en schopt van achteren tegen mijn enkels.

Mijn benen schieten naar voren. Daardoor worden mijn armen met een ruk naar beneden getrokken. Ik slaak een kreet van pijn. Ze heeft met een touw, onder de zitting door, mijn polsen aan mijn enkels vastgemaakt.

'Sterk hè, zo'n elektriciteitssnoer? En precies op maat. Als je ervandoor wilt gaan, houd je jezelf tegen. Leuk bedacht, hè? Zo bonden ze hun gevangenen vast voor ondervraging. Soms moesten we toekijken. Heftig hoor, vooral als er bloed vloeide.'

'Wat wil je van me? Waarom doe je dit?'

'Weet je, dat vroeg ik mezelf net ook af. Dit is nieuw voor me. Vorige keer heb ik me niet eerst netjes voorgesteld. Daar had ik ook de tijd niet voor omdat ze elk moment kon terugkomen.'

Het klinkt treiterig bedachtzaam.

'Nu kunnen we rustig samen wat tijd doden. Mooi woord, hè?' Ze grinnikt weer. 'Maar eerst ga je me vertellen waarom Ivana precies in het ziekenhuis ligt. Het valt erg mee, zei je. Ik hoef me dus niet ongerust te maken?'

'Maak alsjeblieft dat snoer wat losser. Ik verrek van de pijn in mijn schouders. Ik had je zo ook wel verteld waarom Ivana in het ziekenhuis ligt.'

'Buig je benen eens wat naar achteren. De pijn wordt meteen minder, hè? Hoe lang kun je dat volhouden, denk je?

'Je bent gestoord!'

Stom, ik moet haar naar de mond praten, antwoorden geven die ze wil horen, proberen een band op te bouwen. Ik heb gelezen dat gegijzelden die dat met hun ontvoerder doen de meeste kans hebben om te overleven.

'Gestoord? Ik? Weet je het zeker? Jíj bent toch een man?'

Ze komt voor me staan, brengt haar gezicht dicht bij het mijne.

'Laat ik nou denken dat mannen het normaal vinden om een andere man zo op een stoel vast te binden, hem elektrische schokken te geven, sigaretten op zijn blote lijf uit te drukken, zijn tanden uit zijn mond te slaan, punaises onder zijn nagels te duwen of een aansteker onder zijn voetzolen te houden, zodat hij zijn eigen schouders uit de kom schopt. Ze hebben het me een keer voorgedaan. Zoals die man toen krijste… Hartverscheurend. Maar mannen hebben geen hart, toch? Het klonk hun juist als muziek in de oren. Ze werden er vrolijk van, goten nog een blikje bier naar binnen en bedachten een nieuwe marteling, tot er geen geluid meer uit het slachtoffer kwam. Jammer alleen dat het daarna zo stil werd. Gelukkig hadden ze ons nog, de vrouwen en meisjes, de maagden, zoals ze ons bleven noemen, ook al was er verdomd snel weinig maagdelijks meer aan ons. Ze kregen ook ons aan het schreeuwen, als ze maar stevig genoeg tekeer gingen.'

Maagden, zoals ze ons bleven noemen… Ze kregen ook ons aan het schreeuwen. Ook al heb ik moeite mijn gedachten te ordenen, het dringt wel tot me door dat ze het, behalve over zichzelf, over Kristina heeft. Haar woorden worden een beklemmende band die strak om mijn borst wordt aangehaald en mijn angst versterkt. Dit zijn dus de herinneringen die Kristina begraven wilde laten onder de puinhopen van Vukovar.

Ik voel haar adem langs mijn gezicht. Hij ruikt bitter, de geur van walging? Ze is gaan fluisteren, heel indringend, heel venijnig. De scherpe punt beweegt vanaf mijn borst langzaam naar boven, naar mijn keel.

'Jij hebt geluk, besef je dat wel? Je leeft nog steeds. Omdat jij me iets moet vertellen. Wil je dat ik er een echte ondervraging van maak? Een mannenfeestje, in plaats van een galgenmaal? Alleen een verkrachting is wat moeilijk. Maar we hebben de tijd. Misschien kunnen we een ander hoogtepunt bedenken. Oké, we beginnen opnieuw. Wat is er precies met Ivana aan de hand?'

'Dat vertel ik je pas als je dat snoer wat losser maakt. Ik hou dit niet uit.'

Ik zeg het in een opwelling. Met dapperheid heeft het niets te maken. Het lukt me niet om mijn benen nog meer naar achteren te buigen. Mijn armen worden naar beneden tegen de rugleuning getrokken, de pijn snerpt onafgebroken door mijn schouders.

'Een echte ondervraging dus, met alles erbij. Had ik niet verwacht. Ik zou om te beginnen je ogen kunnen uitsteken, die mis je toch niet. Heb ik trouwens al eens eerder gedaan. Opwindend, om met je vingers in iemands oogkas te dringen, een soort verkrachtingssensatie.'

Ze lacht snerend en komt weer op me af. Haar vingers glijden over mijn gezicht.

'Nee!'

Ze springt achteruit, doet alsof ze schrikt.

Zweet loopt uit al mijn poriën, over mijn gezicht, mijn rug, onder mijn oksels vandaan. Ik krijg het koud en begin te klappertanden.

'Ivana is met mijn auto een gracht in gereden,' weet ik uit te brengen. 'De politie zat achter haar aan. Gelukkig is ze op tijd uit het water gehaald. Ze ligt ter observatie in het ziekenhuis. Morgen mag ze misschien al naar huis.'

'Naar huis? Welk huis? Jouw huis soms? Ze heeft dit adres opgegeven toen ik haar vroeg waar ze woonde.'

Het klinkt intens bitter, alsof ze het me kwalijk neemt dat Kristina hier woont. Wil ik met haar meepraten, dan moet ik haar gedachtegang kunnen volgen. Hoe kan ik me in 's hemelsnaam verplaatsen in de zieke geest van die vrouw?

'Ze heeft hier een kamer; ze werkt voor me,' weet ik uit te brengen.

'Voor die leraar werkte ze ook, om zo hoog mogelijke cijfers te halen. Een bijbaantje in bed. Ik werd gedumpt, alsof ik niet meer bestond, alsof ik niets meer voor haar betekende. Een man… Hoe kon ze? Ze wist niet wat ze deed. En wie mocht haar opvangen en troosten toen die man in een lijk was veranderd? Ik natuurlijk. Ik was er altijd als ze me nodig had. Ik deed het als het moest met meerdere soldaten tegelijk, als ze haar maar ontzagen. Maar Ivana vergeet zulke dingen.'

Onverwachts komt ze weer naar voren. De punt prikt tegen mijn hals.

'Wat zei je nou? Zat de politie achter haar aan?'

'Ja. Ze wilden haar arresteren.'

Ze lijkt de mededeling te moeten verwerken.

'Weet je waarom?'

'Dat hebben ze mij niet verteld.'

'Heb jij hun iets verteld waardoor ze achter Ivana aan gingen?'

'Nee, waarom zou ik?'

'Ja, waarom zou je?' herhaalt ze bitter. 'Je wilt haar voor jezelf, hè, en achter de tralies heb je niets aan haar. Waarom Ivana?' Ze brengt haar gezicht dicht bij het mijne, een sissende slang die op het punt staat me met haar tanden te vergiftigen. 'Ze is het enige wat ik nog heb en dat laat ik me door niemand afnemen, door niemand! Er is al genoeg van me afgepakt, maar daar zul jij niets van begrijpen. Begrijp je wel dat een van ons te veel is?'

Ze doet een stap naar achteren.

'Weet je of er in de keuken een scherp mes ligt? Deze schaar is een beetje bot. Zal ik een prop in je mond stoppen om op te bijten? Of zal ik je eerst buiten westen slaan? Je polsen doorsnijden, zoals de Romeinen deden, zodat je jezelf voelt doodbloeden? Zal ik dat voor je doen? Dan houd ik intussen de telefoon tegen je oor, zodat je nog een laatste keer je voicemail kunt afluisteren. Lijkt me wel apart om zo te sterven.'

Ik zit verstijfd van angst op mijn stoel. Ze praat alsof ze het over alledaagse dingen heeft, emotieloos, zakelijk. Een herinnering uit de tijd dat ik nog naar films kon kijken schiet door mijn hoofd: *Schindler's List*. Een SS-officier executeerde joodse mannen, een voor een, met een nekschot. Tot zijn pistool haperde, tot twee keer toe. Er ontspon zich een discussie tussen de officier en een andere Duitser over de kwaliteit van het wapen en de mogelijke oorzaak van het ketsen. Dat de man die op zijn knieën op zijn dood zat te wachten kon meeluisteren, deerde hen niet in het minst. Ze bespraken slechts een technisch probleem. Op dezelfde afstandelijke toon legt Andja mij de mogelijkheden voor om een eind aan mijn leven te maken. De joodse man, die bibberend van angst had zitten wachten, werd rücksichtslos neergeknald toen het probleem was opgelost. Deze vrouw opereert even koelbloedig als die Duitsers. Van haar kan ik hetzelfde verwachten. De angst vernauwt mijn bewustzijn. Mijn ademhaling versnelt, het zweet stroomt langs mijn lijf, herinneringen uit mijn jeugd dienen zich aan.

'Ik ga een scherp mes zoeken. Niet weglopen hoor.' Ze lacht sadistisch.

Haar schim verdwijnt in de keuken.

Mijn God, zo wil ik niet sterven. Ik moet me concentreren. Wanhopig probeer ik mijn armen opzij langs de rugleuning te draaien. Onmogelijk. Me opzij laten vallen dan?

Ik hoor haar rommelen in de bestekla. Tegelijk hoor ik een ander geluid. Er wordt een sleutel in het slot van de voordeur gestoken. Dat kan alleen Elsbeth zijn! Wat moet ik doen? Schreeuwen, haar waarschuwen? En daardoor ook Andja? Kan Elsbeth die vrouw wel aan? Nee, zeker niet als ze onverwachts met een mes wordt aangevallen.

Voetstappen in de hal, nauwelijks hoorbaar. Andja is nog steeds bezig in de keuken en ze lijkt niets te merken. De kamerdeur gaat open. Elsbeth schreeuwt. Naast haar staan twee schimmen, mannen zo te zien.

Dan gaat alles razendsnel. Voor de tweede keer vandaag beland ik in een scène uit een actiefilm. Andja komt de keuken uit rennen.

'Laat vallen dat mes!'

De stem van de rechercheur die vanmiddag in mijn boekwinkel was.

Andja aarzelt een moment en holt dan op mij af.

Elsbeth gilt, de mannen schreeuwen. Een van hen probeert haar de pas af te snijden. Te laat! Vanuit mijn ooghoek zie ik haar met het mes op me afkomen. Uit alle macht gooi ik mijn gewicht de andere kant op. De stoel kantelt; ik sla tegen de grond. Andja verliest haar evenwicht, struikelt en valt over me heen. Vrijwel meteen wordt ze van me af getrokken. Ze schreeuwt, in een taal die ik niet versta. Ik hoor handboeien klikken. Het schreeuwen verstomt. Terwijl ze naar de hal wordt afgevoerd, blijft ze zich verzetten.

'Stuur nog iemand naar boven ter assistentie,' hoor ik de rechercheur zeggen.

'Daniel... Ben je gewond?'

Elsbeth buigt zich over me heen.

'Ik geloof het niet.'

Opeens dringt het tot me door dat ik het heb overleefd. Ik voel een overweldigend gevoel van opluchting, alsof ik voor een vuurpeloton heb gestaan en op het allerlaatste moment gratie kreeg. Kristina... haar verhaal over Dostojevski.

'Maak me alsjeblieft los. Ik word gek van de pijn,' smeek ik kreunend.

De rechercheur moet Andja's schaar hebben gevonden, want hij knipt de draden door. Met z'n tweeën helpen ze me overeind. Om de pijn te verminderen draai ik met mijn schouders en wrijf ik mijn polsen. Vaag ben ik me ervan bewust dat Elsbeth me doodongerust staat op te nemen.

'Is alles echt goed met je?'

'Na wat ik net heb meegemaakt? Het kon niet beter. Jullie hadden geen seconde later moeten komen.'

'U hebt bijzonder veel geluk gehad, meneer Du Mont, tot twee keer toe. Waarschijnlijk bent u op dat schip door dezelfde vrouw aangevallen.'

'Laat u dat waarschijnlijk maar weg. Hoe wisten jullie dat ze hier was?'

'Door de oplettendheid van uw medewerkster. U mag haar wel dankbaar zijn.'

'O ja?' is alles wat ik weet te zeggen. Ik moet het allemaal nog even verwerken.

'Ik zag haar staan toen ik uit de lift kwam, Daniel, bij de deurbellen. De manier waarop ze "goedenavond" uitsprak viel me meteen op. Net of ik Ivana hoorde. Ze moest ergens op de vierde etage zijn. Haar vinger zocht namelijk een bel op dat deel van het paneel. Of ik wat van haar aan had? vroeg ze omdat ik haar wat te lang opnam naar haar zin. Het klonk behoorlijk agressief en ik ben snel weggelopen. Ik wist bijna zeker dat ze naar jouw bel zocht. Ik vertrouwde het niet en heb je gebeld. Je nam tot twee keer toe niet op, en dat is niets voor jou.'

Ik haal diep adem en blaas de lucht langzaam weer uit. 'Over geluk heb ik geloof ik niet te klagen.'

'Dat kunt u wel zeggen, meneer Du Mont.'

'Ongelooflijk, zo snel als je de politie hier hebt gekregen.'

'Je hebt me een kaartje gegeven met het mobiele nummer van rechercheur De Hond. Dat zat nog in mijn tas. Hem moest je toch bellen als je je bedreigd voelde?'

'U redt het verder wel, hè? Ik ga onze arrestante in verzekering stellen. Morgen kunt u verslag uitbrengen van wat zich hier heeft afgespeeld.'

'Ik ga koffie zetten, Daniel, daar zul je wel behoefte aan hebben. Daarna kun je je verhaal alvast aan mij kwijt, als je dat wilt tenminste.'

46

Lieve Darija,

Ik zit al een tijdje na te denken over de manier waarop ik je
alles wat de laatste tijd is gebeurd, kan vertellen zonder dat
het al te schokkend voor je wordt en je rust te veel wordt
verstoord. De telefoon is al een paar keer overgegaan, maar
ik laat hem rinkelen. Ik wil me helemaal concentreren op
wat ik jou moet vertellen.
Sinds we uit Vukovar zijn gevlucht, heb ik me niet meer zo
eenzaam en onbegrepen gevoeld als nu. Het is maar goed
dat niemand weet dat ik brieven schrijf aan mijn zus, die al
lang niet meer leeft. Brieven aan een dode... Dat jij altijd
bij me bent gebleven en dat jij de enige bent die is
overgebleven om mijn hart bij uit te storten, zal niemand
begrijpen.
Ik stop even met schrijven om de stekker van die
rottelefoon eruit te trekken. Ik word gestoord van dat ding.
Zo, nu kan ik je in alle rust vertellen wat er precies is
gebeurd. Mocht het je te veel worden, dan moet je stoppen
met lezen, hoor.
Andja en ik hadden elkaar nodig vanaf het moment dat zij
Puška had gevonden. Puška was een monster, een

nietsontziende klootzak, voor wie vrouwen niet meer waren dan een voorwerp dat je na gebruik kon weggooien. Hij had jou wreed van mij afgenomen. En hij was verantwoordelijk voor de dood van papa, al weet ik niet of hij hem zelf heeft doodgeschoten. Het zou me niets verbazen. Papa had jou immers verboden met hem om te gaan.

Ik schreef je al dat Andja totaal onverwachts met Puška's zoontje voor me stond. Dat kind was ons lokaas. Na gebruik konden we het weggooien, zoals wij door Puška als afval in de goot waren gesmeten. Ze heeft het bijna letterlijk uitgevoerd. Toen ze de stukken uit zijn pyjama had geknipt, heeft ze hem opgepakt, is naar het balkon van mijn hut gelopen en heeft hem als een zak vuilnis overboord gegooid. Het was erg vroeg, nog nauwelijks licht. De kans dat er iemand buiten was die het zou zien, was klein.

De stukjes pyjama bleken voldoende om Puška 's nachts naar een stille plek aan boord te lokken. In het rode leren jack, waar je met hem zo'n ruzie over hebt gehad, leek ik sprekend op jou. Hij moet hebben gedacht dat hij een geestverschijning zag en verloor daardoor alle voorzichtigheid uit het oog. Andja heeft hem neergeslagen met een stalen buis, met de kracht van al haar opgekropte woede en wraakzucht. Daarna heeft ze hem afgemaakt. Ik zal je de details besparen. Je weet wat voor gruwelijke dingen ze in haar jeugd uithaalde met dieren. Zoiets dus. Net als toen ze zijn zoontje in zee gooide voelde ik niets. Ik keek ernaar, en dat was het. Geen triomf, geen opluchting, maar ook geen afkeer of walging voor wat ze met hem deed. Ze was zo door het dolle heen dat het me niet zou hebben verbaasd als ze hem de strot had doorgebeten.

Het is me uiteindelijk gelukt haar te kalmeren. Op de een of andere manier heb ik mijn hut weten te bereiken en ben ik in bed gekropen bij een man over wie ik nog niet heb geschreven. Hij heet Daniel. Bij hem voel ik me gelukkig. Iemand had hem 's avonds aangevallen in het theater.

Iemand, schrijf ik, terwijl ik na allerlei dingen te hebben overdacht en afgewogen Andja daarvan verdenk. Ze wist dat ik hem daar zou ophalen – omdat hij slechtziend is – en om welke tijd. Terwijl hij in het theater zat, spraken wij ons plan van die nacht door. Mijn horloge lag op het tafeltje bij het zitje. Andja heeft het in haar handen gehad, realiseerde ik me achteraf. De volgende dag merkte ik dat het bijna een kwartier achterliep. Tegen de afspraak in kwam Andja me 's nachts ophalen. Ze was blijkbaar bang dat ik anders te laat zou komen en heeft dat zo voorkomen. Ze wist dus ook dat ik Daniel te laat zou ophalen.

Er is een andere, nog beangstigender gedachte die na jaren bij me is opgekomen. Ik heb je ook nog niets verteld over Gerard, een leraar van me, bij wie ik me net zo gelukkig voelde als bij Daniel. Hij werd vermoord en ik werd ervan verdacht omdat iemand in de nacht van de moord een jonge blonde vrouw bij zijn huis had zien wegfietsen. Totdat Andja verklaarde dat ik de hele nacht bij haar in onze slaapkamer was geweest. Dat was gelogen.

Ik zou bij Gerard slapen die nacht. Andja liep over van jaloezie en probeerde me tegen te houden, maar ik wilde niet naar haar luisteren.

Gerards vrouw en kinderen waren een weekendje weg. Met anderen uit mijn klas hielden we bij hem thuis een soort schoolreisreünie. Ik ben wel mee teruggefietst voor de vorm, maar ik ben later teruggegaan.

Ik heb hem niet meer levend teruggezien, Darija. Nu

ik dit opschrijf is het of ik het opnieuw beleef.

Toen ik de kamer binnenkwam ging er een schok door me heen. Verdoofd nam ik het gruwelijke tafereel op. Zijn lichaam lag languit op de grond. Rondom zijn hoofd was een plas bloed uitgewaaierd. Zijn vaalwitte gezicht lichtte op in het schijnsel van de straatlantaarn. Uit de snee dwars over zijn keel welde nog wat bloed. Hij keek me aan. Het leek of zijn lippen bewogen, of hij me nog iets wilde toefluisteren.

Ik schreeuwde en wilde weglopen. Het was echter of iemand me tegenhield en me dwong naar het lichaam te kijken. Zijn overhemd zat onder de rode vlekken die in elkaar overvloeiden, als uitlopers van te waterig opgebrachte aquarelverf. Uit zijn borstkas, iets links van het midden, stak het handvat van een mes. Vol afgrijzen staarde ik ernaar.

Buiten klonken stemmen van afscheid nemende mensen. Een claxon toeterde kort, het licht van koplampen schampte langs de vitrage. Ik dook in elkaar en luisterde tot de geluiden waren weggestorven. Besluiteloos keek ik om me heen, haalde een keer diep adem en stapte bij het lijk vandaan, erop lettend dat ik niet in het bloed ging staan. Voordat ik de kamer uit liep wilde ik me nog een keer omdraaien en een laatste blik op hem werpen. Ergens in huis klonk het geluid van een dichtslaande deur. Mijn beweging verstarde, mijn hand omknelde de deurknop. Doodstil luisterde ik. Gerard zou dit weekend toch alleen thuis zijn? Toen ik het geluid opnieuw hoorde sloeg de paniek toe. Alle voorzichtigheid uit het oog verliezend rende ik de gang door naar de bijkeuken. De achterdeur stond open. Het drong nauwelijks tot me door. Over een smal paadje vloog ik naar de schuur waar ik mijn fiets tegenaan had gezet. De klinkers waren vochtig en glommen. Vlak voordat ik de schuur bereikte gleed ik uit en viel ik voorover. Over mijn schouder rollend probeerde ik mijn val te breken. Mijn hoofd klapte zo hard tegen de schuur dat ik sterretjes zag en buiten westen raakte. Hoe lang ik daar heb gelegen weet ik niet precies. Toen ik bijkwam ben ik duizelig overeind gekomen, heb mijn fiets opgepakt en heb nog even, diep ademend, op het stuur geleund. Daarna heb ik de fiets door het tuinhekje geduwd en ben zo hard als ik kon de straat uit gereden.

Ik heb toen niet begrepen waarom Andja me bij het asielzoekerscentrum stond op te wachten, alsof ze wist dat ik overstuur naar huis zou komen. Ik vrees dat ik het nu wel begrijp. Dat maakt me doodsbang voor haar. Daarom heb ik besloten dat ik haar nooit meer wil zien.

Dit was mijn laatste brief, Darija. Meer valt er niet te vertellen. Vanaf nu laat ik het verleden rusten, al zal ik jou natuurlijk nooit vergeten. Ik ben wel bang dat het verleden mij niet met rust laat. Als dat zo is, besluit ik misschien om uit mezelf naar je toe te komen, en naar papa en mama. Wat voor zin heeft het om gevangen te blijven in een leven dat niets anders te bieden heeft dan verdriet en ellende? Tot zover, lieve zus van me. Misschien mogen we het leven nog eens overdoen, in een wereld zonder oorlog en geweld, waarin we weer met elkaar kunnen lachen om vriendjes en jeugdpuistjes.

Omhels papa en mama van me.

Heel veel kusjes,

Ivana

Met dank aan Kristina, die ons openhartig heeft verteld over haar leven en dat van haar familie tijdens de oorlog in voormalig Joegoslavië in de jaren negentig van de vorige eeuw.

We mochten haar verhaal gebruiken als uitgangspunt van onze thriller. Voorwaarde was dat we haar familie niet herkenbaar zouden beschrijven.